O MAPEADOR DE AUSÊNCIAS

MIA COUTO

O mapeador de ausências

Romance

4ª reimpressão

COMPANHIA DAS LETRAS

A editora optou por manter a grafia vigente em Moçambique, observando as regras do Acordo Ortográfico da Língua Portuguesa de 1990.

Capa
Alceu Chiesorin Nunes

Ilustração de capa
Angelo Abu

Revisão
Carmen T. S. Costa, Angela das Neves

Dados Internacionais de Catalogação na Publicação (CIP)
(Câmara Brasileira do Livro, SP, Brasil)

Couto, Mia
O mapeador de ausências : romance / Mia Couto. — 1ª ed. — São Paulo : Companhia das Letras, 2021.

ISBN 978-65-5921-335-1

1. Ficção moçambicana (Português) I. Título.

20-51728 CDD-M869.3

Índice para catálogo sistemático:
1. Ficção : Literatura moçambicana em português M869.3

Cibele Maria Dias – Bibliotecária – CRB-8/9427

EDITORA SCHWARCZ S.A.
Rua Bandeira Paulista, 702, cj. 32
04532-002 — São Paulo — SP
Telefone: (11) 3707-3500
www.companhiadasletras.com.br
www.blogdacompanhia.com.br
facebook.com/companhiadasletras
instagram.com/companhiadasletras
twitter.com/cialetras

Sumário

Nota do Autor 7
1. Os que falam com as sombras 11
2. O universo descarrilado 25
3. Escrever nos panos 42
4. Juras, promessas e outras mentiras 52
5. Uma alma esburacada 66
6. O corpo como cemitério 79
7. Há chumbo dentro de Camila 93
8. As notícias 101
9. Os fintadores do destino 109
10. À espera do fim do mundo 121
11. Os domadores do caos 130
12. Se os mortos não morrem quem é dono do passado? 149
13. Os domesticadores de milagres 159
14. Os que nascem com raça 168
15. Uma chaga na pele do Tempo 183
16. A descida aos céus 194
17. Os que escutam a pólvora 205

18. O chão do corpo. Apontamentos autobiográficos do inspetor Óscar Campos . . 217
19. Braços longos, ombros estreitos 223
20. A culpa dos inocentes 231
21. Naufragadas nuvens 242
22. O amor e outras mentiras 253
23. O ciclone 261
Epílogo. O último interrogatório 271
Índice detalhado 281

Nota do Autor

Esta é a história de um jornalista e poeta português, um homem ingénuo a quem entregam provas de um massacre cometido pelas tropas portuguesas em Moçambique no ano de 1973. Esse homem bom e ingénuo era o meu pai. Nessa altura, a guerra de libertação nacional tinha chegado às portas da nossa cidade, a Beira. A loucura foi a resposta em alguns dos bairros brancos. Aprendi, então, que a doença é, por vezes, o único remédio. Para alguns, era preciso esquecer o que se passava para que houvesse futuro. Para outros, o que se passava era já o futuro.

Esta narrativa ficcional foi inspirada em pessoas e episódios reais. Por outras palavras: neste livro, nem gente, nem datas, nem lugares têm outra pretensão que não a de serem ficção.

É um império
aquela luz que se apaga
ou é um vagalume?
Jorge Luis Borges

1

Os que falam com as sombras

(Beira, 6 de março de 2019)

Toda a minha vida foi um ensaio
para o que nunca chegou a acontecer.
Adriano Santiago

— *Todos temos duas sombras. Apenas uma é visível. Há, porém, aqueles que conversam com a sua segunda sombra. Esses são os poetas. O senhor é um deles, um dos que falam com as sombras.*

Tudo isto me é dito pelo porteiro à entrada do salão de festas. Acena com um livro de poesia, pede que lhe faça uma dedicatória. Levanto os braços, em gentil recusa: — *Não posso, quem escreveu esse livro foi o meu pai.*

O homem encolhe os ombros, sorrindo, e murmura: — *Então, o autor é você mesmo.*

Escrevo a dedicatória, torno-me numa espécie de autor póstumo. As mãos são minhas, a caligrafia é do meu falecido pai. Apetece-me abraçar o porteiro, mas contenho-me e vou caminhando por entre as mesas engalanadas do salão. Há quem se levante para me saudar. Na parede do fundo, um cartaz exibe em letras garrafais os seguintes dizeres:

Seja bem-vindo à sua cidade,
poeta Diogo Santiago!

Recordo as palavras do meu pai. Honrarias em terras pequenas são como anéis em dedos de pobre: desses brilhos nascem mortais invejas.

Uma bela mulher avança na minha direção.

— *Chamo-me Liana Campos, sou a mestra-de-cerimónias.* — E há na sua voz um receio trémulo, como se a revelação do seu nome a deixasse desarmada.

Estou de visita à Beira, a minha cidade natal; venho a convite de uma universidade. Desde que aqui cheguei, visitei escolas, reuni com professores e alunos, falei com eles sobre o assunto que mais me interessa: a poesia. Sou professor de literatura, o meu universo é pequeno, mas infinito. A poesia não é um género literário, é um idioma anterior a todas as palavras. Foi isso que repeti em cada um dos debates.

Nestes dias, caminhei pelos lugares da minha infância como quem passeia num pântano: pisando o chão com as pontas dos pés. Um passo em falso e corria o risco de me afundar em escuros abismos. Eis a minha doença: não me restam lembranças, tenho apenas sonhos. Sou um inventor de esquecimentos.

E aqui estou, neste provinciano salão de festas, um homem tímido e recatado, sendo vítima de uma homenagem pública. As paredes estão ornadas de flores de plástico e as colunas exibem laçarotes de papel colorido. Na cabeceira da mesa central destinaram-me uma cadeira de espaldar elevado, uma espécie de trono burlesco. Dispostas numa rigorosa hierarquia, de cada um dos lados da mesa, as autoridades avaliam-me num misto de condescendente simpatia e predadora curiosidade.

Nada me fatiga mais do que as celebrações, com as suas infindáveis conversas de circunstância. Subo ao palco para ler o discurso. A dificuldade de ler aquelas duas páginas é maior do que o embaraço que tive em escrevê-las. Refiz aquela mensagem umas vinte vezes. Não me faltava a competência. Faltava-me eu. E agora decido por uma intervenção de improviso. Estou doente, sou um escritor que perdeu a capacidade de ler e de escrever. Era essa confissão de fragilidade que me apetecia fazer naquele momento.

Após os discursos e demais formalidades começam as danças. Liana faz-me um sinal para que dance com ela. Recuso, com firmeza. Na primeira oportunidade escapo furtivamente para a porta de saída e finjo ocupar-me com um telefonema. O porteiro mete conversa, esfregando as mãos como se ganhasse coragem.

— *Já viu, senhor poeta?* — pergunta. — *As nossas damas com panos africanos em volta da cabeça?*

— *Acho bonito* — comento.

— *O problema é que esses panos tão africanos escondem cabelos postiços de mulheres chinesas. Ou de indianas, que é o mais provável.*

Encosto-me à porta, fecho os olhos e suspiro. Escuto os passos do porteiro que se aproxima com a gentileza de um gato. Encosta a boca ao meu ouvido para superar o volume da música.

— *Está cansado, meu poeta?* — quer saber o homem. — *Que direi eu que trabalho aqui há mais de quarenta anos? Vou confessar-lhe uma coisa: estas festas são iguais às dos antigos colonos...*

— *Nada mudou para si?*

— *Para mim?* — E o porteiro revira os olhos como se buscasse a resposta no escuro. — *O que mudou foi assim: antes, eu não existia; agora, sou invisível.*

— *Não imagina, meu caro amigo, como tenho inveja dessa invisibilidade.*

Liana vem fumar no átrio e junta-se à conversa. O

porteiro afasta-se com tanta amabilidade que parece não se mover. A bela mestra-de-cerimónias convida-me para beber uns copos longe deste lugar.

— *Não posso* — defendo-me. — *Sou um homem de incerta idade.*

Ela declara, sorrindo, que gosta de incertezas. Este país, segundo Liana, devia chamar-se "incerteza". Acabo por aceitar a proposta de fuga. Peço apenas que tome ela a dianteira para não criar suspeitas ao sairmos juntos. Deixo-me ficar uns minutos antes de atravessar o pátio. O porteiro ainda me acompanha durante alguns passos.

— *Não gosto de me meter* — segreda-me o homem —, *mas, por favor, tenha cuidado com essa moça.*

— *Porquê?*

— *Ela é, digamos, um pouco esquisita* — diz ele olhando os sapatos.

— *Esquisita como?* — pergunto.

— *Há coisas que não sabemos explicar* — hesita o porteiro. — *O senhor, que é poeta, sabe explicar a poesia?*

Despeço-me e já me afasto quando o porteiro sugere que escolha o passeio oposto. Há um pássaro morto, no meio da estrada.

— *É curioso* — comenta ele, virando e revirando a ave com a biqueira do sapato. — *Este é um "kondo", um desses pássaros que anunciam desgraças. Isto quer dizer que essa tempestade vem encomendada por alguém.*

— *Que tempestade?* — pergunto.

— *Dizem que vem por aí um ciclone. Estão a transmitir na rádio.*

O aviso meteorológico podia estar certo. Mas o porteiro estava enganado. Não há apenas uma ave morta na estrada. Uma dezena de aves que eu conheço como "cabeça de martelo" jazem no asfalto. Uma estranha brisa dá-lhes um sopro de vida, as penas escuras rodopiam sobre o asfalto.

A praça onde Liana deixou o carro encontra-se agora deserta. A moça apoia-se na porta da viatura e estende um dedo acusatório de encontro ao meu peito:

— *Não aceitou o meu convite. Lá dentro disse que não sabia dançar. Aposto que é daqueles que se faz de desajeitado apenas para chamar a atenção. Dancemos aqui, temos música, temos escuro, temo-nos a nós.*

Encosta-se a mim, envolve-me a cintura com os braços magros e longos.

— *O que se passa?* — pergunta, surpresa com a minha imobilidade. — *Não diga que lhe faltam as pernas, logo a si que tanto faz dançar as palavras? Relaxe, professor, o segredo da dança é deixar de ter corpo.*

— *Há gente olhando* — aviso.

Liana meneia as ancas, embalada pela música que escapa do salão de festas. Os seus lábios roçam-me o rosto quando me segreda: — *Sou negra, nasci dançando.*

— *Negra?* — sorrio, incrédulo.

— *Não acredita?* — pergunta Liana. — *Dê-me a sua mão.*

Cedo com relutância, toco no seu cabelo. Uma espécie de pudor me faz emendar o gesto.

— *Sentiu?* — pergunta Liana. — *Aprenda uma coisa: a raça está no cabelo.*

A raça está na cabeça, apetece-me dizer, mas permaneço calado. Eu já tinha perdido o corpo, faltava-me perder as palavras. Depois de um tempo, encontro a frase salvadora:

— *Estou cansado, Liana. Por favor, deixe-me no meu hotel.*

— *Está com medo da tempestade?* — pergunta ela, com ar irónico. — *Fique tranquilo. Quando as anunciam com esta gravidade, não chegam nunca a acontecer.*

Na manhã seguinte entregam-me uma inesperada caixa no quarto do hotel. Coloco a encomenda na cama. Sobre o lençol tombam documentos datilografados, fotografias, papéis velhos garatujados. Por cima de toda essa papelada sobressai uma carta em papel colorido que me é dirigida.

"Caro professor:

O meu avô foi o inspetor da PIDE que, há mais de quarenta anos, prendeu o seu pai. Os documentos contidos nesta caixa fazem parte desse processo. Fique com eles, esse passado não me pertence. Durante todo este tempo, o meu avô guardou estes papéis como se fossem a única parte viva da sua vida. No final dos seus dias, pediu-me que tomasse conta desse espólio. Como sabe, os arquivos da PIDE em Moçambique foram queimados logo depois da queda do regime colonial. Estes documentos são raros sobreviventes desse tempo tão triste. Cuide deles. Espero que lhe sejam úteis.

Sua admiradora,
Liana Campos."

Ordeno os papéis sobre a colcha da cama, começando por separar os documentos oficiais da PIDE (relatórios, cartas, transcrições de depoimentos, telegramas). Depois, num outro canto, junto os papéis de natureza pessoal (diários de diferentes parentes, anotações e poemas do meu pai). Sobre a almofada espalho cartas e outros papéis escritos por mim.

Tanto eu queria fugir das lembranças e tenho agora o leito coberto de passado.

⁂

Ao longo da noite vou lendo as minhas velhas cartas. Vejo como a letra mudou e penso: a caligrafia é parte do corpo, a minha escrita foi ganhando rugas com a idade. Incapaz de dormir, sento-me ao computador e reparo que Liana está on-line. Os meus dedos são fantasmas despertando sonolentas teclas.

Eu — *Acordada?*

Liana — *Estou com insónia. Disse-me ao jantar que só dormia com a ajuda de comprimidos. O que se passa, esqueceu-se de os tomar? Imagino que a encomenda que lhe entreguei lhe tenha roubado o sono. Já a abriu?*

Eu — *O problema vai ser voltar a fechá-la.*

Liana — *Confesso que hesitei em entregar aquele material. Aqueles documentos eram sagrados para o meu avô.*

Eu — *Ele ainda está vivo?*

Liana — *Acho que ele nunca esteve vivo. Sou a sua única neta. Aprendi a ter vergonha desse passado que, sendo dele, também me pertence. É injusto herdar passados, é como se nos amarrassem o tempo aos nossos pés. Tantas vezes pensei em pegar fogo a essa papelada.*

Eu — *Ainda bem que não o fez. Esses papéis vão fazer parte do meu próximo livro.*

Liana — *Já me pediu autorização?*

Eu — *A Liana apenas me devolveu o que me pertence.*

Liana — *Confesso uma coisa: não lhe entreguei tudo o que meu avô deixou.*

Eu — *E porquê?*

Liana — *Tenho medo que não me queira ver mais. Brincadeira, professor. Agora a sério: o senhor insiste em que o passado é sempre inventado. Não lhe ocorre duvidar da autenticidade desses papéis?*

Eu — *Os documentos da polícia estão datilografados em papel timbrado. E há os meus próprios papéis, e sobre esses não pode haver engano...*

Liana — *Não imagina o que se pode falsificar nos dias de hoje.*

Eu — *Acha que não reconheceria a minha própria caligrafia? Na verdade, reconheço a minha letra, mas te-*

nho dificuldade em ler grande parte dos papéis. A maior parte deles foi atacada pela humidade...

Liana — *Não se preocupe, eu fiz cópias de tudo. E as cópias estão mais legíveis que os originais. Queria propor-lhe uma coisa: o Diogo escolhe os papéis e eu transcrevo-os para o computador. Depois, envio-os para si, fica com tudo isso em formato digital.*

Eu — *Não me atrevo a pedir-lhe uma trabalheira dessas.*

Liana — *Faço-o por gosto. O meu sonho é ser escritora. Já lhe tinha perguntado, não me respondeu: Que veio fazer à sua terra?*

Eu — *O meu médico disse que esta visita me apaziguaria as memórias. Falta-me fazer o luto dos meus pais.*

Liana — *Posso ajudá-lo.*

Eu — *E como?*

Liana — *Vai saber depois. Uma última pergunta: Você é casado?*

Eu — *Não sei.*

Liana — *Como não sabe?*

Eu — *Faz meses que saí de casa, deixei mulher. Fui viver em casa de um amigo que é médico. No dia seguinte, esse amigo acordou-me para me avisar — Estou preocupado contigo, Diogo. Não fostes tu que saíste de casa. Foi a tua mulher que te abandonou. Estás doente, Diogo* — sentenciou. — *Muito doente.*

৩৪

Desligo o computador e retiro da caixa de cartão um pequeno livro, intitulado *Um retrato à procura de feições*. São poemas do meu falecido pai. Levo esse livro ao rosto, aspiro o aroma do papel, cheiro o tempo como fazem as mulheres com a roupa dos ausentes. Lembro o dia em que a polícia fascista veio a nossa casa apreender exatamente esse livro. Teria eu uns sete anos quando alguém bateu à nossa porta. Eram dois homens de fato e gravata, abanando o chapéu como se fosse um leque.

— *Somos da polícia. Queremos falar com o poeta.*

— *Da polícia?* — perguntou a minha mãe. — *E não têm farda?*

Um dos agentes fez questão de apresentar um cartão de identificação, mas o outro — que parecia ser o chefe — suspendeu os seus intentos. E repetiu, com voz pausada:

— *Somos da polícia. O seu marido está?*

— *Está no escritório, a dormir a sesta* — esclareceu a minha mãe. — *Mas podem entrar.*

— *Acordamo-lo nós?*

— *É melhor. Comigo fica muito maldisposto.*

Encorajados pelo convite, mas mesmo assim hesitantes, os intrusos seguiram ao longo do corredor, que estava forrado de livros do chão até ao teto. Atrás dos agentes já se havia formado uma procissão de curiosos. A mãe encabeçava o grupo, seguida pela avó, por mim e pelo meu primo Sandro. A fechar o cortejo vinha Benedito, o jovem negro que vivia nas traseiras da nossa casa e que a todos apresentávamos como sendo o nosso empregado.

No grande sofá do escritório, deitado de bruços, dormitava o meu pai. O inspetor deu uma volta pelo aposento e depois deteve-se a examinar demoradamente a estante. Separou uns tantos livros e um ou dois discos de vinil e anunciou:

— *Estes vão comigo!* — Da mesa retirou um outro livro e soletrou o título em voz alta: — Um retrato à procura de feições. *Vou levar este também. Agora, deu-me para ler versos.*

— *Esse livro não sai daqui* — protestou o meu pai, ainda deitado e de olhos fechados.

— *Vai o livro e vai você, senhor poeta.*

Conduziram à força o meu pai, com o seu coçado pijama às riscas, pelo corredor da casa e, depois, ao longo do passeio público. Atrás seguia a minha família em chorosa procissão. E a mãe, mais curiosa que pesarosa, insistia: — *Vão levá-lo? Deixem ao menos que lhe calce umas chanatas decentes.*

Num esforço derradeiro, já na soleira da porta, dona Virgínia ergueu a voz, com cuidado para não parecer indelicada:

— *Tudo isto por causa de um livro? Será que tem erros ortográficos?*

ɞ

Acordo tarde. Há muito que os corvos grasnam nos coqueiros frente ao hotel. Se todos os pássaros são mensageiros, os corvos devem trazer recados de quem está muito zangado com a humanidade. Finjo ignorá-los, enquanto arrumo sobre a mesa os papéis de Liana. Depois, surpreendo-me a fazer a cama, tropeçando ora no lençol, ora no meu próprio sono. A minha mãe criou uma teoria para explicar as insónias paternas. — *O vosso pai* — dizia ela — *não dorme porque não faz a cama, não lava nem estende os lençóis. Não é culpa dele que é homem, a mãe dele é que o estragou.* — Era o que ela dizia, para depois se interrogar: — *Que graça pode haver em nos deitarmos numa cama feita por mãos alheias?*

Volto a deitar-me, enroscado como um pangolim. É assim que ocupo os leitos: num recanto não disputado. Recordo a noite em que o meu velho pai morreu. Ele tinha acabado de ser admitido no hospital e quando me estendi na cama onde agonizava ele entreabriu os olhos, sorriu e voltou a fechá-los. Num fio de voz perguntou: — *Estás com medo?* — *Não* — respondi. Passado um tempo, pensando que adormecera, fiz menção de me retirar. — *Não vás* — pediu ele de pálpebras cerradas —, *deixa-te ficar mais um bocado.* — Estendeu-me a mão, vincou os dedos no meu braço. E era como se a sua pele emigrasse dele para cobrir o meu corpo. Quando morreu fiquei sem saber quais dedos eram os seus, quais os meus. E agora os gestos dele habitam-me as mãos que, ilusoriamente, penso serem minhas. Por causa dessa impossível ausência não aprendi nunca a ter saudade. Ou melhor, tenho saudades do meu pai apenas quando a mim mesmo me falto.

Espreito a rua e perco a vontade de sair. Da janela do quarto escutam-se os pregões das vendedoras de amêijoas e de peixe *marora*. Mais adiante um grupo de muçulmanos concentra-se à entrada da mesquita. No meu tempo não os havia por estas bandas. Um deles vê-me à janela e acena, sorrindo. Correspondo, antes de fechar as cortinas. Triste ironia: viajei para recolher memórias da minha cidade, mas permaneço fechado no hotel, quem sabe se com medo de descobrir que a minha vida assenta numa falsidade. Paralisa-me o receio de não reencontrar o meu passado, mas, sobretudo, o temor de encontrar uma cidade que, afinal, desconheço por completo.

Tomo um comprimido, volto à secretária, ordeno os papéis, espreito o computador, retorno à janela. Alguém já escreveu: estamos velhos quando não sabemos o que fazer de nós mesmos. De novo, verifico se Liana está on-line. Está ausente, mas deixou no correio eletrónico a seguinte mensagem:

"Caro professor:

Recebi hoje de madrugada a lista dos papéis que o Diogo selecionou e já estou muito avançada na sua transcrição para o suporte digital. Ainda hoje lhe enviarei os primeiros cinco documentos. Respeitei a numeração e os títulos que rabiscou à mão.

Vou ter que interromper esse trabalho porque tenho que sair para a universidade. A aula de hoje será sobre memória e literatura. Gostei da sua definição do escritor como um inventor de esquecimentos. Mas não a quero aplicar na minha vida. Tenho pouco mais de quarenta, ainda me sinto jovem: quero o passado, mais que o futuro. Parece estranho que eu prefira as coisas antigas, mas nós, os da minha geração, vivemos um tempo sem tempo. Entende? É como olhar para trás e não ver chão. Preciso das suas histórias, das suas lembranças, quero fazer delas o meu passado. Não importa que sejam inventadas. Sempre é melhor essa fantasia do que um tempo vazio que herdei como uma doença. Por isso, caro professor, faça o seu trabalho de toupeira, abra túneis no chão do tempo. Eu viajarei por essas galerias subterrâneas. Sou órfã, cresci numa família que me adotou. Trataram de mim o melhor que souberam. Mas não me deram o mais importante que são as histórias. Ando em busca dessas narrativas como um cego que procura o desenho do seu próprio corpo.

Beijo,
Liana Campos

P.S. 1 — Se quiser um cicerone, diga-me. Conheço bem esta cidade. Infelizmente, a cidade também me conhece bem.

P.S. 2 — Disse-me que não gostava do termo 'correio eletrónico'. Prefere usar o termo 'carta'. Para si, o correio precisa da lentidão das mãos sobre o envelope, precisa do humedecer dos lábios sobre o selo. Escrever, estou a citá-lo, é como quem costura roupa: precisa de tempo, de um tempo de gestos redondos. Desculpe, mas isso é paleio de poeta. E foi pena não ter dançado comigo. Imagino que foi por obediência ao seu pai que dizia que a arte maior do poeta era saber desperdiçar oportunidades."

ଔ

É madrugada e eu sem dormir. Abro as cortinas de um golpe seco. Sobre o tampo da secretária projeta-se uma sombra que se assemelha a um livro aberto. Espreito a janela e deparo com uma enorme mariposa pousada do lado exterior da vidraça. É ela a origem daquela sombra. Levanto-me para observar o inseto mais de perto. Fascina-me como aquela criatura foi desenhada para enganar o escuro, as suas cores noturnas, a serenidade de quem nasce e morre na mesma noite. Talvez essa mariposa não saiba que a vida lhe escapou pela madrugada.

E penso: eis o meu parceiro de insónia. Abro o computador para responder à última mensagem de Liana Campos.

"Querida Liana:

Acabei de ler a sua mensagem, ainda ensonado mas já irritado com a barulheira dos corvos. Começo a acreditar: você não precisa de querer ser escritora, você já é escritora. E estava inspirada quando pensou na metáfora da toupeira. A polícia do regime colonial dava o nome de 'toupeiras brancas' ao grupo de intelectuais e poetas que se reunia em nossa casa. Ali eles engendravam fantasiosos planos para derrubar o governo. O meu pai orgulhava-se desse nome de código: as toupeiras brancas.

Certa vez, no bairro da Manga, na quinta de um nosso amigo, montou-se caça às verdadeiras toupeiras que atacavam as hortas. Um grupo de homens munidos de varapaus trespassaram a terra onde, à superfície, se exibiam vestígios dos bichos. Os improvisados caçadores espetavam as lanças e emitiam gritos próprios de uma tribo selvagem. Tudo aquilo era improvisado, exceto a raiva com que a si mesmos se surpreendiam. Não eram os pequenos mamíferos que eles vituperavam. Aquela fúria nascia da sua impotência ante um obscuro universo que se movia debaixo dos seus pés.

Desde essa tarde as toupeiras visitam-me o pensamento: essas invisíveis garimpeiras são o avesso de um espelho: precisam do escuro para ver e, quando pressentem a morte, emergem à superfície. É a luz que as sepulta. As toupeiras cumprem o sonho dos mortos: o de eternamente se desenterrarem.

Regresso à minha cidade não apenas em busca do passado. Venho buscar um remédio para a minha depressão. Talvez o meu pai tivesse razão. No meu tempo, dizia ele, a depressão era chamada de infelicidade.

— *Volta à tua cidade* — recomendou o médico. — *Regressa para te libertares dos fantasmas da infância.*

— *E como saberei que já estou liberto?* — perguntei.

— *Quando sentires que já não há regresso.*

Em criança, dizia o meu pai, não nos despedimos dos lugares. Pensamos que voltamos sempre. Acreditamos que nunca é a última vez. Os lugares são como os livros: só existem quando os lemos pela segunda vez.

Abraço do
Diogo Santiago"

A empregada de limpeza quer arrumar o meu quarto. Pergunto-lhe se a incomoda que eu permaneça por ali durante o tempo em que trabalha. Responde com um sorriso tímido. E vai ordenando o caos do aposento enquanto confirmo no computador que Liana me enviou os papéis já transcritos. Começou por onde eu sugeri: pela viagem para Inhaminga, registada no meu diário de adolescente. Estávamos em fevereiro de 1973 e o meu pai acabava de receber uma carta do seu amigo português Faustino Pacheco, que a si mesmo se classificava como "um comunista de gema". Quem trouxe a carta foi o nosso velho empregado, que andava tão devagar que ninguém podia desconfiar que ele trazia, escondidas no bolso das calças, instruções revolucionárias para serem cumpridas pelo meu pai, o poeta Adriano Santiago.

E tenho agora todo esse passado olhando para mim. Estou sentado na secretária com o computador à minha frente. Tenho os olhos iluminados, mas vazios. Amanhece e ainda estou diante do ecrã.

2

O universo descarrilado
(Os papéis do PIDE — 1)

A maior ignorância
não é não saber ler, contar ou escrever.
É não conhecer a razão de se estar vivo.
Adriano Santiago

PAPEL 1. Carta de Faustino Pacheco para o meu pai

Beira, 16 de fevereiro de 1973

Camarada Adriano Santiago:

Quero saudar a sua coragem em viajar para Inhaminga, num momento tão conturbado. Na semana passada os guerrilheiros da Frente de Libertação atacaram nessa região um comboio da Trans-Zambezia Railways. Para nós, comunistas portugueses, solidários que somos com a luta pela independência de Moçambique, esse ataque foi uma conquista fundamental. O meu empregado doméstico referiu o incidente desta maneira: o mundo é um comboio que descarrilou em Inhaminga. E ele tem toda a razão.

Chegam-nos informações de que, como retaliação a essa emboscada, terríveis atrocidades estão a ser cometidas pelo exército colonial contra a população negra. Esses crimes precisam ser confirmados e devidamente denunciados. Você é um jornalista experiente. Registe em texto e imagem essas barbaridades e, juntos, arranjaremos maneira de espalhar essas bombásticas notícias pelo estrangeiro, já que o não podemos fazer dentro do espaço português. Esta é, sem dúvida, a missão mais importante e mais arriscada que nos coube cumprir. Avante, meu bom camarada! Sei que insiste em não ser tratado como militante partidário, sei que a sua militância é a poesia. Mas deixe-me dizer que o meu partido, o Partido Comunista Português, lhe ficará eternamente grato por essa valorosa contribuição.

Os padres holandeses, residentes nessa vila, abrir-lhe-ão as portas para chegar à verdade. Esses missionários serão imprescindíveis, mas não se deixe iludir: padres são padres e os compromissos dessa gente são bem diferentes dos nossos. Falam em nome do povo sofredor, mas enganam os mais humildes com promessas de um paraíso celestial. Sou filho de republicanos, herdei uma incurável costela anticlerical.

Eis algumas recomendações: primeiro, não se deixe intimidar. As chefias militares falam como se o mundo lhes obedecesse. Já estive em cenário de guerra, sei como tudo se passa. As operações militares são preparadas ao milímetro para nunca acontecerem como o previsto. Pois faça do jornalismo uma operação militar: traga essa terra longínqua — onde tudo pode acontecer sem que ninguém saiba — para dentro da cidade onde se sabe tudo, sobretudo aquilo que nunca aconteceu.

Sei que vai levar consigo o seu filho Diogo. Decisão que, convenhamos, é exclusivamente sua. Foi decisão nossa, contudo, que viajasse acompanhado pelo seu empregado doméstico. Esse rapaz, esse tal Benedito, será o seu tradutor. Naquelas bandas poucos são os que falam português.

Não arrisque mais do que o necessário, meu querido camarada. Estou farto de lhe dizer: o seu maior inimigo não são os outros. Quem o atrapalha é o seu lado poético. Já sei que se vai distrair com devaneios e sentimentalismos pequeno-burgueses. Deixe a poesia sossegada. Todos ganharão com isso. Em primeiro lugar a própria poesia.

Forte abraço do camarada
Faustino Pacheco

P.S. Em anexo a esta mensagem segue o rascunho daquele manuscrito pessoal que, como sabe, ando a preparar desde há meses. Peço que aproveite os tempos livres para comentar e enriquecer esse meu texto. Sei que pode parecer tétrico, mas é meu desejo deixar escrito o meu próprio elogio fúnebre. A vida de um comunista, nestes tempos sofridos, é um fio que se rompe em qualquer momento. Não me anima qualquer vaidade. Mas se a vida nunca me pertenceu, ao menos que eu tome posse da minha morte. Foi você que escreveu esta frase?

PAPEL 2. A viagem a Inhaminga. Excerto do meu diário (1)

Beira, 18 de fevereiro de 1973

Manhã cedo o meu pai arrancou-me abruptamente do sono:

— *Despacha-te que quero chegar ainda de dia!* — Vestiu-me às pressas e arrastou-me para o carro onde, no banco traseiro, aguardava o nosso empregado Benedito Fungai com uma mala pousada sobre os joelhos.

— *Tens aí as tuas coisas* — anunciou o meu pai.

— *Não nos despedimos da mãe?* — perguntei.

— *Quem se despede da tua mãe arrisca-se a nunca mais partir* — respondeu o meu pai enquanto, com ar entendido, se debruçava sobre o motor do automóvel.

Fazia de conta que inspecionava a viatura. Todos sabiam que o meu pai, para além de ser um péssimo condutor, era um zero à esquerda em matéria de mecânica automóvel. Mas ali estava ele, em máscula pose, na esperança de que a vizinhança o respeitasse um pouco mais.

— *A mãe pediu que procurássemos o primo Sandro* — expliquei ao Benedito, que parecia não entender o que se passava.

— *Vamos para um território em guerra* — afirmou o meu pai. — *Não pensem que é uma excursão turística.*

E lá partimos para um destino que, dos três ocupantes da viatura, apenas eu desconhecia. Fomos deixando para trás o Esturro, a Manga, a Munhava e, depois, os bairros da cidade cujos nomes a cidade desconhece. Benedito contemplava a paisagem enquanto eu não tirava os olhos da estrada, com receio da condução do meu velho. Apenas quando passámos a ponte sobre o Punguè é que o nosso destino foi anunciado.

— *Vamos para Inhaminga!* — proclamou o meu velho.

Era como se tivesse dito que íamos para o fim do mundo. Virando-se para trás, pediu a Benedito que lhe repetisse a explicação do nome daquele lugar. — *Disseste-me ontem que "Inhaminga" queria dizer a terra dos espinhos? Não pode ser, rapaz. As terras são mulheres, foram feitas para abraçar* — corrigiu o pai. Benedito insistiu, com cuidado para que apenas eu o escutasse: — *O lugar para onde vamos é feito de espinhos. Nem os bichos ali se deitam.* — Alheio ao comentário de Benedito, o meu pai repetia, com animação quase infantil. — *Inhaminga, Inhaminga! Lembras-te, Diogo, das birras de criança do nosso Sandro?*

Recordava-me, sim, da heroica proclamação do meu

primo: — *Vou fugir para Inhaminga!* — Era assim que ele ameaçava sempre que contrariado. Órfão de pai e mãe, Sandro vivia connosco como se fosse um irmão mais velho. E havia ali um mistério que nunca fui capaz de desvendar. Sandro não tinha passado, tudo se sumia num vago e distante desastre de automóvel em que os pais tinham perdido a vida. Sandro partilhava o quarto comigo, mas era um rapaz silencioso como uma sombra.

— *Coitado do Sandro, não havia para ele lugar mais longínquo* — lamenta-se o meu pai. — *E agora o desgraçado anda pelas matas de Inhaminga, fardado, sem saber para onde o levam e se algum dia vai regressar.*

Em África não há distâncias. Há apenas profundezas. Assim pensava o meu velho pai. Inhaminga não fica longe, declarava ele agora, enquanto conduzia. Fica fundo, muito fundo, dizia ele.

Inhaminga é a terra natal do nosso empregado. Benedito ainda tentou que levássemos nesta viagem o irmão que, há um ano, tinha fugido com ele para a cidade. Escapavam dos aldeamentos construídos pelas autoridades portuguesas. Na cidade, o irmão de Benedito, chamado Jerónimo, trabalhava como empregado doméstico na casa dos nossos vizinhos, os Sarmentos.

Esta manhã, ainda o sol não tinha raiado e já os dois irmãos se tinham apresentado frente à nossa casa, cada um deles trazendo uma pequena trouxa. O meu pai recusou levar o irmão de Benedito, fazendo uso de uma enigmática explicação: “isto não é uma excursão, isto é uma missão”.

O nosso empregado queria a companhia do irmão porque a viagem lhe causava medo. Por vontade dele, nunca mais poria os pés na terra natal, tão desgastada pela guerra.

Talvez fosse esse receio que fazia com que Benedito se mantivesse calado durante toda a viagem, olhando a paisagem como se fosse uma parte dele já envelhecida. Assim que passámos o rio Punguè, o meu pai foi recitando versos em voz alta. Movimentava um braço enquanto declamava porque, segundo ele, todos trazemos a voz dentro das mãos. — *É o que tenho para oferecer à tua mãe, palavras e versos* — murmurou, constrangido. — *Mas a tua mãe não entende, ela é uma mulher demasiado prática.* — E, virando-se para mim, implorou: — *Tens que falar com ela, a tua mãe continua com aquela mania.*

Adormeci, a cabeça deitada sobre a perna do Benedito. Passaram-se fundas lonjuras, soltaram-se mil versos dos braços do meu pai até que acordei com o ruído da porta do carro a bater. Olhei em volta, estávamos parados em plena selva, o motor calado, a viatura avariada. Contemplei a estrada de areia que atravessava o horizonte e cortava o céu em duas metades. O meu pai tinha aberto o capô e, com olhos analfabetos, espreitava as vísceras da viatura. De quando em quando batia com uma pedra numa peça escolhida ao acaso. Sabia da inutilidade daquela avaliação. Não havia ali ninguém para impressionar. Entrou para o carro e chamou por Benedito, que procurava pegadas na areia da estrada. Dentro da viatura estávamos mais seguros.

— *Temos medo dos bichos ou das pessoas?* — perguntei.

— *Bichos e pessoas, aqui é tudo o mesmo* — respondeu Benedito.

Passámos uma eternidade calados e quietos, até que o meu pai pousou as mãos nervosas no volante para afirmar que "aquilo" não era uma avaria. O motor queria apenas descansar. Dali a nada estaríamos de novo a caminho. Todos o tinham criticado quando comprou aquele carro em segunda mão. Mas gostava daquela viatura porque, segundo dizia, ele a conduzia pela cidade como quem leva um cão a passear. O que ele queria não era um serviço, mas uma companhia.

— *E este amigo aqui* — disse, voltando a acariciar o volante — *nunca me deixou ficar mal.*

O calor tornou-se tão intenso que até respirar nos dava cansaço. E já tínhamos caído no sono quando se escutou uma explosão. O pai alarmou-se de tal modo que, contrariando as suas próprias recomendações, saiu do carro e calcorreou a estrada para trás e para a frente com as mãos protegendo os ouvidos. — *É a guerra, é a puta da guerra* — repetia sem cessar. Benedito disse que a explosão vinha das pedreiras de Muanza. Mas o pai não o escutou. — *Fui-me meter no meio da guerra, onde tinha eu a cabeça?* — interrogava-se aos berros. — *Querem que faça uma reportagem? Eu sou dos livros, as minhas melhores reportagens foram as que fiz sem sair de casa, sem visitar lugar nenhum, sem falar com ninguém. Tudo falso, tudo falso, grandes lorpas!* — gritava o meu pai.

Comecei a pensar que o calor intenso lhe tinha afetado o cérebro. Esperei que voltasse para o carro para, cautelosamente, o abordar.

— *É o cancro, pai?*

— *Que cancro?* — estranhou ele.

— *A sua doença, pai.*

— *Ah, esse cancro...* — e riu-se —, *esse cancro só existiu na minha cabeça.*

— *Na cabeça, pai?*

— *Quero dizer, inventei-o.*

Foi no mês passado que ele anunciou a terrível enfermidade. Aconteceu quando, à semelhança de tantas outras noites, a minha mãe aguardava pela sua chegada. Às duas da manhã eu e o primo Sandro escutámos os gritos e corremos para a cozinha. Espreitámos pela porta e vimos a minha mãe a gesticular furiosamente.

— *Ai, Adriano, já não tens um pingo de vergonha, as horas a que chegas a casa* — lastimava-se. — *Para não falar das faltas ao serviço, dos perfumes agarrados à roupa e o mais que tenho vergonha de dizer.*

Os olhos míopes do nosso velho procuravam uma

fenda do teto. Fez passear os dedos pelo tampo da mesa como se ganhasse coragem.

— *Tens razão, Virgínia* — admitiu ele. E acrescentou, de cabeça baixa: — *Há algo que ando a esconder.* — E a mãe fixou os olhos nele e disparou: — *Pois vais dizer tudo e vais dizer agora. Se for o que penso, sais hoje mesmo de casa. E se ficares calado, nunca mais me voltas a ver. Agora, escolhe.*

O meu pai ergueu os braços e ficou com eles suspensos como se buscasse no vazio as palavras certas. Por fim anunciou, num fundo suspiro:

— *Tenho um cancro, Virgínia.*

— *Um cancro?* — murmurou, incrédula, a minha mãe.

Baixando lentamente os braços, o meu pai acrescentou: — *Um cancro e em estado muito avançado.* — A mãe sacudiu a cabeça, as mãos amarrotando o vestido, os olhos presos ao chão. Por um momento o pai tentou tocar o braço da esposa, mas depois reconsiderou o gesto.

— *Aposto que é nos pulmões* — declarou a mãe.

— *Vou deixar de fumar, Virgínia. Hoje mesmo.*

Lágrimas tombaram sobre a mesa. O meu pai limpou o tampo com o mesmo afinco com que enxugava as marcas dos copos sobre a madeira.

— *O que tu fazes, Adriano, não é fumar* — acusou a mãe em soluços. — *Fumas com uma tal avareza que nem se vê o fumo a sair. Tu não fumas, tu és fumado pelo cigarro. É assim que vives, com a sofreguidão de um adolescente.*

De repente o meu pai juntou-se ao choro da esposa como se começasse a acreditar na sua própria mentira. E passou a noite a tossir enquanto a mãe rezava a são Brás, protetor das doenças do peito. A partir dessa noite ele deixou de fumar.

Parados no meio da estrada, o meu pai sorriu com

um levíssimo movimento dos olhos. — *Inventei esse cancro, meu filho* — repetiu, embaraçado.

Naquele instante cumpriu-se a sua premonição: a viatura voltou a funcionar. O meu pai não sabia de mecânica, mas entendia os caprichos do seu velho carro. Para tormento nosso, o meu velho voltou a recitar poemas. — *Este carro é movido a versos* — declarou. Ao volante da poesia, não dava conta nem do calor nem do cansaço. Era o que nos dizia, com a convicção de um profeta. O poeta Adriano Santiago era um homem feliz, tão feliz que nem sabia que vivia.

PAPEL 3. Ofício interno da PIDE/DGS

Beira 19 de fevereiro de 1973

Exmo. Senhor
Chefe de Brigada Gorgulho
da Subdelegação de Inhaminga

Mande imediatamente ativar os procedimentos especiais de comunicação com o padre Januário Fungai, o nosso informador na Missão dos padres holandeses. Temos notícia de que o jornalista Adriano Santiago saiu da Beira e vai manter contactos com a igreja de Inhaminga. O nosso agente, o padre Januário, que esteja atento a todos os movimentos e que reporte o que lhe pareça estranho e, sobretudo, o que não lhe pareça estranho.

Todas as chamadas telefónicas provenientes dos missionários holandeses serão intercetadas pelo nosso agente nos Correios na cidade da Beira. Orientações foram transmitidas ao Exército para que, durante estes dias, a Operação "Chacal Faminto" prossiga, mas de forma bem mais comedida.

E mandem libertar temporariamente o régulo Capitine,

que é pai do empregado do jornalista e irmão do padre Januário. É útil para nós que o jornalista possa ter contactos com esse régulo, que é um fulano confuso e que, sem nenhum pudor, ora nos serve a nós, ora serve o inimigo. Procedamos como se faz na pesca: vamos dar linha ao peixe para que ele engula o anzol inteiro.

O Chefe da Subdelegação da Beira
Inspetor Óscar Campos

PAPEL 4. A viagem a Inhaminga. Excerto do meu diário (2)

Beira, 18 de fevereiro de 1973

O militar colocou-se no meio da estrada, a arma erguida sobre a cabeça. O meu pai parou respeitosamente a viatura e fez descer o vidro da janela. O soldado passou a cabeça por essa reentrância e espreitou o interior do carro. Do seu rosto pingavam espessas gotas de suor. O militar comentou entredentes:

— *Se traz esse rapaz, o melhor é não passar pela praça, quando chegar a Inhaminga.*

— *E porquê?* — perguntou o meu pai.

— *Há coisas que um rapaz dessa idade não deve ver...*

— *Trago comigo dois rapazes.*

— *É consigo. Depois, não diga que não o avisei...*

Afasta-se, abrindo caminho. Por nós passa uma viatura com um altifalante instalado convocando os "portugueses brancos" para uma manifestação em frente do posto. Ao longo da linha férrea há soldados negros e brancos, todos eles sentados, com as armas sobre os joelhos. Sobre os carris também se encontram mulheres brancas empunhando guarda-sóis. O meu pai explica:

são esposas de funcionários da Trans-Zambezia Railways que se encontram em greve. Ocupam ostensivamente a linha para mostrar que ninguém movimentará os comboios que estão parados na estação.

O meu pai fez avançar lentamente a viatura ao longo da estrada que seguia paralela à linha férrea. Segundo Benedito, aquele era o caminho que nos levaria à fábrica de cimentos de Muanza. — *O dono de tudo isto é o Champalimaud* — comentou o pai. O empresário era proprietário das minas, da fábrica, das plantações, das serrações, tudo aquilo estava nas mãos de um só homem. E era fácil ver, de acordo com o meu velhote: com a construção da barragem de Cabora Bassa todos aqueles negócios se encaixavam como as bonecas russas.

— *Um rosário de negócios* — comentou o meu velho. — *Um rosário de merda!*

Benedito colocou as mãos sobre o rosto para encobrir o riso. O patrão devia estar fora de si para deixar escapar uma obscenidade.

Entrámos na vila de Inhaminga e, pouco depois, o carro imobilizou-se junto ao edifício do governo. À nossa frente estava uma praça que imaginei ser aquela que o soldado nos tinha recomendado que nos mantivéssemos à distância. O meu pai escondeu uma máquina fotográfica numa bolsa, que ajustou a tiracolo. Afastou-se com passo decidido, mas antes deixou instruções claras:

— *Não saiam do carro sob nenhum pretexto!* — A voz dele era contida, mas percebia-se que estava sob uma enorme tensão.

Dirigiu-se ao centro da praça onde se juntava uma pequena multidão. Quando se aproximou, todos abriram alas. Foi então que vi os corpos amontoados. Eram todos de gente negra, estavam completamente nus e cobertos de poeira. Uma meia dúzia de soldados portugueses fazia guarda àquele macabro cenário. Num letreiro de madeira, afixado na estrada, podia-se ler: "Isto é o que acontece a quem ajuda os terroristas".

Num passo alucinado, o pai deu meia-volta e voltou para o carro. Atirou-se para o assento, tirou os óculos e ficou mortificado, com o olhar míope preso no tejadilho da viatura. De repente retirou a câmara fotográfica da bolsa e lançou-a com violência para o banco traseiro. A máquina estava tão inútil e cega quanto ele.

Inesperadamente, por detrás de um morro de muchém surgiu uma negra, alta e magra, que caminhou vigorosamente em direção à praça. Vestia uma espécie de túnica branca e carregava consigo uma pá.

— *Meu Deus!* — exclamou Benedito que, afundado no banco traseiro, não tirava os olhos da mulher.

— *Quem é ela?* — perguntei.

— *Ela... ela chama-se Maniara* — gaguejou Benedito. E depois confessou com o maior dos embaraços. — *É a minha mãe, a minha segunda mãe.*

Com passo firme, a mulher deu a volta à praça para, depois, executar uma espécie de dança, fazendo roçar as mãos pelo chão como se os braços lhe tivessem morrido e fossem vassouras levantando poeira.

— *Tirem-na daqui!* — ordenou um dos militares.

E um outro soldado comentou: — *Deixe-a gritar, meu alferes, é bom que todos ouçam. O meu alferes repare: este cartaz que aqui colocámos não serve para nada: aqui ninguém sabe ler* — prosseguiu o soldado. — *Dê graças a Deus, meu alferes: esta preta é a nossa melhor estação radiofónica.*

Atraídos pelos gritos da mulher afluíram à praça dois padres, um branco e outro negro. Por momentos ambos fixaram o olhar no nosso carro. O pai saudou-os com um largo aceno. Nenhum deles correspondeu à sua desajeitada afabilidade.

— *Aquele é o padre José Martens, um holandês, um bom homem* — revelou o meu pai como se desculpasse a falta de simpatia do padre.

— *E o outro é o meu tio Januário* — declarou Benedito.

— *Tens um tio que é padre?* — surpreendeu-se o meu pai. — *Nunca tinhas falado dele.*

O padre holandês enfrentou os soldados e dirigiu-se ao alferes num tom firme: — *Vamos levar daqui estes defuntos.* — O alferes fez de conta que nada tinha escutado. Acendeu um cigarro, inspirou o fumo e, com os pulmões cheios, perguntou: — *Alguém o mandou chamar, senhor padre?*

— *Estes homens são fiéis da minha missão, a missão do Sagrado Coração de Jesus* — respondeu o padre Martens. — *Queremos dar-lhes um enterro cristão.*

— *Enterrem-nos amanhã* — declarou o militar. — *Hoje eles ainda têm um serviço a prestar.* — E vendo a reação do sacerdote acrescentou: — *Não faça essa cara, senhor padre. Há quem trabalhe melhor depois de morto.*

O padre esperou que o riso esmorecesse no rosto dos soldados. Só então usou da palavra, o rosto erguido em desafio.

— *Os senhores sabem os nomes destas pessoas?*

— *Quais pessoas?* — perguntou, surpreso, o alferes.

— *Se os mataram* — disse o padre — *é porque sabiam quem eles eram.*

Durante um tempo escutaram-se apenas as moscas em volta dos corpos. O padre Martens voltou à fala:

— *É que se não há registo dos nomes, nós vamos ter que os levar para os identificar. Estas pessoas não podem ser entregues anónimas na mão de Deus.*

— *Já disse, senhor padre, volte amanhã* — declarou o alferes. — *E fique sossegado que os meus soldados vigiarão a praça, nenhuma hiena virá comer os corpos.*

Maniara fez-se então ouvir. Começou por falar em português e aos poucos foi-se expressando na sua língua, o chissena.

— *Posso ajudar, senhor padre. Conheço-os a todos, sei os nomes deles, os nomes atuais e os que deixaram de usar.* — E voltou a executar a mesma dança enquanto, de olhos fechados, ia batendo compassadamente com a pá no chão. Sem nunca abrir os olhos, foi anunciando a identidade dos mortos: — *Está aqui o nosso professor de Dimba, Lwanga Manuel Chombe, filho de Cintura Chombe e de Madalena Fungai; estão aqui Luís Vontade e os seus dois filhos, Zuca e Dzidzi; está aqui José Chidanga, filho do régulo Tandai que também foi morto há poucos dias; está também aqui Joni Sampaio, filho de Bonifácio Pascoal e Marta Muruno; e estão ainda o régulo Santove e o seu filho Sande Nensa; está Manuel Penga, filho de Jonas Benjamim e de Marina Massui; estão ali os meus vizinhos diretos Jorge Maio e o meu principal cunhado Nicolau Alfândega; e mais adiante estão Chale Nkalamu e o seu sobrinho José Cadeado.*

Terminado o inventário dos falecidos, a mulher estava sem fôlego. Conservou o rosto virado para o sol e atirou uma mão cheia de poeira sobre o próprio peito.

— *Sou como eles, sou terra. Eu morri junto com os meus irmãos.* — Foi o que disse Maniara e que Benedito nos traduziu. Depois começou a rezar, sempre na sua própria língua. Mantinha o tom que usara antes, como se falar e rezar fossem a mesma coisa. E foi assim que falou com Deus, a quem chamou de Mulungo.

— *Escuta, Mulungo, Deus dos Va-sena: fizemos-te vivo para que, em troca, nos desses Vida. Olha em volta e o que vês? Olha para nós, não sentes vergonha?*

Quando parecia que não havia mais a dizer, a mulher voltou a erguer os braços para pedir aos mortos que fossem generosos e que encolhessem até se tornarem do tamanho de crianças. — *Façam isso, por favor* — implorou Maniara. — *É que não há mais espaço na terra para os que ainda vão morrer.*

Depois, arrastando a pá, a mulher caminhou na nossa direção. Parecia agora mais mirrada, o peito abraçado pelos ombros. Deteve-se junto ao carro e Benedito correu para junto dela, prostrando-se a seus pés.

— *Mãe, sou eu, o seu filho!* — clamou Benedito.

— *Não tenho filhos brancos* — declarou a mulher.

— *Por que andas a arrastar uma pá?* — perguntou o meu pai.

— *Enterrei os homens da minha aldeia* — respondeu ela. — *Estou cansada, todos os que morrem tornam-se meus filhos.*

Calou-se. Sentou-se sobre o próprio corpo, as nádegas assentes em cima dos calcanhares. — *É melhor voltarmos para a Beira, patrão* — implorou Benedito. A mulher bateu com a pá no chão. — *Cala-te, rapaz! Falas só quando for para me traduzir.* — Fez rodar a pá sobre uma pedra como se afiasse a lâmina e, em seguida, voltou a altear a voz, dirigindo-se à improvisada audiência:

— *Às vezes faço como os portugueses: enterro as pessoas quando ainda estão vivas. São elas que me pedem que haja um fim. Haviam de as ver. Os olhos delas enchem-se de gratidão, antes de serem soterradas.*

— *Cala-me essa mulher!* — ordenou o alferes. — *Esta gaja está bêbada ou fumou muita ganza.*

— *Deixe-a falar, meu alferes* — pediu o meu pai.

— *Quem é você?* — perguntou o militar.

O militar não esperou pela resposta. Não era uma pergunta, era um modo de mostrar que, naquele território, um estranho não era ninguém. Aos berros, deu ordem às suas tropas: — *Vamos enterrar esta cambada. Não podemos deixar que os escarumbas enterrem os seus mortos* — proclamou o militar. — *Quero que eles saibam que, até ao fim, somos nós que mandamos.*

Ordenou então que os negros se afastassem. Ninguém obedeceu. O militar ainda agitou o braço encorajando a que desandassem. Nada. O meu pai comentou para mim em surdina:

— *Parece-te que os camponeses estão com medo? Engano teu. Mais medo têm os soldados portugueses.* — Passou o braço pelo meu ombro como se tivéssemos a mesma idade e prosseguiu: — *O que lhes provoca medo é não saberem nunca o que pensam os negros.*

— *Benedito tem razão, meu pai* — balbuciei. — *Vamos voltar para nossa casa.*

Foi então que os soldados puseram mãos à obra e começaram a abrir as covas, mesmo ali ao lado da estrada. O meu pai ergueu-se com a intenção de ajudar. O alferes barrou-lhe o caminho. Seriam apenas os militares a escavar as sepulturas. O meu pai ainda insistiu. Mas o alferes foi perentório: — *O senhor tem cara de quem não distingue uma pá de uma caneta* — declarou, cuspindo na palma da própria mão.

Os militares golpearam o chão até que, num certo momento, o meu pai pediu ao alferes que, ao menos, fosse autorizado a carregar os corpos. — *Suje as mãos, se isso lhe dá prazer* — declarou o alferes, encolhendo os ombros. O meu pai segurou pelos pés um dos mortos e esfalfou-se todo para o arrastar. No meio do percurso tombou, extenuado, junto ao corpo que puxava. Maniara impediu-o de continuar. E ele veio sentar-se ao meu lado e comentou, enquanto recuperava o fôlego: — *O que conta não é a cova. É partilhar o peso do falecido. Nesse morto carregamos todos os vivos.*

Foi assim que falou o meu pai. E depois retirou do bolso um papel e uma caneta e rabiscou umas quase ilegíveis linhas. Era um poema. E quando dobrou o papel ele tinha um estranho brilho nos olhos.

PAPEL 5. Poema do meu pai

Beira, 18 de fevereiro de 1973

Fala da mulher que enterra os filhos

Escavar, meu senhor, não é esgravatar entre os torrões.
Escavar é rasgar a pele dos demónios
e rogar por asilo junto aos portões do Inferno.

Coveiros são os meus dedos que deixaram de sangrar,
ossos mortos arando num chão de pedras vivas.
O que dói, meu patrão,
é não ter outro pano senão a areia
para cobrir os que se deitaram dentro do chão.

Por isso, meu patrão, não peço descanso.
Que eu sou como a chuva: repouso na lágrima que dentro de mim secou.

Repito, meu senhor,
escavar não é esgravatar entre os torrões.
Escavar é outra coisa, senhor.
Escavar é como escrever:
rasgar a terra e, letra a letra, ascender a um sepultado céu.

3

Escrever nos panos

(Beira, 7 de março de 2019)

Habito o mundo
quando me esqueço que existo.
De nada vale a geografia:
uma outra cidade me habita.

Quando vierem demolir os bairros,
não encontrarão a casa que foi minha.
Essa casa mora em mim.
Essa ruína sou eu.
Adriano Santiago

Todas as noites me esqueço de como se dorme. O médico advertiu-me: a insónia é apenas um outro nome da depressão. Há muito que os sintomas se acumulam: à carência de sono se foram juntando a falta de memória, a crispação muscular, a dispersão absoluta. São tantos os sintomas que não cabem numa única doença. Assim como a cidade colonial enlouquecera para se defender do caos, também eu adoecia para me defender do meu arruinado quotidiano.

A verdade é que, desde há uns meses, sofro do pior castigo que pode ser dado a um escritor: o meu cérebro e a minha mão se desentendem sobre o modo como escrever a mais pequena frase. O médico prescreveu-me duas receitas: muitas pílulas e uma viagem. Num lugar distante, talvez fosse mais fácil ganhar sono. Cumpri as duas recomendações e tudo continua igual. Mudei de cidade, mudei de leito, mas a noite é a mesma aranha escura que emerge das entranhas da terra e sobe pelo teto da casa. Todas as manhãs desfaço a teia. Todas as noites a aranha renasce.

E hoje voltei a acordar tarde quando já terminou o serviço do pequeno almoço. O gerente do hotel, simpático, guardou uma mesa para mim. A sala de refeições está sobrelotada. Decorre mais um seminário de organizações não governamentais e agências que a si mesmo se chamam de "doadoras". Uma vez mais discutem a miséria do povo nos hotéis mais luxuosos da cidade.

Bebo um refresco. Não tenho sede, quero apenas tomar os antidepressivos. Depois, com os olhos ensonados, uma voz empastada, insinuo-me por uma das portas laterais do hotel. Um *txopela* leva-me até ao Beira-Terrace. Foi ali que marquei encontro com Liana Campos. Espreito para além do riacho para confirmar se ainda existem os velhos clubes noturnos. E ali estão os edifícios do Campino e, mais além, do Moulin Rouge.

— *Ainda funcionam estes clubes?* — pergunto ao condutor.

— *Os que têm sorte funcionam* — responde com displicência.

— *E há prostitutas a trabalhar nesses clubes?*

— *As que têm sorte trabalham* — volta a responder enquanto me olha intensamente através do espelho. Depois, adota um outro tom de voz:

— *Vou dar um cartão de visita. Quem sabe vai necessitar de um serviço noturno? Sou conhecido em toda a cidade como o mandachuva da noite. Faço tudo discreto, meu* boss, *ninguém vai saber de nada.*

Chegado ao destino, e enquanto espero para receber o troco, o motorista faz as últimas advertências: — *Tenha cuidado,* boss. *Essas putas andam armadas.*

O Beira-Terrace é um aterro na baixa da cidade, já perto do porto, que se estende sobre o estuário. O terreiro está cercado por uma muralha em ruínas.

Antes da independência, os colonos vinham aqui passar as tardes de domingo. Os ingleses e os portugueses mais abastados frequentavam uma esplanada onde tomavam chá, dançavam e se esqueciam de África. O salão de chá tinha reservado o direito de admissão. A minha família nunca ali entrou. O nosso empregado Benedito comentava, surpreso: existem raças mesmo entre os brancos.

Um estreito riacho, o Chiveve, desagua a uma centena de metros. É pequeno, lamacento e malcheiroso. Apesar disso, os beirenses sentem um enorme orgulho naquele riachinho. A tal ponto que se chamam a si mesmos de "os do Chiveve". Podiam ter escolhido como insígnia o grande rio Punguè, que desagua junto à cidade. Mas preferiam rever-se neste riozinho. Sabem que aquele é o nome que se dá à maré cheia que avança sobre o lodaçal e vai soando como uma toada: Chi-ve-ve-ve-ve.

No tempo da minha infância esse riachinho separava os antros pecaminosos dos lugares da virtude. Agora, o Chiveve já não tem a pretensão de dividir o mundo. Quatro décadas depois reina ali o mesmo cheiro ácido das águas paradas. Enganosa é a ideia do paraíso como um lugar frondoso e perfumado. O universo começou num pântano igual a este.

Liana está sentada na muralha onde, mais à frente, os pescadores remendam as suas velhas redes. Conserva-se de costas para a estrada e ouve os meus passos ainda à distância.

— *Gosto de ver homens costurando, parece que lhes*

nascem mãos de mulher — comenta Liana, sem me cumprimentar. — *Não são pescadores, são alfaiates. Nos intervalos pescam. E fazem-no apenas para regressar à praia e sentarem-se a costurar.*

Garças brancas vagueiam por cima das margens lamacentas. O céu está parado e Liana acha que essa tranquilidade prenuncia a tempestade.

— *Foi aqui que a minha infância se rasgou* — confesso enquanto me sento ao lado de Liana. — *Venho fazer o mesmo que aqueles pescadores: venho remendar esse rasgão.*

— *Deixe-se de poesia, professor* — zanga-se Liana. — *A sua infância rasgou-se? Fale comigo, Diogo, quero ouvir a sua história, dispenso as metáforas.*

Lembro-lhe o episódio ocorrido há quase meio século em que dois jovens enamorados se suicidaram naquele terraço. Atiraram-se ao rio, os pulsos amarrados por um arame. Se um deles se arrependesse, o outro trá-lo-ia de volta à trágica decisão. Estavam impedidos de se amar, eram de raças diferentes. Puseram termo à vida como um Romeu e Julieta dos africanos trópicos. Os jornais foram proibidos de falar sobre o assunto. O drama de um amor impossível podia ser mais subversivo que mil panfletos políticos. E aquela história tão simples abalava, numa penada, toda a propaganda de um Portugal sem raças e sem racismo.

— *Que idade você tinha?* — pergunta Liana.

— *Nem sei. Lembro de ouvir Sandro chorando noites seguidas. Chorava com pena de si mesmo.*

— *E por que é que me conta essa história?*

— *Confesso que não sei.*

Ao nosso lado um velho pescador luta para retirar o anzol da boca de um enorme safio. O peixe agita-se como uma serpente. Quer morder o mundo, quer engolir o céu, quer afogar-se no seu próprio sangue. Parece feito de luz e água e é por isso que escapa por entre os dedos do pescador.

— *Pesquei muitos assim, neste mesmo lugar* — declaro.

Liana não parece impressionada. Alisa os cabelos e desvia o rosto para não testemunhar a agonia do peixe.

— *Não o vejo a matar um bicho* — declara Liana. — *Diga-me, professor, o que o fazia pescar?*

Fico calado. Na pesca quem espera não é o pescador: é o próprio tempo. Esse era o prazer que eu sentia e que nunca soube explicar. Sentados naquela muralha, juntávamo-nos, negros e brancos, e o que retirávamos das águas obedecia apenas ao acaso. A vida era justa, por escassas horas.

— *Posso assegurar-lhe uma coisa, Liana. Não era um peixe que eu buscava. Eu sonhava, um dia, tirar do mar uma sereia.*

— *Há sereias que vivem em terra* — murmura ela e afasta do rosto os óculos escuros. Reparo só então que há um tom esverdeado no fundo dos seus olhos.

— *Vamos ao que interessa* — digo. — *Vou explicar por que a trouxe até aqui, Liana...*

— *Eu é que o trouxe aqui, professor. Não se esqueça: sou eu que lhe mostro a cidade.*

— *Ninguém mostra uma cidade* — asseguro, enquanto Liana se levanta para se libertar dos sapatos, a mão apoiada no meu ombro. Descalça, a mulher avança até à berma da água. E fica assim um tempo até que decido apressar o assunto:

— *Disse-me ao telefone que me queria contar um segredo antigo e doloroso. Que segredo é esse, Liana?*

Uma canoa passa tão devagar que parece que o rio se abraça à madeira, adiando o destino da embarcação. Liana pergunta ao pescador como correu a pesca. O homem sorri, sem responder. A canoa afasta-se como uma sombra triste.

— *Nunca faça essa pergunta* — aviso. — *No dia em que um pescador disser que a pesca correu bem, o mar nunca mais lhe perdoará.*

Liana volta a sentar-se no paredão, o vestido é uma mancha vermelha sobre a rocha cinzenta. O homem ao nosso lado cansou-se de lutar contra o peixe. Solta uma imprecação, levanta uma pedra e esmaga a cabeça do bicho. Liana vira o rosto e, ao levantar-se, o vestido prende-se numa rugosidade da pedra. Escuta-se o estraçalhar da roupa. A moça parece não dar conta do rasgão. As coxas ficam expostas enquanto caminha em direção a um hotel que está a ser construído sobre as ruínas da esplanada dos ingleses.

Sigo-a em silêncio. Subimos uma escada escura até um largo pátio no último piso do hotel. Dali se vê como a cidade se espraiou caprichosamente entre dunas e pântanos. Sentamo-nos sobre o murete que circunda o pátio. Estamos próximos, os nossos joelhos tocam-se. O rasgão no vestido está agora completamente ao serviço dos meus olhos.

— *A moça que aqui se suicidou era a minha mãe* — revela Liana.

— *Não pode ser* — reajo com vigor.

— *Era a minha mãe e não chegou a morrer.*

— *Não acredito. Quem lhe contou tudo isso?*

— *Foi o meu avô* — responde Liana. — *Não me contou detalhes. Disse apenas que essa jovem era a sua única filha e se chamava Almalinda. Conseguiu soltar-se das algemas que a amarravam ao namorado. Foi salva por um pescador. E foi tudo quanto ele disse.*

Liana retira da bolsa uma foto e coloca-a sobre a perna. Nela se vê uma menina rodeada por adultos, todos fardados de branco.

— *É você?* — pergunto.

— *É a minha mãe* — e os dedos longos roçam ao de leve a imagem.

— *Está num hospital?*

— *É o orfanato onde ela viveu em Lisboa* — esclarece Liana. Faz uma pausa, inspira fundo. — *Você veio à procura de Sandro, eu venho à procura da minha mãe.*

— *Como se chamava ela?*

— *Ermelinda. Ermelinda Campos. Mas todos a conhecem como Almalinda.*

A vida de Liana foi uma reedição da história de Ermelinda Campos. Ambas cresceram órfãs, em terras portuguesas. A mãe cresceu num lar, Liana foi adotada por um casal de portugueses.

Lá, em baixo, na estrada, o pescador vai de regresso a casa. Olha para nós e ergue o peixe decapitado como se fosse um troféu. Há um fio de sangue que, à sua passagem, se vai desenhando no chão. Liana volta a desviar o rosto.

— *Gostou da caixa que lhe entreguei?* — pergunta, e não me dá tempo para responder. — *Adivinho-o sentado no quarto do hotel, classificando e arrumando todos aqueles papéis.*

— *E quando me vai entregar esse resto que falta?*

— *Depende* — afirma Liana.

— *De quê?* — volto a perguntar.

— *Toda a dádiva é uma troca* — e Liana sorri, maliciosa.

Depois, já de regresso ao carro, volta ao assunto. Enquanto conduz faz subir a saia sobre as coxas. A blusa permite entrever os seios e há uma gota de suor que lhe atravessa o peito. Chegados ao hotel, ela desliga o motor, cruza os braços por cima do volante e deixa tombar a cabeça. Balbucia algo ininteligível. Volta a erguer o rosto e a fala torna-se percetível.

— *Viu aquela fotografia?* — pergunta. — *O mais importante não eram as pessoas que apareciam na imagem. Eram as que faltavam. Na orfandade há graus. Eu estou no grau máximo.*

— *Há uma pergunta que lhe quero fazer desde o início: porque voltou para Moçambique?*

— *Pergunta errada, Diogo* — corrige Liana. — *A pergunta verdadeira seria: porque me levaram daqui?*

As mãos esquecidas sobre o volante, Liana confessa:

foi ela que decidiu regressar a Moçambique. A entrega da caixa era, para ela, um segundo regresso.

— *Espero que estes papéis alimentem a sua escrita* — declara. — *Quando escrever sobre esse tempo, o Diogo estará a devolver-me o meu passado. A sua infância, o seu pai, o meu avô, esta cidade, tudo isso faz parte da minha vida. Está tudo misturado. Até nisso sou mulata.*

— *Li os primeiros documentos que me enviou* — declaro com a porta semiaberta. — *E confesso que fui tomado por uma envergonhada vaidade: com quinze anos eu escrevia bem, demasiado bem para a minha idade.*

Bato com a porta da viatura. A mão de Liana vai acenando enquanto o carro se afasta lentamente.

— *Sabe quem é aquela senhora?* — pergunta-me o rececionista do hotel, com um sorriso matreiro.

Não respondo. Ficámos os dois vendo o carro a desaparecer no fundo da avenida.

— *Sabe quem ela é?* — insiste o homem.

Permaneço calado. Não quero parecer ansioso. O funcionário aproxima-se, fala em voz tão ciciada que tenho que me inclinar para escutar.

— *Essa sua amiga, meu professor, é a noiva de um comandante da Polícia.*

— *Devo ficar preocupado?* — pergunto.

— *Sorte a sua: o noivo foi de viagem a Maputo* — segreda-me o rececionista.

Quando me afasto, sinto os seus passos perseguindo-me e, já perto do elevador, a sua voz ecoa no corredor.

— *Chama-se Idai.*

— *Quem?* — pergunto.

— *O ciclone* — responde o porteiro. — *Dizem que chega à cidade daqui a pouco mais de uma semana.*

O homem anuncia o desastre com inesperado entusiasmo. Entendo a sua excitação. Aquele anónimo porteiro era, naquele momento, o mensageiro que Deus escolhera para anunciar o apocalipse.

☙

Sentado na cama do hotel, hesito entre escrever e fazer uma sesta. Lá fora reina o grande sossego que precede as tempestades. Procuro na internet informações sobre o ciclone. Não se confirma a previsão do porteiro. Parece que a intempérie se dissipou no oceano Índico.

Vou folheando uma pilha de papéis do inspetor. E penso no desamparo de Liana, uma mulher em busca da sua história. A minha situação é inversa: tenho demasiada história, sofro de um excesso de passado. Quero livrar-me desse tempo que não me deixa existir.

Liana liga para mim. Quer saber dos meus planos. Não tenho planos, nunca os soube ter. Do outro lado da linha escuto o que parece ser um estalar de língua. O facto de andar a escavar no passado, comenta Liana, não me pode impedir de viver plenamente o presente.

— *Eu bem vi como me olhou durante a cerimónia* — afirma ela.

— *Fui indelicado?*

— *Os homens* — declara Liana — *não veem as mulheres. Examinam-nas.*

— *A minha mãe ensinou-me a ver uma mulher.*

— *Quero confirmar o que aprendeu* — desafia-me. — *Façamos um pequeno teste: que trazia eu vestido a noite passada? Posso esperar pela resposta.*

— *A roupa é apenas uma coisa* — defendo-me. — *Lembro-me de pessoas.*

— *Engana-se, meu poeta. A roupa é mais do que uma coisa. Disse-me ontem que a sua mãe costurava a sua própria roupa. O Diogo devia ter feito o que o meu avô fez com os papéis. Devia ter guardado peças de roupa que a sua mãe costurou.*

Desligo o telefone, regresso à cama. E recordo o dia

em que Benedito e o irmão entraram nas nossas vidas. Chegaram à cidade quase nus, a pouca roupa que vestiam estava toda esfarrapada, a pele coberta de poeira e escamas.

— *É sarna* — disse a minha mãe.

— *Esta gente não sabe o que é higiene* — comentou a vizinha Rosinda.

— *Esta gente toma mais banho do que toda a sua família junta. A senhora nunca viu foi a miséria em que vivem* — refutou a minha mãe.

Dona Virgínia desatou a confecionar camisas e calções. — *Estes rapazes vão sair daqui todos vestidos* — assegurou ela. O meu pai chamou-lhe a atenção para a dimensão daquele empreendimento. — *Gosto de costurar* — argumentou a mãe. — *Ocupada, não tenho tempo para adoecer.*

Quem se sentava ao lado dela era Sandro e parecia que as suas mãos e as da minha mãe fiavam um mesmo fio, com uma única agulha e uma única linha. A minha mãe tentava dissuadi-lo. Isto não é serviço para um rapaz, dizia ela. E Sandro argumentava: — *Eu gosto, tia, para mim é como se fossem os panos que nos costurassem a nós.* — A mãe dava-lhe razão. E com delicadeza acariciava os panos como se eles estivessem vivos. Não era a roupa que os dois costuravam: eram pedaços rasgados das suas almas.

4

Juras, promessas e outras mentiras
(Os papéis do pide — 2)

As lembranças tornam-se perigosas
quando deixamos de as falsificar.
Adriano Santiago

PAPEL 6. Anotações do inspetor Óscar Campos

Beira, 19 de fevereiro de 1973

Aproveitei a ausência de Adriano Santiago para visitar a sua residência. Queria saber mais sobre essa suspeita criatura. Na realidade, aquele poeta não me parecia especialmente perigoso. A pergunta que a mim mesmo fazia era a seguinte: o que tanto me atraía naquele personagem para me desviar de outras urgências? Interessavam-me não apenas as suas atividades políticas. Queria saber tudo. Mais do que os seus ideais, toda a vida dele me parecia um crime. Diz-se que os polícias são como os caçadores: sonham com as presas e, aos poucos, se vão transformando nelas. E era o que se passava comigo: de tanto perseguir o poeta, ele já povoava os meus sonhos.

Sabia que em casa dos Santiagos iria encontrar apenas a esposa e a mãe. Tenho os meus modos de atuar, seguindo um princípio simples: para saber dos segredos de um homem não há como sondar as mulheres que lhe são próximas. Eu ia começar por interrogar a primeira das mulheres: a velha mãe de Santiago, dona Laura, uma senhora distinta e de invulgar educação. E não há como uma mãe para servir de delatora perante essa traição sem nome que a vida comete e que consiste em roubar um filho para o entregar nos braços de uma outra mulher.

Deixei o carro longe e caminhei pelo bairro do Esturro. As ruas são de areia batida e raramente têm os nomes assinalados. Cruzei-me com um preto de aspeto civilizado que varria o passeio e perguntei-lhe pela rua Fernão Lopes de Castanheda. O tipo apoiou-se na vassoura, estreitou os olhos e, por um momento, fixou a linha do horizonte.

— *Peço desculpa* — disse ele, depois de uma irritante hesitação. — *Mas o patrão precisa de falar com quem?*

— *Sabes ou não sabes onde fica a rua Fernão Lopes de Castanheda?* — indaguei, impaciente.

— *Como se chama a pessoa que vai visitar? É que só conheço o nome dos moradores* — argumentou o preto.

— *Não tenho que te dizer nomes, era o que faltava. É um amigo de há muito tempo* — afirmei, secamente.

— *Desculpe, patrão. É um amigo e não conhece onde ele mora?*

Virei costas, arrependido de ter esperado ajuda de um nativo. Afinal, a residência dos Santiagos ficava a uns passos dali. Dona Laura estava na varanda. Acenei e ela mandou que subisse. Um velho empregado abriu-me a porta e conduziu-me, escadas acima, até à patroa. A idosa senhora não se levantou, nem se manifestou surpreendida quando me anunciei. Com os pés arrastou um cesto de costura para me dar acesso a um espaçoso sofá. No tampo da máquina de costura havia um gato esparramado entre panos e novelos de linha.

Fui cauteloso ao fazer perguntas sobre Adriano Santiago. A minha curiosidade teria um motivo natural e que era o seguinte: também eu me preparava para visitar a vila de Inhaminga. Deixei que a velha senhora divagasse como se o tempo não existisse. Uma pessoa daquela idade troca tudo por um momento de atenção.

Transcrevo a seguir as declarações de Laura Santiago.

PAPEL 7. Declarações de Laura Santiago ao inspetor Óscar Campos

Beira, 19 de fevereiro de 1973

Meu caro inspetor, faça o favor de se acomodar. Nesse sofá não, porque ficamos distantes e eu, ultimamente, já não ouço bem. (Ri-se) Ultimamente é como quem diz. O meu marido dizia que, em toda a minha vida, só me escutei a mim mesma. E que, ainda por cima, me escutei muito mal. Sacuda a almofada, deve estar cheia de pó. A gente pensa que a poeira é sujidade. É a vida que cria a poeira, inspetor, e é por isso que eu deixo que se acumule uma camadinha de pó nos móveis. Demasiado limpos parecem mortos.

Ponha o gravador nessa mesinha. Pode gravar, não guardo segredos para ninguém. Desculpe, como disse que era o seu nome? Exatamente, inspetor Campos. Você é Campos, há um outro inspetor chamado Nogueira, e há esse outro, o tal Jardim. Diga-me uma coisa: vocês vão todos buscar nomes à Agronomia?

Não leve a mal, eu gosto de brincar, mas não posso fazer com que perca o seu tempo, o inspetor teve a amabilidade de me vir interrogar a minha casa. Com a minha idade seria um desconforto ter que me deslocar até ao seu escritório. Não sei se "escritório" é o nome que se dá à delegação da PIDE. Ou será quartel? Ou será antes prisão? Como se diz? Tem que falar mais alto, inspetor. Já não se chama PIDE? Pois não perca tempo a revelar o novo nome. Sou velha, para mim será sempre a PIDE, a famosa e inesquecível Polícia Internacional e de Defesa do Estado.

Vamos ao que interessa. O senhor quer saber coisas sobre o meu filho? Aceite um conselho, caro inspetor Campos: não se preocupe com ele. O meu filho é um sonhador. Sonha com a política como sonha com mulheres. Eu acho que, para ele, a política é uma mulher. Vai-se dar mal porque a política exige fidelidade. E o meu filho só é fiel a quem nada pede. A mim, por exemplo, ele nunca deixou de ser fiel. O que diz, inspetor? Quer ver onde o meu filho escreve os seus versos? Não me peça isso, senhor Campos. Não é que eu lhe queira esconder nada. Mas o meu filho escreve em todo o lado. O escritório dele é o mundo inteiro. Não imagina a desarrumação das coisas de Adriano. E eu entendi muito tarde o porquê daquela desordem: é que para o meu filho nenhuma coisa lhe pertence. Interessam-lhe as coisas que deixam de ser coisas, como aquele velho carro que ele insiste em conduzir.

O que lhe digo, caro inspetor, é que o mundo seria perfeito se houvesse poesia sem ter que haver poetas. Mas dê graças a Deus por Adriano ser poeta. Veja o meu caso: se eu fosse mais nova já andaria por aí aos tiros e a rebentar bombas. Ele não. O Adriano acha que a poesia é o mais poderoso dos explosivos. Essa é a diferença: eu quero mudar este mundo. Ele não quer que haja mundo nenhum. Pode-se pensar que o Adriano é um pobre tonto. Eu acho que sim, que ele já nasceu tonto. Mas é um tonto inofensivo. Quando era miúdo e eu lhe perguntava o que queria ser quando fosse grande, o Adriano respondia que não queria ser grande. Deus escutou esse seu desejo, por mais absurdo que seja. A infância restou nele como um fruto que não se liberta da árvore. No caso dele, o fruto tornou-se a própria árvore. Eu sou essa árvore. E ele permanece criança, mas já não sabe onde buscar a infância. E é por isso que o Adriano escreve versos. É por medo. O meu filho tem medo de olhar o grande vazio da sua vida.

Vamos ao que o trouxe aqui, que não foi, certamente, escutar as minhas tolices. Perguntou-me se sabia dos motivos que levaram o meu filho a viajar para Inhaminga. Não faço a mais pequena ideia. Há muito que desconheço as razões do meu Adriano. Na verdade, desde que escolheu Virgínia para sua esposa que tudo nele deixou de ter lógica.

Mas deixe que lhe faça uma pergunta: o que vos deixa tão nervosos nessa tal vila de Inhaminga? Não precisa responder, eu sei a razão: foi a FRELIMO ter morto um maquinista branco. Esse desgraçado tornou-se um cadáver grande demais. Ninguém o consegue enterrar. Digamos que foi um golpe bem pensado. Os caminhos-de-ferro são uma espécie de nação dentro da nação. Se os guerrilheiros queriam visibilidade não podiam ter escolhido um alvo melhor.

Vou tentar responder à sua inquietação sobre a razão da viagem de Adriano a Inhaminga. O que se passa é que temos por lá um sobrinho, o Sandro, que adotámos como sendo nosso filho. Foi mandado para o serviço militar. Acho graça que se chame "serviço" a uma ocupação que consiste em matar pessoas. Aqui entre nós, não acredito que o Adriano, por muito tonto que seja, se tenha mexido por causa do sobrinho. Ninguém vai em busca de um soldado no meio da guerra, em plena selva. Se o meu filho Adriano usou esse argumento é porque há mulher metida no meio dessa história.

Que mais quer saber? Pergunta-me se o Adriano anda metido com comunistas? (Risos) Já lhe disse, inspetor: não procure as motivações do Adriano na política. O meu filho não é fiel a este regime. Mas não será fiel a nenhum outro. Não suportará, estou certa, o governo revolucionário pelo qual ele tanto diz ansiar. O meu Adriano será um eterno amante da vida, das mulheres e de devaneios poéticos. O regime dele só existe nos sonhos. A democracia que ele idealizou é aquela em que cada pessoa é uma maioria. Foi o que ele me confessou e eu, francamente, fiquei sem nada entender.

Não lhe disse nada sobre o que se passou, mas posso dizer-lhe o que se vai passar. O meu filho vai ser expulso do jornal onde trabalha. A minha nora anda a namorar os padres para que o aceitem no jornal que eles dirigem. Mas eu não acredito neles, nos padres. Pelo menos, não sou beata como a minha nora Virgínia. Sou uma crente, à minha maneira. Eu não rezo. Eu sonho com Deus. A noite passada sonhei que Ele me visitava. Ocupou essa mesma cadeira onde o senhor está agora sentado. Perguntou-me quando é que eu queria morrer. Fiquei um tempo calada, com as pálpebras cerradas. E assim permaneci, ausente de mim, incapaz de encontrar palavra. Olhei para Deus. E deixei de O ver. Quando Ele me visitar, numa próxima vez, já não terei que responder a nenhuma pergunta.

Vamos ficar por aqui, inspetor. Estou cansada, já não digo coisa com coisa. Ajude-me a levantar. Não o acompanho à porta. Em jeito de despedida digo-lhe o seguinte: o inspetor sabe da inutilidade dos seus interrogatórios. Não denunciarei nunca o meu filho. Tenho, contudo, um pedido a lhe fazer: volte a esta casa para conversarmos. Não tenho visitas. Nessa cadeira, onde Deus se sentou, foi nela que morreu o meu marido. Sem lamento, sem gemido, sem suspiro. Um simples ranger da madeira como se lhe tivessem agravado a carga. E assim se negam as leis da física, caro inspetor: sem vida, os corpos tornam-se mais pesados. O meu corpo cada dia me pesa um pouco mais. Não demore em me fazer uma nova visita.

PAPEL 8. Depoimento da vizinha Rosinda Sarmento

Beira, 19 de fevereiro de 1973

Saí de casa dos Santiagos com a sensação de tempo perdido. A velha Laura pode ter um discurso cativante, mas eu precisava de algo mais substancial para que as minhas suspeitas se confirmassem.

Andei uns poucos metros e dei com Rosinda Sarmento. A mulher reconheceu-me e fez-me um furtivo sinal para que me aproximasse. E ficámos escondidos num vão de escada, como dois namorados.

Eu sabia da ligação de Rosinda com a polícia. Por isso acedi a responder quando ela quis saber por que motivo eu vinha de casa do poeta Adriano. A mulher convidou-me a sentar num degrau da escada. Contrariado, aceitei. Trouxe o gravador?, perguntou Rosinda. Acenei que sim. Então ela me pediu para registar ali mesmo um breve depoimento. Aqui?, perguntei receoso. Ninguém nos virá importunar, assegurou a mulher. Pode pôr a máquina a trabalhar, disse ela apontando para o gravador.

Reproduzo a seguir o depoimento da vizinha Rosinda Sarmento, que, confesso, foi bem mais proveitoso do que o da velha Laura Santiago.

"Desculpe, senhor inspetor, estou toda transpirada. Vi-o a sair da casa dos Santiagos, e sei que só lá está a velhota, a dona Laura, coitadita. Mantenho-me assim afastada do senhor, não leve a mal, estou toda suada, venho dos ensaios do rancho folclórico. Toco pandeireta. Noutro dia até dei um tombo do palco abaixo. O meu marido não gosta nada, diz que ando para ali a exibir-me e que já todos me viram as pernas. Não é verdade, trago sete saiotes por debaixo da saia. Às vezes, Deus me perdoe, até preferia que me espreitassem o corpo. No meio da tensão que vivemos nesta terra, a gente precisa de uma boa distração, não é verdade? Desculpe, senhor inspetor, recebê-lo aqui neste vão de escada, mas, como estou sozinha, não ficaria bem que o deixasse entrar.

Quer saber do meu vizinho Santiago? Quem pode saber? Aquilo é uma família de loucos, que Deus me perdoe. Salva-se a esposa, a dona Virgínia. A loucura começa na velhota, a mãe desse Adriano, a dona Laura, que, sendo uma mulher, se põe a ler livros na varanda à frente de toda a gente. Exibe-se assim, sem pudor, de manhã à noite. Pergunto: que tanto livro aquela senhora lê? Aposto que não é a Bíblia. E o modo como ela se arranja em público, com chapéus, batom e pó de arroz? Uma vergonha, com aquela idade. As viúvas devem ser recatadas. Ninguém deve dar conta de que existem. Foi assim que me ensinaram. E é assim que serei quando for viúva.

O que posso dizer é que esse Adriano Santiago é um rabo de saia: não sei como a dona Virgínia atura aquilo. E bem pode ser uma mulher o motivo da misteriosa viagem a Inhaminga. É por essas e por outras que aquele sobrinho deles, o Sandro, ficou com aquela doença de que nem o nome posso dizer. Aqui para nós, meu caro inspetor, não deviam deixar entrar no exército pessoas como esse Sandro. Não é por nada, mas para o próprio rapaz aquilo deve ser um sofrimento... ali, no meio de homens rudes, todos despidos dentro das camaratas, dizem que tomam banho todos juntos, nem quero pensar nisso.

Vou confessar uma coisa, senhor inspetor: esse Sandro vinha muitas vezes confidenciar com as minhas filhas. Não gosto muito daquilo, o bairro comenta, o meu marido chateia-se e eu, francamente, tenho receio que a doença dele seja contagiosa e passe para as meninas e lá acabo por ficar sem netos. Um certo dia surpreendi Sandro fechado com o Jerónimo na cubata do empregado. Pensei logo numa coisa escabrosa. Escutei atrás da porta, os tipos conversavam em voz abafada. Mas depois lá concluí que falavam de política, inspetor. E não era coisa boa. A conversa deles era pior do que um pecado da carne, está-me a entender, senhor inspetor?

Talvez seja útil o senhor interrogar o meu empregado, o Jerónimo. Mas o inspetor terá que vir amanhã durante o dia. É que ele não dorme aqui. Temos uma cubata nas traseiras, mas usamo-la como armazém. Não quero nenhum empregado dentro de casa depois do sol posto. A gente nunca sabe quem eles são e que companhias podem trazer a meio da noite. Nas tardes em que o trabalho se prolonga, este meu Jerónimo suplica que o deixemos dormir num canto qualquer. Tem medo de cruzar a cidade à noite. A caderneta indígena não o livra de ser apanhado pela polícia, nas rusgas noturnas. Diz que, se isso acontecer, o prendem e lhe batem. Resultado: o rapazito acaba dormindo no galinheiro. Toma banho de madrugada para não cheirar nem a catinga nem a estrume. Mas lava-se na praia, nas águas do mar. Não quero que nos gaste a água, esta malta não tem noção do que custam as coisas, para eles é só abrir a torneira. E o Jerónimo até prefere assim, pois diz que, no mar, se lava da sujidade do corpo e dos demónios da alma.

O que lhe posso contar é que, antes de ontem, houve em casa do Santiago mais uma dessas reuniões que eles por lá organizam. Aquilo é um rodopio sem fim, entram para lá os mais variados marmanjos, às vezes até pretos lá vão parar. E há um caneco que nunca falta. Esse é o doutor Natalino Fernandes, o farmacêutico de Goa, que é sempre o último a chegar. Devem ter estado a preparar a viagem do Santiago para Inhaminga, pois, hoje de manhã, o vizinho trouxe o carro para a frente de casa, carregou-o com uma data de tralhas, mais o filho e o empregado.

O rapaz parecia embarcar contrariado, quem sabe se com medo do que ia encontrar no destino. Mas é que os pretos, lá na tradição deles, são muito dados a visitar os familiares e, para eles, os parentes estão todos misturados, os vivos e os mortos. Pois, segundo o irmão, esse Benedito tem medo de voltar para a sua terra mas, ao mesmo tempo, estava preocupado com a falta de notícias dos pais. Falou nos pais, mas vai-se lá saber: para eles é tudo pai e mãe, é uma confusão porque morrem todos aos montes e nunca mais ficam órfãos.

E já agora, inspetor, não leve a mal, mas tenho uma pergunta para lhe fazer. O seu antecessor, o inspetor Carvalho, costumava receber-me no escritório da PIDE, aliás da DGS. Eu passava por lá sempre que tinha informações. Às vezes ele até me dava uma recompensa. Coisa pouca, quase simbólica. Agora, o senhor vem aqui a casa. Vai passar a ser assim, inspetor? Aqui, em minha casa? E o que é que eu digo ao meu marido?

Um último assunto: o senhor sabe tudo da vida de todos. Devem-lhe ter dito que eu também organizo uns encontros aqui em casa. Que não haja confusões, por amor de Deus! Essas reuniões não têm nada que ver com política. Como posso dizer? Sou espírita. Pronto, já disse. Tenho dons, o que é que se pode fazer? O inspetor sabe dos segredos dos vivos. Pois eu conheço os segredos dos mortos.

Não quer vir a uma das minhas sessões? Aquilo é tudo saudável, tudo benzido pelo Espírito Santo. Ponho-o em contacto com a sua falecida esposa. Aposto que o senhor vai ficar, como posso dizer, mais cheio de vida. Não quer? Tudo bem, inspetor, mas eu também faço serviços de pedicure para os que não acreditam no espiritismo. Uma vez até o secretário das Finanças fez os dois serviços ao mesmo tempo: o homem estendeu os pés descalços por baixo da mesa e eu executei, em simultâneo, as minhas duas artes."

PAPEL 9. Diário da minha mãe, Virgínia Santiago

Beira, 19 de fevereiro de 1973

Hoje à tarde fui chamada à PIDE: queriam que prestasse declarações sobre a viagem que o meu marido fez a

Inhaminga. O inspetor Campos já tinha passado pela nossa casa durante a manhã e conversou longamente com a minha sogra. Quando vinha das compras cruzei-me com esse tal Óscar Campos, que se deteve para se apresentar, mantendo os olhos no chão como um adolescente tímido. Nunca o tinha visto antes, o homem não é de circular pela cidade. É um tipo magro e elegante, de pele morena, rosto sombrio e escavado. Disse-me, de raspão, que, no meu caso, preferia ouvir-me formalmente nos escritórios da PIDE.

Ao fim da tarde recebeu-me no seu gabinete com modos secos e distantes. Para a maior parte das pessoas aquele lugar inspira um profundo terror. A mim chocou-me mais a falta de cuidado e a manifesta ausência de uma mão feminina. Agoniada pelo cheiro a mofo dos tapetes e cortinados, levei tempo a habituar-me à penumbra da sala. O inspetor permaneceu calado por um longo momento, com os olhos fechados, os cotovelos apoiados na secretária, percorrendo as sobrancelhas espessas com as pontas dos dedos. Mantive-me de costas direitas, as mãos pousadas no vestido, aguardando que ele desse início à conversa. Sempre de olhos fechados, o inspetor quebrou a espera.

— *Tenha cuidado com a sua vizinha, essa Rosinda* — começou por dizer.

— *Porquê?* — perguntei.

— *Essa senhora sabe tudo o que se passa em sua casa. E o que não sabe, ela inventa.*

Reagi com espanto. Falávamos da mesma pessoa, da dona Rosinda? E o homem abriu uma gaveta para exibir uns papéis escritos à mão.

— *Sei do que estou a falar* — disse, agitando as folhas. — *Estes papéis foram escritos pela sua vizinha.*

Foi isso que ele disse. E prosseguiu, sempre acenando com os papéis. Disse que ali estavam escarrapachados os segredos mais íntimos da nossa casa. Explicou-me que o colega que o antecedeu naquelas funções sempre encorajou o serviço de delatora da vizinha. Rosinda sonha passar da condição de informadora para a de agente do quadro. Mas o inspetor já lhe explicou que, na hierarquia da PIDE, as mulheres raramente passam de agentes de segunda classe.

— *Rosinda sentava-se na mesma cadeira onde a dona Virgínia está agora sentada* — declarou o inspetor. E acrescentou, num tom severo: — *Acabei com isso. Enquanto estiver à frente desta delegação as mulheres ficarão apenas com trabalho de secretaria. Agentes e informadores, quero-os todos homens. Tenha cuidado com essa sua vizinha, é tudo quanto lhe peço. E não vale a pena dizer ao seu marido que esteve aqui. Não a conheço, dona Virgínia, mas a senhora granjeia a maior das simpatias em toda a vizinhança. Os negros gostam de si e tratam-na carinhosamente por "mãe". O nosso revolucionário poeta, o seu marido, fala muito dos pretos, mas não sabe sequer como vive o seu empregado doméstico. Sei desse vosso empregado muito mais do que o seu marido.*

Tudo aquilo o inspetor disse de um fôlego e eu até me arrepiei toda, pois nunca nenhum homem tinha feito elogios à minha pessoa. Naquele momento, porém, não me deu para ficar vaidosa. Pelo contrário, aos poucos, fui sendo tomada por uma funda tristeza, uma espécie de desamparo por todo o tempo que vivi sem ser notada. E ao ver aquele inspetor assim com os olhos tão carentes fui assaltada por instintos maternos e acabei por lhe oferecer os meus préstimos.

— *Sei que os senhores não usam farda, mas se alguma vez a DGS mudar de ideias pode contar comigo para lhe fazer um uniforme à maneira.*

À saída encheu-se de coragem e propôs uma troca de favores. Dava-me notícias do meu sobrinho Sandro e eu entregava-lhe informações sobre as reuniões que acontecem em minha casa. Acenei afirmativamente com a cabeça. Mentia. Tanto como eu, ele me mentia.

Já à porta perguntei se lhe podia dar um beijinho de despedida. O inspetor recuou, aterrorizado.

— *Pronto, está certo* — e dei um passo atrás para o tranquilizar. — *Vou-me embora. Já sabe, fica a oferta: estou às ordens para fazer uma limpeza neste gabinete. Esta papelada toda amontoada na secretária, dou um jeito nisso tudo.*

E saí, com os ombros mais altos que o costume. Ao passar pela casa da vizinha Rosinda vi que ela me acenava, curiosa em saber de onde eu vinha. Fiz de conta que estava apressada e não lhe dei confiança.

Já não me bastava que a vizinha vigiasse os meus movimentos. Da varanda da minha casa a minha sogra espreitava a minha chegada. Estava de pé encostada ao parapeito de ferro, com o seu habitual sorriso de desdém. Subi as escadas para a saudar. Como eu previa, ela recusou que a ajudasse a sentar. Todos a podem ajudar menos eu. Demorou a pousar o corpo no assento, acompanhando o esforço com um rosário de gemidos. Já acomodada, retirou os óculos, piscou os olhos e perguntou: — *Há notícias do Sandro?* — Neguei em silêncio. Dona Laura fitou longamente o jardim. As folhas mortas moviam-se com a brisa e ela deitou-lhes pedaços de pão. — *Não têm medo nenhum das pessoas* — comentou. Esperava que a corrigisse. Que lhe dissesse que eram folhas e não pássaros. Permaneci calada e ela não suportou a minha indiferença.

— *Atiro-lhes pão. Não me interessa que sejam folhas ou pássaros* — fitou-me com insistência para depois murmurar entredentes: — *Deves achar que estou louca. De uma coisa podes ter a certeza, minha querida Virgínia: sei muito bem de onde vens agora. Foi Rosinda que me alertou. Pois fica a saber e é palavra de mãe: no dia em que levarem Adriano preso eu te amaldiçoarei com todas as minhas forças. Nesse dia, estas folhas mortas serão aves de rapina rodopiando sobre a tua cabeça para te tirar os olhos.*

Pronunciou estas palavras e bateu com a bengala no chão a sugerir que dispensava a minha companhia. À noite, enquanto escrevia estas linhas, eu chorava como uma Madalena. Faziam-me falta o meu filho e o meu marido, fazia-me falta o meu sobrinho Sandro. Não conseguia imaginar esse rapaz tão sensível vagueando com uma arma pelo meio do mato.

O inspetor devia pensar que eu era tonta e que não percebi que toda aquela conversa não era senão um interrogatório. Mas não era apenas ele que me interrogava a mim. Eu também lhe tirava nabos da púcara. Aquilo que consegui saber confirmou os meus piores pressentimentos: se havia um inferno na terra, esse inferno era a vila de Inhaminga. Fiquei com remorsos, arrependida por não ter impedido a viagem do meu Adriano. E prometi a mim mesma: acabaram as reuniões políticas aqui em casa, acabaram as sessões do Cineclube, acabei eu mesma, que aceito sempre tudo como se nunca entendesse nada. Se o meu homem não chegar amanhã de Inhaminga, vou fazer as malas e vou sair desta cidade. Não sei para onde. Não saber para onde fugir é tão triste como não ter casa.

5

Uma alma esburacada

(Beira, 7 de março de 2019)

Lao Tsé escreveu:
"a lembrança é um fio que nos condena ao passado".
Talvez seja o oposto:
lembrar é o melhor modo de fugir ao passado.
Adriano Santiago

Avisam-me da receção do hotel que alguém me espera no hall de entrada. Lavo a cara para não se notar que àquela hora da tarde eu ainda fazia a minha sesta. Desço até ao átrio de entrada. Uma mulher branca avança, de braços abertos, na minha direção. Mantenho-me rígido enquanto a desconhecida me estreita com misteriosa familiaridade. Depois de um penoso momento, ela dá um passo atrás, mantendo as mãos sobre os meus ombros. Os olhos estão marejados, a voz emerge quase líquida.

— *Trouxe a minha mãe!* — proclama.

Num canto do átrio, uma velha senhora de cadeira de rodas contempla-me, comovida. O sorriso é tão largo que faz esquecer a sua figura dobrada e frágil.

— *Vem cá, meu filho* — murmura, estendendo-me os braços. — *Dá cá um abraço à tua velha Rosinda.*

Concentro o meu olhar nos olhos da antiga vizinha. É uma delicadeza. Poupo-a assim da contemplação do corpo maltratado pela velhice.

— *Tornaste-te um homem famoso, quem diria?*

Sorrio, condescendente. A surpresa de Rosinda renova os sentimentos de inferioridade que tanto me magoaram em criança. Regresso à companhia de Camila, que me volta a enlaçar nos seus braços. Sim, só pode ser Camila. A outra irmã, a Bruna, era baixa e tinha os olhos escuros. Esta mulher que me abraça é bela e sabe da sua beleza.

Lembro-me que reinava em casa dos Sarmentos o seguinte preceito: às meninas faladoras não crescem os peitos. Já nessa altura eu olhava Camila e pensava: aquela moça devia estar calada desde que nascera. Quarenta anos depois a mesma mulher olha para mim com uma mistura de espanto e desencanto. Quer saber como estou, se tenho mulher e filhos. E fica à espera que eu desfaça o meu ar assarapantado e responda à mais simples e banal das perguntas.

— *Nunca me casei* — diz Camila Sarmento salvando-me do meu embaraço. — *Com uma infância e um pai como eu tive, não se aprende a partilhar a vida com ninguém.*

O pai de Camila, o vizinho Vitorino Sarmento, era um incorrigível racista, um grotesco fanfarrão e um mentiroso compulsivo. A minha mãe não gostava dele, mas achava-se obrigada a cumprir uma regular troca de visitas: Vitorino era um primo afastado. A justificação da mãe era a seguinte: a família era já tão pouca que, mesmo sendo má, era melhor do que estarmos sozinhos. Tinha sido essa a razão que fez o meu pai assinar a "carta de chamada", documento indispensável para que Vitorino fosse autorizado a viajar de Portugal para Moçambique.

Os cabelos grisalhos de Camila não anulam o brilho juvenil do seu rosto. Antecipando-me à inevitável pergunta, explico a minha presença na cidade.

— *Vim em busca do meu passado, estou a escrever um livro.*

O mesmo riso parado, o mesmo gesto suspenso: a referência ao passado parece perturbar as duas mulheres.

— *A minha irmã Bruna morreu* — anuncia Camila. — *Foi no ano passado, em Portugal. Não te deves lembrar dela. O Sandro, se estivesse vivo, havia de se recordar.*

— *É por causa dele que estou na Beira.*

— *Por causa do Sandro?* — admira-se Camila. — *Dizem que ele morreu.*

— *Também venho ver Benedito* — anuncio.

— *Quem?* — pergunta com voz esganiçada a velha Rosinda.

— *Benedito, o meu antigo empregado.*

E logo me arrependo de ter mencionado o nome de Benedito. Camila baixa os olhos, aceita o peso da lembrança. Os dedos longos afastam os cabelos do rosto. Era o mesmo gesto que ela exibia quando, jovem, se penteava na varanda. Era como se ela se desnudasse, numa dança executada em minha exclusiva homenagem. E o silêncio foi tão longo e espesso que dei por mim convidando as duas visitantes para jantar comigo no hotel. Aceitam sem reservas.

A velha Rosinda ocupa o lugar na cabeceira da mesa e estende sobre o colo o guardanapo sem tirar os olhos de mim. Sorrio para ela, enquanto penso: estou a almoçar com a mulher que espiava a nossa casa, estou a partilhar o meu tempo com a delatora que nos denunciava à PIDE.

— *Lembras-te dos nossos domingos?* — pergunta Rosinda.

Assim era a rotina: no primeiro domingo do mês íamos almoçar a casa dos Sarmentos. Com exceção do Sandro, todos odiávamos aquelas visitas. O meu primo perdia-se em longas conversas com as filhas de Vitorino, a Bruna e a Camila. Fechavam-se no quarto e, sem me deixar entrar, trocavam risos e segredos. Certa vez perguntei-lhe se estava apaixonado por alguma delas. Sandro sorriu com tristeza e passou-me os dedos pelo cabelo como se tivesse pena de mim.

De tudo isso me recordo enquanto a velha Rosinda faz avançar a cadeira para apoiar a mão sobre o meu braço. — *Ainda tens muito cabelo* — conclui. E acrescenta: — *Lembro-me de como o Vitorino se zangava com as tuas melenas. Era a moda, os cabelos à Beatles, e o Vitorino ficava muito irritado com a liberdade que os teus pais te davam. Andavam sempre pegados, o meu marido e o teu pai. Adriano era um inventor e, se calhar por isso mesmo, odiava as mentiras do Vitorino.*

— *A minha mãe deitava água na fervura?* — pergunto.

— *A Virgínia encorajava as mentiras do Vitorino. A tua mãe dizia que na nossa cidade, tão fechada e tão cinzenta, faltar à verdade não era um pecado. Era uma generosidade.*

O empregado de mesa do hotel saúda-me. — *Obrigado, nosso poeta* — diz ele com solenidade. — *Obrigado por ser um pouco de cada um de nós.* — Afasta-se, silencioso, a curva das costas levantando o casaco branco acima da cintura. Há nele um modo de caminhar que me faz lembrar Benedito. O nosso jovem empregado ajudava a servir à mesa nos almoços em casa dos Sarmentos. Circulava entre a sala e a cozinha com passos delicados, os pés pedindo desculpa ao chão. Sempre que se aproximava, a conversa à mesa era interrompida. E havia um silêncio incómodo. De uma criatura inexistente o Benedito tornava-se, então, um indesejável intruso. Ele sabia que o silêncio dele tinha que ser maior que o dos patrões.

— *O empregado reconheceu-o* — comenta, surpresa, a velha Rosinda. — *Deve ser da família dos nossos antigos criados. Esta gente é assim: são todos parentes.*

A frase é antiga. Vitorino Sarmento repetia essa espécie de sentença: — *Estes pretos, mesmo sendo estranhos, são todos da mesma família.* — Lembro-me da réplica do meu pai, no seu habitual tom de gentil violência: — *Que inveja tenho dessa gente* — dizia. — *No nosso caso é o inverso* — acrescentava. — *Somos parentes e nunca chegámos a ser família.*

Dona Rosinda limpa repetidamente os talheres ao guardanapo como se duvidasse da higiene do lugar. E volta a falar, como se apenas suspirasse:

— *Não há dia em que não me lembre da minha comadre, a Maria Lampadinha.*

— *Agora não, mãe* — implora Camila.

— *O Diogo vai gostar desta história* — garante Rosinda, ignorando o olhar reprovador da filha. — *Conta-lhe tu, Camila, o nosso amigo certamente vai preferir escutar a tua voz.*

Contrariada, a filha acede ao pedido da mãe. E conta a história de Maria Lampadinha, uma moça da sua aldeia que matou o marido com agulhas de croché. Espetou-as, uma de cada lado, no peito do homem, que tombou de borco sobre o tapete. Lampadinha retirou lentamente as agulhas do corpo e, sem as limpar, terminou de costurar a blusa que, nesse mesmo dia, ofereceu à amante do marido.

A faca em riste, e um angelical sorriso, a velha Rosinda segue embevecida o relato da filha. No final volta a puxar lustro aos talheres. Sem levantar os olhos dirige-se a mim:

— *E tu o que tens feito?* — pergunta ela.

— *Já dei umas voltas pela cidade. Ontem fui ao Beira Terrace, fui ver o lugar onde uma moça chamada Almalinda...*

— *Alto!* — e as mãos erguidas de Rosinda reforçam a ordem para que eu suspenda a meu relato. — *Há lembranças que não são para aqui chamadas, essas lembranças estão mortas...*

— *Ela não morreu, é o que se diz.*

— *Para mim está morta. Estão todos mortos. O meu marido também* — e subitamente Rosinda adquire uma postura contida. Serve-se de vinho e fica entretida olhando a bebida a balançar dentro do copo. E depois declara com secura: — *Esta cidade que te vai libertar é a minha prisão. Passo a vida em casa. Assisto aos programas da televisão portuguesa.*

Naquele momento um grupo de dança invade a sala e prepara-se para exibir danças tradicionais moçambicanas.

— *Era o que faltava* — declara, incomodada, a velha portuguesa. Bebe apressadamente o vinho. E relata aquilo que classifica como uma das situações mais embaraçosas que viveu. — *Aconteceu antes da Independência* — lembra Rosinda. — *Certa vez o engenheiro mandou que, na festa do Dia da Raça, substituíssemos o rancho minhoto por danças dos indígenas. E lá tive de comandar aquela gente com as roupas deles, a bem dizer quase nus, a remexerem-se no palco sem nenhum pudor.*

Rosinda passa a ponta do guardanapo pelo queixo, quer-se limpar de sujidades que só ela vê. — *Vais ver, Diogo* — prossegue Rosinda, a voz esganiçada por um breve acesso de raiva. — *Vais ver o tempo que esta gente vai ficar aqui na sala com os seus batuques. Foi o que sucedeu nessa cerimónia. Perguntei ao chefe dos dançarinos qual seria a duração prevista para a exibição. Sabes o que o homem me respondeu? Nunca mais me esquece. Disse que um espetáculo se prolonga enquanto o público gostar. E explicou-me que era má educação definir antecipadamente a hora de fecho de uma festa.*

Ao retirarmo-nos do restaurante, dou por mim a empurrar a cadeira de rodas. O meu serviço parece envaidecer a velha visitante, que tem agora os ombros subidos e as costas empertigadas de uma rainha que desfila nos seus domínios. Os dançarinos envolvem-nos e rodopiam à volta da cadeira de rodas. Mostram assim o apreço por aquela velha senhora. — *Leve-me rapidamente daqui para fora!* — ordena Rosinda. E abro caminho por entre os artistas. Vejo como Rosinda espreita as pernas dos bailarinos. Não sei se é a inveja ou se é a luxúria que enche os seus olhos.

À porta do hotel ambas as mulheres disputam a minha atenção. Camila adianta-se e, em segredo, pergunta: — *Estás sozinho? Posso ligar para ti?* — Trocámos os números de telefone. Dona Rosinda quase atropela a filha com a cadeira. Quer um momento a sós comigo. A velha senhora tem as mãos ocultas na bolsa e espera que a filha se afaste para me entregar um envelope. — *É uma carta que escrevi há muitos anos e a que agora acrescentei umas poucas linhas* — explica Rosinda. — *Não a mostrei nunca a ninguém. Mas não a leias agora. Espera que seja noite.*

ಡ

Regresso ao quarto. Lá fora escurece. De súbito sou surpreendido com disparos vindos de uma rua próxima. Faço o que não se deve fazer: vou à janela. Mas não é a cidade que eu vejo. O que surge perante mim é uma noite escura da minha adolescência. Eu tinha uns catorze anos quando, em nossa casa, fomos acordados por um tiro. A avó gritou: — *A guerra chegou, eles estão aqui!* — Com o longo roupão varrendo o soalho, atravessou o meu quarto para apagar as luzes que eu, entretanto, tinha acendido.

E logo a seguir um novo tiro. Nessa altura ficou claro: algo se passava em casa do Vitorino e da Rosinda. Escapei do quarto, saltei o muro e corri para a casa dos vizinhos.

— *Camila!* — gritei, o coração atropelando o peito. E, logo a seguir, esbarrei com Vitorino à porta da sua casa. Vinha esbaforido, em cuecas e camisola interior, a espingarda suspensa num braço. Depois passou por mim um grupo de homens arrastando pelos braços o corpo de Jerónimo. O irmão de Benedito estava morto, todo esfacelado, um rio vermelho espraiando-se no pavimento. O sangue era tanto e tão vivo que parecia brotar do chão. Os braços de Jerónimo dançavam como se ainda estivessem vivos. Um dos vizinhos resmungou entredentes: — *Filho da puta do preto, apanhado a violar a filha do patrão!* —

Mais atrás vinha Rosinda abraçando Bruna, a filha mais nova. A fechar o cortejo surgiu Camila, a bela e jovem Camila, toda desgrenhada, aos berros: — *Mataram-no, mataram o meu Jerónimo! Maldito seja o meu pai! Malditos sejam todos vocês!* — A desvairada moça veio à porta, deu meia-volta e voltou a entrar em casa.

Aterrado, o bairro cerrou as portas e trancou as janelas. Ninguém queria ouvir a indignada fúria de Camila. Ninguém queria aceitar o que parecia evidente: embrulhados sob um mesmo lençol, os dois jovens eram amantes. A polícia apareceu apenas para registar a versão antecipadamente confirmada: o negro Jerónimo Fungai era um violador e tinha sido surpreendido em flagrante delito. E, sendo assim, o patrão agira em legítima defesa. O meu pai ainda abordou os polícias sugerindo que recolhessem o depoimento de Camila. — *Não vale a pena* — responderam —, *a moça está completamente transtornada.*

No meio daquela histeria a casa parecia ter ficado vazia. Fui avançando pelo corredor, atento para não pisar o rio de sangue que parecia não ter fim. Foi quando dei com Camila. Ela estava virada contra a parede da sala e mantinha o mesmo ensanguentado robe com que a tinham arrancado da cama. Fiquei ao seu lado, sem saber o que dizer. Reparei então que o roupão estava entreaberto e os seios de Camila fizeram-me esquecer o drama que ali se vivia. A certa altura ela falou. A tranquilidade da sua voz assustou-me.

— *Tens notícias do teu primo Sandro?* — perguntou.

— *Mais ou menos.*

— *Diz-lhe que vou ter com ele* — sentenciou Camila.

— *O problema* — balbuciei — *é que ninguém sabe onde ele está.*

— *É por isso mesmo que vou ter com ele.*

Dias depois o bairro rejubilou quando Camila foi internada num asilo psiquiátrico. Não havia decisão clínica. Era uma ordem de prisão negociada entre a família e as autoridades. O tiro que matou Jerónimo não bastava para reordenar o mundo. Havia que isolar a jovem que abrira o bairro aos demónios de África.

Uma semana após a tragédia a minha mãe recolheu umas flores, pegou-me por um braço e já atravessava o jardim quando o meu pai a abordou:

— *Vais ao vizinho? Vais consolar aquele assassino?*

Sem responder a mãe seguiu caminho. Não se deteve, como antevia o marido, na casa dos Sarmentos. Seguiu pela estrada e anunciou em voz baixa:

— *Vamos para o cemitério.*

— *As flores são para o falecido Jerónimo?* — perguntei.

— *São para o pai do Jerónimo. Tu conhece-lo, vocês trouxeram-no na viagem de Inhaminga. Chama-se Capitine e é agora o guarda do cemitério.*

Caminhámos em silêncio, passando pelo bairro dos negros, o Chipangara. Chegados ao cemitério, a mãe tirou o chapéu e abrandou o ritmo da marcha, pisando o chão com mais leveza. Num dos cantos do recinto, sentado sobre um pilão, estava Capitine, o pai de Benedito e de Jerónimo. Quando nos viu levantou-se e tirou o chapéu. A mãe abraçou-o. O homem permaneceu hirto, amarrado à cor da sua pele. Nada disseram um ao outro. A mãe colocou as flores numa lata e recomendou: — *Tens que renovar a água para que elas durem.* — A seguir dona Virgínia desembrulhou uma gravata preta que trazia na carteira. — *É do meu marido, é nova, ele nunca a usou* — foi dizendo enquanto ajustava a gravata no pescoço do guarda, que se conservava perfilado e sem pestanejar.

Deixámos o velho Capitine imóvel como uma estátua. A gravata pendia-lhe no peito fazendo lembrar a corda de um enforcado. — *Não acredito no luto* — murmurou a mãe, já fora do cemitério. — *Mas é sempre bom que alguém nos agasalhe a tristeza.*

ଓଃ

Deitado na cama, vêm-me à mente os seios de Camila. E lembro-me de, ainda adolescente, espreitar da minha janela a jovem vizinha e, à força de imaginá-la nua, os olhos ocuparem todo o meu corpo. E depois tudo se apaga. Como se, para ser lembrada, a vida deixasse de ser nossa.

Decido-me, enfim, a ler a carta da antiga vizinha. Está escrita à mão, a caligrafia é esmerada, desenhada com um cuidado que há muito se perdeu.

"Querido Diogo:

Escrevi uma primeira versão desta carta há anos. Sabia que nunca a iria mostrar a ninguém. Escrevi para mim, como se eu fosse uma outra pessoa, a minha única e eterna companhia. Quando soube que estavas na Beira, uma luz se fez na minha cabeça e decidi reescrever o que há muito tinha apenas rabiscado. Vou hoje ao hotel para te ver, é verdade, mas sobretudo para não mais guardar dentro de mim a história que te conto a seguir.

Depois de matar Jerónimo, o meu marido enlouqueceu. Todas as noites ele levantava-se do leito encharcado em suor e, aos berros, alertava-me que tinham deixado o cadáver do Jerónimo junto à nossa porta. Completamente descontrolado, Vitorino implorava-me que fosse confirmar a presença do falecido. Insistia que os negros tinham ido à morgue e tinham trazido o corpo de volta a nossa casa. Todas as noites Vitorino era obrigado a arrastar o morto para longe do local do crime, para longe da sua cabeça.

As primeiras vezes que ele assim delirou ainda o tranquilizei, garantindo que era tudo um pesadelo e servindo-lhe uma chávena de leite quente. Numa certa noite, porém, uma outra pessoa tomou posse de mim. Levantei-me da cama e disse a Vitorino que ia ver se estava alguém à entrada da casa. Abri a porta da rua com ruído para que ele me escutasse e, então, gritei: — *Cruz credo, tens ra-*

zão, Vitorino, deixaram o corpo aqui! — Bati a porta e corri a fechar-me no quarto. Metade de mim me estranhava: por que razão eu martirizava Vitorino, já tão consumido pelos seus demónios? Mas a outra metade me dizia que era ainda pouco aquele castigo. Mais do que Vitorino, era eu quem merecia ser punida. E explico porquê.

Durante anos suspeitei que algo de errado se passava entre Vitorino e a minha filha mais velha. Várias foram as vezes que encontrei Camila, desgrenhada e aos prantos, num recanto escuro do quarto. Tive medo de lhe perguntar o que tanto a afligia. Secretamente, eu já sabia a resposta. E, de repente, ficou claro o verdadeiro motivo que levou Vitorino a cometer aquele crime. O pobre Jerónimo não partilhava apenas o leito da nossa filha. Ele disputava a sua 'princesa'. Era assim que Vitorino a tratava, mesmo à minha frente ou na presença da nossa outra filha. Não foi um pai transtornado que disparou. Foi um amante desfeito pelo ciúme.

É por isso que, noite após noite, fui fazendo de conta que abria a porta de casa enquanto o meu marido, todo desgrenhado e babado, aguardava no quarto pela confirmação da presença desse morto que não tinha sepultura. Eu mentia que sim, que tínhamos recebido essa visita. Era essa a punição pelo seu duplo crime: sozinho e inconsolável, o meu Vitorino, em prantos, molhava os lençóis como uma criança.

Para tornar o castigo ainda mais completo, pensei pedir ajuda ao espírito do falecido criado. Não sei se sabes, mas eu tenho um dom, sou espírita. Posso dizer de outro modo: eu chamo de volta os defuntos. Naquela altura, porém, não fui capaz de fazer regressar esse Jerónimo. Ele simplesmente não comparecia. Desconheço a razão dessa ausência. Ocorreu-me pensar que, desde que morreu, Jerónimo tenha deixado de saber falar português. A única língua que lhe restava era aquela em que ele nasceu. Tenho pena que assim seja: queria que o pobre Jerónimo soubesse o quanto castiguei o criminoso do meu marido.

Deixo-te com esta história. Mas não és tu a quem eu me quero dirigir. É à minha filha Camila. A morte de Jerónimo foi uma ferida que Camila nunca foi capaz de curar. Esse ato tresloucado do meu marido revoltou-a de tal maneira que ela fez de nós, os pais, os seus irredutíveis inimigos. Camila não me quer escutar. Esse episódio tão triste é um assunto proibido. Por favor, conta-lhe esta história. Queria morrer com esse conforto: que a minha filha soubesse que a vinguei. E que fiquei do seu lado, todo este tempo. Agradeço-te, meu querido Diogo, agradeço a Deus por este reencontro contigo e com todo o passado onde, apesar de tudo, eu tinha a felicidade de haver um futuro. Mesmo que esse futuro aconteça sem a minha presença.

Tua eterna vizinha
Rosinda Sarmento"

Pouso a carta de Rosinda sobre o peito enquanto penso: sempre suspeitei que graves segredos se ocultavam na casa dos nossos vizinhos. Depois da morte de Jerónimo, todos os dias assistíamos ao triste espetáculo do Vitorino Sarmento gritando à janela: "Viva Salazar! Viva a PIDE!".

A polícia tinha ido várias vezes a sua casa. Primeiro, para o advertir. Depois, para o ameaçar. A PIDE, diziam-lhe, já não existia. Agora chamava-se DGS. E Salazar há mais de um ano que tinha morrido. O novo presidente era Marcelo Caetano.

As advertências policiais não funcionaram. O vizinho achava que aqueles agentes fardados que o mandavam calar não podiam ser senão os inimigos do regime. "Comunistas!", gritava ele. E quando os assarapantados polícias se retiravam ele assomava à janela aos berros: "Tenho amigos na PIDE, vocês não se safam!".

Recordo o dia em que Vitorino Sarmento foi preso. Fomos todos à rua ver o homem, de camisola interior e todo descomposto, a ser metido numa ambulância e a ser conduzido para o mesmo asilo psiquiátrico de onde, dias antes, acabara de sair a filha Camila.

Vitorino esperneava aos berros quando o arrastaram pela rua e o meteram na viatura policial. Não resistiu. Duas noites depois morreu na cela que partilhava com os nacionalistas contra os quais ele sempre lutou. Eis a ironia. O fascista Vitorino faleceu nas masmorras do fascismo. O racista Vitorino morreu rodeado de negros, que foram os únicos que rezaram pela sua alma.

ଓ

Logo de manhã sou alertado por uma mensagem telefónica de Liana Campos. Avisa que acaba de me enviar mais uma remessa de documentos escolhidos por mim. São três ficheiros que ela agrupou num mesmo título que denominou como "O corpo como cemitério". Alerta-me ainda que fez uma ou outra "pequena emenda". Eu que não ficasse alarmado. Ela apenas queria não se sentir uma simples datilógrafa.

Passo pela receção do hotel e deixo um envelope com uma recomendação: que ligassem para a destinatária, Camila Sarmento, cujo número de telefone estava registado no próprio sobrescrito. E pedi que a informassem de que eu já tinha saído do hotel. E que tinha regressado a Maputo.

— *Há algum valor dentro do envelope?* — pergunta o jovem rececionista.

— *É uma simples carta* — esclareço.

Naquele preciso momento arrependo-me do que acabo de fazer. Peço de volta o envelope. E decido entregar a carta num posto de correio. Não fosse o rececionista abrir o envelope e conhecer as tristes confidências de uma pobre mãe.

6

O corpo como cemitério

(Os papéis do pide — 3)

Não desenterres o passado.
Podes encontrar um futuro morto.
Adriano Santiago

PAPEL 10. Excerto do meu diário. A terra toda tremendo

Inhaminga, 20 de fevereiro de 1973

No segundo dia em Inhaminga acordei com a terra tremendo. É a guerra, pensei alarmado. O padre Martens sorriu e mandou-me espreitar pela janela. Nunca antes tinha visto tantos e tão grandes camiões. Transportavam pedras para Cabora Bassa. — *Não param o dia inteiro* — comentou o holandês. — *Aquilo não é uma albufeira. É um muro de água. Querem evitar que a guerrilha se espalhe para sul.*

Tínhamos passado a noite na missão da igreja do Sagrado Coração de Jesus, em Inhaminga. Dormimos eu e o pai numa velha garagem. Numa outra dependência se alojaram o padre Januário e Benedito. Na casa principal ficaram os padres holandeses José Martens, Peter e Jan Matheu.

A meio da manhã recebemos na Missão uma delegação da polícia comandada pelo agente Gorgulho. Vinham alvoroçados: naquela madrugada a vila tinha acordado à sombra de uma desconhecida soberania. Em vez da velha bandeira portuguesa drapejava no mastro da administração uma capulana de várias cores.

— *O senhor padre viu o que fizeram estes macacos com a nossa bandeira?* — pergunta o agente Gorgulho.

— *Apenas sei que prenderam Maniara* — disse o padre Martens.

— *Já a soltámos* — admitiu o polícia. — *Não foi ela. Isto não é obra de uma preta analfabeta. Isto é coisa vossa, de gente com educação.*

E explicou-se com desenvoltura: naquele fim do mundo apenas nós poderíamos ter ouvido falar desse poeta louco que, em versos malditos, equiparou a bandeira portuguesa a uma capulana. — *É coisa que se escreva?* — indagou o inspetor aos berros junto ao rosto do meu pai. Parecia que ele, Adriano Santiago, era responsável pelos versos de todos os poetas do mundo.

Padres e polícias abrigaram-se no edifício. Não queriam continuar a conversa ali, no meio da pequena multidão que, entretanto, se havia aglomerado. Nós ficámos do lado de fora, enfrentando um sol que já ia alto. Ao meu lado sentou-se um soldado branco, magro e com grandes patilhas que lhe estreitavam o rosto.

— *Quantos anos tens?* — perguntou-me o soldado. Sem esperar pela resposta, ele foi adiantando conversa. — *Quando estiveres em idade militar já a puta desta guerra acabou.* — Fez uma pausa, olhou em volta e prosseguiu: — *Repara nestes magalas, cabrões, todos mortos de medo. Se lhes dessem a escolher, no instante seguinte estavam todos num avião de regresso a Portugal. O que eles não sabem é que ninguém volta de uma guerra.*

O soldado retirou do bolso um frasco de vidro e aproximou-o do meu rosto. Agitou-o como se faz a um mealheiro.

— *Sabes o que está aqui dentro?* — perguntou.

— *Parecem cascas de bichos* — respondi, amedrontado.

— *Não deixas de ter razão* — declarou o militar. — *São unhas de pretos. De pretos que não queriam falar. Depois de descascados deram à língua que nem ginjas. Nunca ouviste a expressão "falou que se desunhou"?*

E depois dirigiu-se ao meu pai: — *Estão sempre a queixar-se de que não lhes trazemos civilização. Como vê, senhor intelectual, nós até os brindamos com serviço de manicura.* — Olhou em redor a avaliar a reação dos outros soldados e prosseguiu: — *Há camaradas meus que fazem coleção de orelhas, mas isso é uma grande chatice, é preciso deixá-las a secar ao sol.*

O meu pai crispou os dedos em redor do meu braço. Deu um desajeitado passo em frente e empertigou-se perante os soldados, cujo sorriso era metade espanto, metade desprezo. Adriano Santiago puxou Benedito para o seu lado e deixou-se estar perfilado e de mãos atrás das costas. Percebia-se que queria fazer um anúncio. O soldado das patilhas interrompeu os seus propósitos.

— *Quer fazer um discurso, amigo? Pois primeiro responda a uma simples pergunta: você fez a tropa?*

O meu velho negou com um impercetível menear da cabeça. E depois, como se quisesse salvar a honra, declarou: — *Não fiz a guerra mas tenho um sobrinho que foi mobilizado exatamente para aqui, para Inhaminga. Chama-se Sandro. Sandro Santiago. Conhecem-no?*

— *Ei, malta* — anunciou uma voz exaltada —, *não querem ver que este magano é tio da Sandrinha!?*

De imediato se instalou um coro de apupos e gritinhos efeminados. O soldado de patilhas ergueu o braço impondo ordem.

— *Mandam-nos cada marmanjo!* — exclamou. — *Já não bastavam os padrecos estrangeiros...*

— *Pois fiquem a saber* — balbuciou o meu velhote —, *neste país, os holandeses são tão estrangeiros como qualquer um de vocês.*

— *O que é que você disse?* — perguntou o soldado, dando um passo em frente.

— *Nada.*

— *Começo a desconfiar de que exista aqui uma doença de família. Ora vamos lá a esclarecer uma coisa. Você trouxe consigo este pretito, este muana. A pergunta é: Você anda a ser comido pelo gajo? Ou é você que o come a ele?*

— *Este é o Benedito, o meu empregado doméstico* — declarou o meu velho de forma atabalhoada. — *Este jovem está comigo porque fugiu dos aldeamentos* — continuou o meu pai com mais firmeza.

— *Pois leve o cabrão desse miúdo de volta para donde ele fugiu* — mandou o militar. — *Nos aldeamentos sempre fica protegido contra os terroristas. Cá fora, vira um terrorista num abrir e fechar de olhos.*

— *Foi isso que vocês fizeram deste país: um imenso aldeamento.*

Os soldados escutaram espantados aquela declaração do meu velhote. Por um momento receei pela sua integridade física. Depois de um silêncio, um e outro militar foi soltando uma nervosa risada. E logo uma onda de chacota contagiou todo o grupo dos militares. Não sabendo como exprimir a sua revolta, o pai ergueu os braços num gesto brusco e desajeitado. Um soldado apontou uma pistola e simulou disparar sobre Benedito. Em pânico, o rapaz lançou-se nos braços do patrão em busca de socorro. Foi tal o seu ímpeto que ambos se desequilibraram e rodopiaram num grotesco bailado. Os soldados lançaram uma estrondosa gargalhada. — *Olha o casalinho a dançar o vira!* — gritou um deles. Sacaram das pistolas e fizeram soar tiros para o ar. Benedito saltava em pânico sem largar os braços do meu pai, que acabou tombando desamparado, a boca enchendo-se de terra.

Ergueu-se devagar, cuspindo uma generosa porção de areia como se acabasse de ser desenterrado.

Os padres compareceram, alarmados, assim que o tiroteio acalmou. Os soldados já se retiravam e o meu pai ainda cuspia areia. Parecia um dragão resfolegando. O padre Martens gritou em chissena apelando aos camponeses que haviam fugido para que regressassem sem medo.

— *Nunca aprendeu a língua desta gente?* — inquiriu o padre Martens.

— *Tenho areia raspando-me a língua* — respondeu, impaciente, Adriano Santiago. — *É só isso que me interessa.*

Voltou a cuspir. O padre mandou que buscassem água. Trouxeram uma caneca de alumínio. O meu pai bochechou mas, com a atrapalhação, acabou por engolir o que era suposto expelir. O sacerdote voltou a encher-lhe o copo.

— *Desde ontem que rezo por si* — disse o holandês.

— *Reze antes por Sandro que anda por aí perdido. Reze por todos, menos por mim que sou ateu.*

— *Ninguém é ateu* — afirmou o padre.

— *Talvez tenha razão. Sou tão religioso que não me basta um só deus.*

— *Não fale assim do que é sagrado* — admoestou o padre.

— *É o que lhe digo: todos os dias me nascem deuses. Não imagina quantos nasceram e morreram nesta viagem.*

PAPEL 11. Declaração de Maniara. Gravação e transcrição de Adriano Santiago com tradução de Benedito

Inhaminga, 20 de fevereiro de 1973

Não quero entortar a verdade: fui eu que troquei a bandeira portuguesa por uma capulana. Vou explicar: quem primeiro vê os mastros são os deuses. Se mexi na vossa bandeira foi para agradar aos antepassados.

Tenho o direito de falar de panos: ganho a minha vida graças a eles. Sou eu que lavo as fardas dos soldados portugueses. Esses uniformes vêm cheios de nódoas, entranhados de poeira. As minhas mãos não limpam só as sujidades. Isso até não custa. O que é difícil é lavar as sombras que se escondem nos panos.

Um dia destes apareceu um soldado muito jovem que vinha agradecer pessoalmente os meus serviços. E confessou uma dúvida que muito me surpreendeu. Queria saber em que água eu lavava tanta roupa. Respondi-lhe assim: *Meu filho, há neste mundo dois tipos de mulheres. Eu sou das que lavam no rio. Aposto que é a primeira vez que falas com uma dessas mulheres.*

Ele sorriu e o rosto dele ficou ainda mais triste. Estava magro, mas não era apenas uma magreza da carne. O senhor sabe, os ossos crescem com a tristeza. E os ombros dele eram como um varão onde se pendura a roupa. É sempre assim com estes rapazes: por mais tamanho que tenham, a farda fica-lhes sempre demasiado grande. Não é corpo que lhes falta. É a idade. E aquele soldado tinha até a voz magra quando disse que estava ali para me pedir desculpa.

— *Andamos a matar inocentes* — disse ele. — *O que mancha as nossas fardas não tem como ser lavado.*

— *Vou contar-lhe um segredo* — disse eu. — *Há na minha aldeia quem condene o meu trabalho. Dizem que estou a servir o inimigo. Mas não traio ninguém. Se vierem os da FRELIMO vou explicar: lavo as fardas dos portugueses para os enfraquecer. Eles já chegam aqui fraquitos. E eu não tiro as sombras das suas fardas. Os portugueses já perderam a guerra. Que soldados são os deles que não cantam e não dançam?*

— *Quero oferecer-lhe um verso que escrevi para si* — disse-me, então, o jovem.

— *Não sei ler, meu filho.*

— *Um dia vai saber.*

E deu-me um papel todo rabiscado. Fiquei desconfiada que ele também não sabia escrever. Porque ele não fazia como os outros que frequentaram a escola e que espalhavam as letras por toda a largura da folha. No caso dele, as palavras estavam todas encostadas do mesmo lado da página. Rasguei a folha para aproveitar o espaço em branco. Não embrulho peixe frito em folha que esteja escrita. E guardei o outro pedaço de papel, esse que estava rabiscado com a letra do soldado.

Vi esse jovem branco afastar-se, todo encolhido, e pensei nos meus filhos que foram para a cidade. Esses jovens, quando voltarem, já não serão filhos de ninguém. Esse meu Benedito, por exemplo, já deixou de ser nosso parente. Agora pertence à cidade. Não falo de graça, meu patrão. Também já por lá estive, pelas terras dos colonos. Os brancos, todos sabemos, são pessoas estranhas: constroem casas de cimento e fazem toda a vida dentro delas. Dormem com a cabeça virada para o poente. Cozinham, urinam e defecam sem sair das suas construções. A água corre em poços escavados dentro das paredes. As casas deles crescem como árvores em direção aos céus. Erguem-nas de um tamanho e, depois, como resultado das suas rezas, essas casas vão ganhando altura. Alguns que lá moram ficam tontos e lançam-se para o chão como pássaros cegos. Morrem como as andorinhas nos dias de tempestade.

Uma coisa é certa: nós, os negros de Inhaminga, podemos ter os nossos medos, mas os brancos vivem com muito mais medos. Têm receio dos feitiços dos outros brancos. E são ainda mais atormentados com nossos feitiços. É por isso que usam panos em todo o lado. É assim que afastam os maus espíritos. Cobrem as mesas com panos. Comem em cima de panos. Usam-nos por cima da cama. E estendem-nos a tapar as janelas. Por essa razão pensei que seria bom mudar a bandeira dos portugueses. Para que eles ganhassem as simpatias dos nossos antepassados. Foi isto que lhes quis explicar. Mandaram-me calar. É assim que fazem com as mulheres. Têm medo delas quando falam. Mas têm ainda mais medo quando calamos.

* * *

PAPEL 12. Carta do padre Januário para os seus superiores da PIDE

Inhaminga, 20 de fevereiro de 1973

Excelentíssimo Senhor
Inspetor Óscar Campos

Hoje, pela primeira vez, um branco ajoelhou-se perante mim no confessionário. Digo um branco mas, na verdade, também nunca nenhum preto aceitou confessar-me os seus pecados. O homem vinha transtornado, nunca antes tinha visto alguém tão derrotado. Reconheci-o. Era o alferes que comandava os soldados que guarneciam a praça onde amontoaram os mortos de Inhaminga. Mal se ajoelhou lembrei-lhe que nos tínhamos cruzado nesse fatídico lugar. Não pareceu escutar-me.

— *É por isso que venho aqui. É que me fui abaixo* — começou por declarar. — *Fui-me abaixo não quando os matámos, mas quando uma velha preta começou a dizer os nomes dos falecidos. Ou melhor, não foi exatamente nesse momento. O que mais me atormentou foi quando a gaja apresentou os mortos como sendo filhos de alguém. Foi então que fraquejei.* — Interrompeu a confissão para arregaçar as mangas e mostrar uma tatuagem com as palavras "Amor de mãe". Depois prosseguiu: — *Quando a velha preta proclamou que todos aqueles mortos eram seus filhos foi como se esta tatuagem começasse a sangrar.* — O alferes disse isto e encostou o braço à grade do confessionário. — *Veja, padre, veja se não estou a sangrar. Estou, não estou?* — perguntou.

Mandei que rezasse trinta ave-marias, o mesmo que os outros padres receitavam aos pecadores brancos. Para os pretos mandavam rezar cinquenta. Ainda me ocorreu aumentar-lhe a dose. O militar, porém, de olhos vazios, declarou que se esquecera de como se orava a Deus.

— *Já não sei rezar* — murmurou.

— *Então vamos rezar juntos* — sugeri eu.

O alferes pediu-me que saísse do confessionário e me sentasse a seu lado. Ocupámos o mesmo banco da igreja e ali ficámos em silêncio. Foi então que ele desabou num inconsolável choro. Sem hesitar, corri a fechar as portas e janelas da igreja. Ninguém podia ver um comandante militar naqueles propósitos. Voltei então a sentar-me junto do infeliz pecador e, sem me dar conta, vi-me a passar o braço sobre o seu ombro. Mais insólito ainda, o militar deixou descair o corpo e pousou a cabeça no meu peito.

Este episódio fez-me pensar na minha condição nesta pequena igreja do Sagrado Coração de Jesus. Para os brancos sou padre, mas continuo a ser negro. Para os negros deixei de ser preto e não chego a ser padre. Não são, contudo, apenas os crentes que se recusam a confiar-me os seus pecados. Na verdade, eu mesmo evito confessar-me. Sinto que vivo entre dois gumes: tenho fé no Deus dos cristãos e mantenho a crença nos deuses africanos. Até que, um dia destes, Deus veio em meu socorro. E Ele me aconselhou: não esperes que os pecadores venham ter contigo. Insinua-te na vida deles e descobre os seus segredos. Foi por isso que me inscrevi como informador da polícia secreta portuguesa. É isso que faço desde o ano passado. Mantenho o governo informado dos pecados mundanos. E mantenho Deus a par dos pecados humanos. Sou espião a mando da Polícia e delator por ordem de Deus. A meu favor posso invocar a situação desta vila, que pertence mais aos homens que a Deus. Aqui, em Inhaminga, Deus é branco de dia e negro de noite. De dia, cantamos para Ele, e de noite dançamos com outros deuses.

Guardo para o fim o que é mais penoso. Imploro, Excelência: não façam mal a Maniara. Ela é uma minha cunhada, mulher do meu irmão Capitine. Fui o único dos irmãos que conseguiu sair da aldeia. Quis Deus que fosse parar ao Seminário na Beira e que, a seguir, terminasse a minha formação em Portugal, na cidade de Viseu. Retornei a Inhaminga e vinha diferente, tão diferente que Maniara ainda hoje insiste em teimar que não me conhece. Não levo a mal: eu mesmo tenho dificuldade em saber quem sou. Rezo agora por essa minha cunhada, essa Maniara. E peço, a Deus e a si, que a poupem de qualquer punição.

PAPEL 13. Anotações do meu pai. Recados do padre Martens

Inhaminga, 20 de fevereiro de 1973

O padre Martens chamou-me à sacristia para me fazer uma advertência: eu que não usasse a minha máquina fotográfica. Inhaminga estava cheia de agentes da PIDE. Sabiam quem eu era. E eu estava sob intensa vigilância. Martens disse que ele mesmo tinha uma câmara e que essa câmara tinha sido usada hoje mesmo. Tal como a polícia secreta, eu não podia imaginar quem tinha sido o fotógrafo. Foi uma mulher, era negra e analfabeta. Ensinaram Maniara a tirar fotografias. A forma pronta e segura como se familiarizou com a arte fotográfica surpreendeu os padres. Mas foi absolutamente natural para a própria Maniara. Era como se há muitos anos não fizesse outra coisa. Por isso esteve tão à vontade, ontem na praça. Todos pensavam que executava uma dança, que cumpria um antigo ritual. A magia dela era outra. Maniara registava em película o crime que acabava de ser cometido.

Assim que me adentrei na penumbra da igreja o padre entregou-me um frasco com castanha de caju. — *Dentro deste frasco está o rolo de fotografias* — segredou-me. E as instruções foram sopradas, de forma quase inaudível: — *Assim que chegar à Beira imprima as fotos e guarde-as num lugar secreto. Alguém da nossa confiança irá ter consigo para receber essas imagens. Nós as divulgaremos através dos nossos canais. É preciso que Portugal e o mundo saibam do terror que aqui vivemos.*

Esse contacto seria feito, segundo ele, o mais urgentemente possível. Vivíamos, dizia, uma nova etapa da violência da guerra colonial. As autoridades portuguesas tinham retirado lições dos anteriores massacres e decidiram apurar o método: este novo massacre seria executado lentamente, tão lentamente como se, por um lado, não chegasse nunca a acontecer e, por outro, nunca parasse de suceder. Chama-se a isso o estratagema do relógio. O ponteiro dos segundos saltita tantas vezes que ninguém repara no seu movimento. Aqueles negros massacrados são o ponteiro dos segundos: ninguém repara neles, ninguém os contabiliza. Mas são eles que fazem o tempo.

Depois, segurando-me pelo braço, foi-me conduzindo pela nave central da igreja enquanto, em voz baixa, me dava instruções: — *Agora, caro poeta e jornalista, vá-se embora. A sua presença aqui só atrapalha. E não publique nada do que viu nem do que ouviu. Você publica e quem vai ser sacrificado são estes pobres negros. É fácil ter coragem quando se tem para onde fugir. Esta pobre gente não precisa da sua boca. Nós iremos falar. Nós iremos escrever. Não leve a mal, mas a verdade é que uma palavra da Igreja vale mais do que uma centena dos seus artigos.*

E quando já me havia sentado ao volante da viatura, ele colocou a mão sobre o tejadilho e foi tamborilando com os dedos na chapa.

— *Talvez o senhor não soubesse exatamente o que vinha buscar aqui a Inhaminga* — disse Martens. — *Mas agora sabe o que vai levar daqui. As viagens são assim, meu caro amigo, sabemos do seu propósito apenas depois de regressarmos.*

* * *

PAPEL 14. Excerto do meu diário. Um régulo na cidade

Inhaminga, 20 de fevereiro de 1973

À saída de Inhaminga, um homem alto e magro bloqueava a estrada abrindo os longos braços como um corvo prestes a levantar voo. O carro travou com aparato, os pneus deslizaram pela areia vermelha levantando uma imensa nuvem de poeira que engoliu o homem, o carro e a estrada. — *É o meu pai* — gritou Benedito, assim que a poeira assentou.

Saímos então da viatura e abordámos o intruso. Cumprimentou-nos de forma sumária. — *Sou o régulo Capitine, sou o pai deste rapaz, um rapaz vadio e sem respeito.* — E logo se encaminhou aos berros na direção de Benedito, empurrando-o sem parar até que ele tombou desamparado a seus pés. O homem vociferou em chissena enquanto batia vigorosamente com os pés no chão. Depois calou-se, sacudiu a cabeça, recuperou a respiração e compôs o farto cabelo.

— *Desculpe, meu patrão* — disse, dirigindo-se ao meu pai. — *Estou muito furioso com este meu filho. Este rapaz já me traiu uma vez. E agora deixou o outro meu filho, o Jerónimo, sozinho na cidade.*

— *O teu filho Jerónimo trabalha em casa dos nossos vizinhos. Ele está bem* — esclareceu o meu pai.

— *Esse é o problema, é ele pensar que está bem. Maniara, a minha mulher, diz que Jerónimo corre grande perigo. Tenho que ir lá, à Beira.*

O meu velho ofereceu-lhe boleia para a cidade. O homem recusou liminarmente. Queria muito ir ver o filho, mas não podia entrar num carro. "Tenho espírito de leão", foi o que ele disse. O meu pai tentou dissuadi-lo.

Viajaríamos com as janelas abertas. Com alguma relutância, o régulo acabou por aceitar.

Foi a casa e, num instante, regressou com uma sacola a tiracolo. Instalou-se no assento junto à porta traseira e viajou todo o tempo com a cabeça de encontro ao vento. Falou consecutivamente durante a primeira hora e só o Benedito, sentado a seu lado, é que o escutava. O nosso empregado ia traduzindo para nós. O régulo dizia que, apesar de ser amigo dos brancos, já tinha sido preso várias vezes. O padre Martens sempre fizera questão de exigir a sua libertação. Contudo, ele preferia que o tivessem deixado sossegado na prisão. Ser preso era uma honra que os portugueses lhe concediam. — *Estou-lhes muito agradecido* — declarou o régulo com o vento assobiando nas orelhas.

O meu pai sorriu e comentou em voz baixa: — *Inacreditável!* — Capitine foi enunciando as razões do seu orgulho. Usava o termo "prisão" em português. Não havia na sua língua palavra equivalente. Era o primeiro da sua aldeia a dormir numa casa de cimento. Os brancos serviam-lhe água e refeições num prato limpo e com talheres lavados. À noite vinham ver se estava bem. Queriam tanto a sua companhia que fechavam a porta à chave. Mas o régulo tinha os seus assuntos fora da cadeia e criou um modo de entrar e sair sempre que quisesse.

Logo da primeira vez que o prenderam, mal entrou na cela tateou a fechadura como se acariciasse uma mulher. Depois, com as unhas desenhou uma chave na pele do antebraço. À noite, quando a prisão dormia, arrancou essa tatuagem do corpo e usou-a para abrir a porta da cela. Procuraram-no em casa e, de novo, o aprisionaram. Mudaram a fechadura do cárcere e ele voltou a desenhar na pele o molde desse novo ferrolho. — *Não vale a pena gastarem dinheiro em cadeados* — sugeriu aos carcereiros. — *As paredes, para mim, são portas.*

Enquanto duraram os delirantes relatos do régulo o meu pai interrompeu diversas vezes a viagem. De cada vez que parava tomava notas num pequeno caderno. Por vezes, pedia a Benedito que voltasse a lembrar certas passagens da história de Capitine. Numa dessas paragens saímos todos para tirar proveito de uma pequena mata. E todos urinámos ocultos nas folhagens exceto o pai de Benedito, que se aliviou em plena estrada. E enquanto fazia o serviço, perguntou:

— *O patrão veio a Inhaminga à procura de uma pessoa?*

— *Não andamos todos à procura de alguém?* — questionou o meu velho.

— *No meu caso* — declarou Capitine — *vou ver o meu filho. Mas vou também à procura do meu irmão mais novo. Chama-se Lucas Joaquim, era maquinista e seguia num navio que desapareceu misteriosamente no meio do oceano.*

Havia uma esperança, segundo o régulo Capitine. Era no porto da Beira que o navio parava para abastecer. Era lá, na cidade, que os iria encontrar, ao Lucas e ao navio.

— *Os barcos são como os cães: regressam às casas onde lhes dão de comer* — declarou o régulo enquanto o vento lhe espalhava a saliva pelo rosto. Calou-se por um momento. Passávamos a ponte sobre o Punguè e ele, com um gesto largo, fez uma vénia cumprimentando o rio. Depois calou-se. Até que sacudiu o braço do filho e perguntou:

— *Benedito, você que já viu o mundo. Esse mar é maior que este nosso rio?*

O filho não respondeu. Apenas encolheu os ombros.

— *Você que já tem certificado, diga lá, meu filho, esse mar é maior que o nosso rio?* — voltou a perguntar o pai.

E Benedito riu-se, a mão ocultando o rosto. O riso era uma inaceitável afronta para um rapaz falando com o pai.

7

Há chumbo dentro de Camila

(Beira, 8 de março de 2019)

Veja, senhor bispo,
o deslumbramento dos soldados quando chegam a África.
O esplendor deste continente cega-os.
Em que outro lugar,
os soldados se apaixonam pela terra
onde os mandaram morrer?
Adriano Santiago, carta ao Bispo

Avisam da recepção do hotel que chegou uma senhora e que se quer encontrar comigo. Digo que conheço a visitante e que a autorizo a subir até ao meu quarto. Deixo a porta entreaberta e, de pijama, continuo a trabalhar no meu computador. Escuto os passos de Liana e, de costas para a porta, peço-lhe que se instale e se sirva de uma bebida.

— *É assim que recebes as visitas, Diogo?*

Assusto-me: não é a voz de Liana. Quando me viro, vejo Camila sentada no meu leito. Usa um vestido curto, feito de capulana. Abraça uma bolsa do mesmo tecido como se fosse um escudo protetor.

— *Passei por aqui antes de ontem e disseram-me que tinhas saído* — murmura a inesperada visitante. — *Voltaste a este hotel, Diogo?*

— *Saí e voltei* — menti.

Camila abre a bolsa, retira um envelope e afirma: — *Vim devolver a carta da minha mãe. É tua* — estende o braço e, como eu me mantivesse quieto, deposita o envelope sobre a mesinha da cabeceira. — *Já ninguém usa os correios* — adverte Camila. — *Podias ter fotografado a carta e mandado por WhatsApp.*

— *Essa carta não é dirigida senão a ti* — afirmo enquanto procuro uma bebida no minibar do quarto. — *A tua mãe apenas me usou como mensageiro...*

— *Foi uma boa tentativa* — diz Camila. — *Mas veio tarde. Demasiado tarde.*

Aceita que lhe sirva uma bebida. Acompanha-me no brinde que faço aos reencontros. Mas não bebe logo.

— *Eu tinha quinze anos* — lembra Camila fazendo rodar o dedo sobre a borda do copo. — *Passaram-se cinquenta anos e é como se fosse ontem. Aconteceu no dia do meu aniversário. Eu fazia anos no dia em que o meu pai matou o meu namorado. Chamava-se Jerónimo. Era o irmão de Benedito.*

— *Lembro-me dele, lembro-me de tudo* — admito.

— *Entraste no meu quarto e não tiravas os olhos do meu roupão.*

— *Disso também me lembro, Camila* — digo enquanto me sento junto dela.

— *E lembras-te de que mais?* — pergunta ela.

— *Estava cheio de sangue, o roupão, como posso esquecer?*

— *Aquele sangue, na minha roupa, era meu. Era só meu.*

Faz descer o decote para mostrar o peito cravado de chumbos da caçadeira. Os pequenos projéteis atravessaram o corpo de Jerónimo e incrustaram-se no seu corpo.

— *Alguns ainda estão aqui, debaixo da pele* — declara Camila, passando os dedos sobre o peito. — *São os meus anéis de casamento. Não os uso nos dedos, mas dentro de mim. Vê por ti, sente-os aqui* — e Camila segura-me a mão e passeia os meus dedos por baixo da blusa. — *Sentes uns pequenos nódulos, parecem tatuagens?*

Para além do insuperável trauma do baleamento, Camila não venceu nunca a vergonha do peito desfigurado. Aquele decote, diz ela repuxando a blusa, é o mais ousado que pode usar. Na praia, o fato de banho é sempre de corpo inteiro.

Mantenho a mão imobilizada sobre o peito de Camila. Tenho medo de recuar, tenho mais medo ainda de me manter com a mão pousada sobre o seu corpo. Fico à espera que ela tome a iniciativa.

— *Lembro-me de que te sentaste na minha cama, nesta mesma posição em que estás agora. Disse-te que queria ir ter com o Sandro* — e ela vaza o copo de um gole e salta da cama com surpreendente agilidade. — *Vamos dar uma volta. Enquanto passeamos vou contar-te uma história. Aconteceu na véspera da morte de Jerónimo, foi a última vez que eu olhei a minha mãe nos olhos.*

ଔ

Na véspera da morte de Jerónimo, dona Laura Santiago passou por casa dos Sarmentos. A razão dessa visita era totalmente inusitada: a vizinha vinha convidar dona Rosinda para juntas se manifestarem em frente de um cabaré. Dona Rosinda recebeu aquele convite em pânico. — *Manifestarmo-nos?* — perguntou. Laura Santiago confirmou com a secura de um general: — *Vamos mostrar o nosso protesto com todo o nosso vigor*. A avó Laura levantou as mãos e exibiu uma pedra ao mesmo tempo que proclamava: — *Vamos apedrejar aquilo tudo. Traga pedras, dona Rosinda. E traga a sua filha*. Com ar aparvalhado, Rosinda interrogou a alvoroçada vizinha: —

Manifestarmos nós as duas?. Surpreendentemente, pediu um minuto para se arranjar. Podia ir apedrejar um edifício, mas não saía à rua sem colocar um lenço da cabeça. Rosinda e a filha Camila recolheram apressadamente as pedras do presépio que acabavam de montar na sala de visitas. Colocaram os calhaus dentro de uma sacola e lá foram as duas, seguindo dona Laura, que caminhava em passo militar.

No passeio frente ao cabaré, dona Laura Santiago posicionou-se como um soldado frente à fortaleza inimiga. Atemorizada, dona Rosinda escondeu-se do outro lado da rua. Camila manteve-se ao lado de Laura, que, de costas direitas, apertava uma pedra entre os dedos. Parecia que o entusiasmo da velha senhora tinha esmorecido. — *Não posso* — suspirou ela — *Os ossos já me ocupam toda* — queixou-se. Depois murmurou: — *Já não sei onde começa a pedra e onde acabam os dedos*. Camila incentivou-a: — *Então, vá lá dona Laura!?* — E vendo a indecisão da outra, a jovem voluntariou-se: — *A senhora quer que seja eu a partir a montra?* — A avó Laura permaneceu alheia e começou a delirar, de olhos fechados. E, se em vez da pedra, ela mesma se lançasse contra a vitrina e pedisse asilo no cabaré? Camila estranhou aquelas palavras. Viu a velha senhora deixar a pedra. Era uma pedra pequena, mas parecia um meteorito quando tombou sobre o passeio.

De repente, as três mulheres viram um vulto familiar a entrar para o cabaré. Incrédula, dona Laura esfregou os olhos e demorou uns segundos a reabri-los. Depois, murmurou de olhos muito abertos: — *Conheço aquela mulher* — E acrescentou, numa espécie de grito contido: — *Aquela é a mãe de Sandro*. Afogueada, Laura Santiago explicou-se. Conhecera esta prostituta que acabara de entrar quando, vinte anos atrás, ela se apresentou em prantos à porta de sua casa para entregar o seu pequeno filho. E esse filho era Sandro. A mulher estava proibida de ser mãe. Laura lembrou-se da vontade que tivera de a abraçar. Vinte anos depois, essa mesma mulher acabava de atravessar a rua envergando uma minissaia preta que não se ajustava nem ao corpo nem à idade. — *Fiquem aqui, eu já venho* — pediu Laura.

A velha vizinha entrou no prostíbulo como numa gruta subterrânea. Foi caminhando devagar entre paredes pintadas de vermelho-escuro. A jovem Camila seguiu-a à distância. Num pequeno camarim encontraram, sentada em frente a um espelho iluminado, a mãe de Sandro. A mulher interrompeu a maquilhagem, o batom suspenso entre os dedos. Pelo espelho a fulana observa as visitantes, sem sobressalto. Dona Laura aproximou-se sem se anunciar e observou as rugas das mãos da prostituta, o verniz quebrado das unhas, as raízes esbranquiçadas dos cabelos desbotados.

Inesperadamente, Laura Santiago avançou sobre o toucador, varreu com o braço os produtos de beleza e disparou a pergunta: — *Onde está o meu Sandro?* A prostituta retorquiu entredentes: — *O seu Sandro?* E repetiu em tom jocoso: — *O seu Sandro?* Depois sorriu, e o sorriso dela era mais desbotado que os desgrenhados cabelos. — *O meu Sandro vai para longe desta merda toda.* A prostituta falou como se arremessasse as pedras. — *Quer saber, dona Laura, como conheço o paradeiro de Sandro, coisa que nem os bufos da PIDE sabem?* — perguntou a mulher com os cabelos em desalinho. — *Por esta casa, passam militares de alta patente. Contam-me segredos. São uma faca de dois gumes, esses segredos: às vezes salvam-nos, às vezes fazem-nos morrer.*

De repente, a prostituta apagou as luzes do espelho e mandou embora as duas intrusas. Camila e Laura juntaram-se a Rosinda, que esperava à entrada do edifício, e, com passo estugado, regressaram a suas casas. Camila carregava sozinha a saca cheia de pedras. A certa altura Rosinda perguntou: — *Então, não atiramos pedras contra ninguém?* Dona Laura deteve-se e respondeu: *Temos guerras diferentes, Rosinda. A senhora quer condenar esta casa do pecado. Mas eu quero destruir a cidade inteira*. Foi assim que falou a dona Laura. — *Cruz credo, dona Laura* — murmurou Rosinda, benzendo-se à pressa. E a avó Laura reiterou a ameaça: — *Não fica pedra sobre pedra, minha boa vizinha.*

ꕥ

— *Contei-te esta história* — diz Camila — *porque sempre tive pela tua avó uma admiração que roçava a inveja. Era tão raro, naquele tempo, uma mulher enfrentar o mundo com essa coragem verdadeira, que dispensa a sobranceria. Em contrapartida, a minha história é pobre e descolorida.*

O trauma da morte de Jerónimo começou por ser uma razão para a sua infelicidade. Depois, tornou-se um pretexto para gostar de ser infeliz. Ainda hoje ela escuta os batuques dos bairros periféricos e sente uma raiva sem fim pela sua incapacidade de dançar e de ser feliz. Durante anos odiou o pai e pensou que não podia haver um ódio maior. Mas o rancor que guarda pela mãe, esse sentimento não tem dimensão. Porque dona Rosinda ensinou-a a sentir-se culpada por aquilo que ela não ousa sequer sonhar.

— *A minha mãe está hoje numa cadeira de rodas. Mas eu, meu querido Diogo, estou muito mais entravada do que ela.*

— *Porque me contas tudo isso?* — pergunto.

— *Porque te quero beijar e não sou capaz.*

Faz esta declaração e continua caminhando a meu lado, sem me dar qualquer importância. Passeamo-nos a pé pelo bairro da Ponta Gêa e, a um certo momento, Camila apanha uma pedra do chão. Logo a seguir, ao passarmos pela esquadra da polícia, ela faz tenção de arremessar essa pedra contra o edifício. Oponho-me de modo resoluto. De braços erguidos de encontro aos seus ombros, parece que executamos uma estranha dança.

— *Queres ir presa?* — pergunto.

— *Para mim isto não é uma esquadra* — reage Camila. Por fim, quando consigo retirar-lhe a arma das mãos ela reclama. — *Quem quer ser uma autoridade não pode escolher este lugar tão cheio de fantasmas.*

Na verdade, custa admitir que, depois da Independência, tenham instalado os serviços da polícia onde foi a tristemente célebre polícia colonial-fascista. Para Camila é um sinal do desrespeito que os governantes têm pela memória dos que sofreram. "Este país tem medo da sua própria história", diz ela.

Regressamos ao meu hotel. Acompanho-a até ao carro. No parque de estacionamento, com o motor da viatura já ligado, Camila mantém-se sentada ao volante, calada e quieta. Estou inclinado para dentro da janela, a um palmo do seu rosto. Camila sorri, sacode a cabeça e suspira: — *Não vale a pena, Diogo. É muito tarde.* — E eu me interrogo se ela se refere à hora ou à própria vida.

Inesperadamente, ela sai do carro e abraça-me. Fica um tempo grudada no meu corpo. Nos braços dela, o rosto mergulhado nos seus cabelos, consigo esboçar uma espécie de súplica. — *Vou pedir-te uma coisa, Camila: fala com a tua mãe. Diz-lhe que recebeste a carta, confessa que sabes de tudo e agradece a sua coragem.*

— *Fez-me bem saber que a minha mãe castigou o meu pai* — admite Camila. — *Mas esse seu gesto de nada me consola. Estive semanas internada no hospital para onde me enviaram à força. Todos os dias a minha mãe me visitava e nunca me dirigiu uma palavra, um carinho. Ficava ali em silêncio como se fosse ela quem estivesse internada e eu apenas estivesse de visita. Muitas vezes chorava, mas não tinha senão a sua tristeza para me oferecer. Tem sido assim todos estes longos anos.*

— *Faz isso por mim* — insisto. — *Fala com a tua mãe.*

Os olhos, os braços e o peito de Camila suspiram num único movimento. Depois de um momento, ela admite que eu talvez tenha razão.

— *Há uma coisa que trago guardada há anos* — murmura Camila. Depois fixa em mim uns olhos que a tristeza torna ainda mais claros. Então ela me beija. Os nossos lábios apenas se tocam num roçar breve e leve, como quem sabe da fugacidade do nosso encontro.

— *Nunca li os teus livros* — murmura Camila e sorri, fazendo pender a cabeça sobre o ombro. — *E sabes porquê? Porque me dói saber que a vida que devia ser minha te pertence mais a ti do que a mim.*

Camila volta a entrar no carro. Não tira os olhos da estrada enquanto a viatura se afasta com a triste lentidão de um barco.

Minutos depois estou no aconchego dos lençóis. E sonho que as mulheres todas da cidade, pretas e brancas, apedrejam as casas de cimento e de caniço e que as pedras são tantas que a cidade fica totalmente soterrada. O peso das pedras é tal que a cidade começa a afundar. O mar é a única paisagem que resta para os que vierem depois.

8

As notícias
(Os papéis do pide — 4)

Não procures as pessoas
senão pela máscara.
Aqui, quem tem rosto morre.
Adriano Santiago

PAPEL 15. Anotações do meu pai. A encomenda

21 de fevereiro de 1973

O regresso à Beira demorou um século. À entrada da cidade passei em revista o interior da viatura, como se receasse ter perdido os meus dois companheiros de viagem. No banco da frente, o meu filho Diogo ia espreitando as ruas mal iluminadas. No banco de trás, o régulo dormia profundamente e foi preciso sacudi-lo energicamente quando chegámos a casa. — *Estás na Beira, Capitine!* — anunciei, apontando as luzes da cidade.

Retirávamos a bagagem da viatura quando dei pela presença de Faustino Pacheco. Estava perfilado à porta da nossa casa. Retirei as malas, pedi ao Diogo que mostrasse ao régulo a arrecadação onde ele iria passar a noite e só então me apresentei junto do camarada Pacheco. O homem baixou a boina preta sobre a testa e ciciou: — *Temos que conversar, camarada Adriano Santiago, mas a sós.* — Espreitou em redor para confirmar se podia falar com segurança. Foi então que, num tom que eu diria ser de regozijo, anunciou a notícia do meu despedimento do jornal.

— *Virgínia, a minha esposa, já sabe?* — perguntei.

— *Toda a gente sabe, pus a notícia a circular em todas as células* — murmurou entusiasmado o camarada Faustino.

— *Que células?* — perguntei.

— *Do nosso movimento. Estão a nascer novas células, você não se dá conta porque são clandestinas. A nossa causa está a crescer, camarada.*

— *Não sei qual é a sua causa, meu caro Pacheco* — declarei. — *A minha causa é ter emprego, cuidar da minha família...*

— *Para que você tenha emprego, camarada Adriano, é preciso que o fascismo acabe* — sentencia Pacheco em tom ríspido. E logo perguntou, impaciente: — *Os padres já me puseram a par de tudo. Trouxe o rolo de fotografias consigo? Espere, não me entregue nada. Faça isso mais tarde. Há camaradas meus, da minha direção, que acham que este não é o momento oportuno para andarmos a badalar esse escândalo.*

— *Não é um momento oportuno?* — indaguei, surpreso.

Faustino não respondeu. Deu um passo em direção à penumbra para furtivamente me entregar um envelope.

— *Um dos nossos contactos trouxe esta encomenda* — explicou Faustino. — *É uma carta do seu sobrinho. Mas vem dirigida à sua mulher.*

— *Espere aí, Faustino, este envelope vem aberto. Você já...*

Desisto de fazer a pergunta. Faustino Pacheco já tinha desaparecido no escuro.

PAPEL 16. Carta do soldado Sandro para a minha mãe

Inhaminga, 1 de março de 1973

Querida tia:

Soube que o tio Adriano esteve em Inhaminga. Desencontrámo-nos. Cheguei hoje de uma patrulha na região de Muanza. Não me pergunte onde fica essa região. Aqui deixou de haver geografia. Tudo isto é tão estranho e tão irreal. É como se, ao nos vestirem uma farda, a vida passasse a acontecer num écran de cinema. Dizem os meus companheiros que estou a ficar louco. A senhora é mãe e vai entender-me. Quem mais sente a guerra é quem nunca vestiu uma farda: as mulheres. Todas elas, mães e esposas, ficam convertidas em sombras no dia em que os filhos e os maridos empunham uma arma.

O meu capitão repete, vezes sem fim, que a guerra é feita por homens. Homens com H maiúsculo. Atira-me à cara essa verdade e, em volta, os outros soldados desatam às gargalhadas. E põem-se a desfilar à minha frente, rebolando os corpos com trejeitos femininos. Apetece-me gritar: aqui são todos muito machos, mas quem quiser ganhar uma guerra não pode tocar nas mulheres. Vocês maltratam as vossas mulheres em casa e ultrajam as mulheres dos outros fora de casa. Aqui em Inhaminga já há muito que se matam mulheres. E matam crianças. Isto não é uma guerra, tia Virgínia. Nem nós somos soldados. Somos apenas o gatilho vivo de mandadores sem rosto.

O capitão da nossa companhia não se cansa de nos advertir: não olhem para as pretas, não falem com os pretos. Se olharem as pretas nos olhos estão tramados: nunca mais puxam o gatilho. Se derem atenção aos pretos, eles desatam a contar-vos histórias e acontece como nas *Mil e uma noites*: nunca mais vocês os matam. Ainda bem que eles falam uma outra língua, disse o capitão. Se os entendêssemos, nesse mesmo momento deixariam de ser inimigos. Para os matar há que lhes vendar os olhos e fechar-lhes a boca. Foi isto que o capitão clamou aos quatro ventos. Este país, minha tia, é um imenso paredão de fuzilamento.

No meu caso, porém, os fascistas cometeram um erro grave. Deram-me uma arma mas não foi para matar. Foi para aprender a morrer. É preciso que eu morra. Não se assuste, minha querida tia, que falo apenas de morrer como soldado. Preciso de ganhar coragem para fugir deste inferno. Voltarei depois para lutar pela liberdade deste país que é o meu e que tanto amo. Será então que nos voltaremos a encontrar. Antes da Independência não regressarei a essa cidade que agora se tornou a capital do inferno. Orgias prolongam-se pela noite, e acontecem dentro e fora das casas noturnas. As lojas dos chineses e indianos fervilham com a presença das esposas dos chefes militares, que se fartam de comprar porcelana e peças de marfim. A loucura tomou conta dos que mandam e dos que são mandados. Essa loucura é o único remédio que lhes resta. É isto que diz o tio Adriano. Quando pensa poeticamente, o tio diz coisas acertadas.

Saudades deste seu sobrinho que muito a ama.
Sandro.

PAPEL 17. Excerto do meu diário. Teatro de sombras

Beira, 22 de março de 1973

Bateram à porta, era um domingo, o meu pai e eu espanávamos o pó aos livros nas traseiras da casa. Ainda bem que ninguém nos podia ver, pois o meu pai envergava um ridículo avental de cozinha e cirandava com um não menos burlesco pano de feltro numa mão e, na outra, um plumoso espanador de pó.

— *Vou eu* — apressou-se a declarar o meu pai quando ouviu tocar a campainha. E foi até ao átrio de entrada, assim como estava, de avental e espanador. À porta esperava-o um grupo de militares. O mais velho deles deu um passo em frente e declarou:

— *Vimos por causa do seu sobrinho, o Sandro Santiago.*

As mãos da minha mãe, que entretanto se juntara a nós, eram assustadas aranhas que lhe subiam do peito para o rosto. O pano da louça tombou-lhe aos pés. Uma espécie de soluço a sufocou enquanto o chefe dos militares anunciou:

— *O vosso sobrinho desapareceu numa missão, algures na floresta de Inhaminga.*

— *Foi morto?* — perguntou o meu pai.

— *Não sabemos. Está desaparecido* — respondeu outro militar.

— *Como é que um soldado desaparece?* — inquiriu a mãe.

— *"Desaparecido em combate"* — explicou o primeiro militar — *é a expressão que usamos quando o corpo não chega a ser encontrado.*

— *O senhor, meu general, já fala em corpo...*

— *Não sou general* — interrompeu o militar. — *Viemos aqui porque queremos que nos ajudem a encontrar o vosso familiar. Se vos chegar alguma informação liguem para este número.*

— *Informação? Que informação?* — perguntou a mãe, atemorizada.

O militar estendeu um braço, num gesto ríspido:

— *Está tudo neste cartão* — disse ele ao meu pai.

Retiraram-se os militares, deixando-nos envoltos num silêncio frio. Foi então que a mãe deu uns passos em direção à estrada e desatou aos gritos:

— *Entreguem-me o meu filho. Quero o meu filho!*

O meu pai passou os braços sobre os ombros da esposa, puxou-a para o nosso quintal e docemente corrigiu:

— *Estamos a falar do Sandro, Virgínia. Quem desapareceu foi o nosso sobrinho.*

Naquela mesma noite o nosso pai convocou-nos, a mim e à minha mãe, para estarmos presentes na reunião das "toupeiras brancas". Sentimo-nos tão honrados que a minha mãe até me vestiu uma camisa branca ainda por estrear. A agenda do encontro consistia num ponto único: o desaparecimento de Sandro Santiago.

— *É triste, não queria dizer isto, mas temos que admitir que Sandro tenha sido morto* — começou por declarar o meu pai no início do encontro. — *E quem disparou tanto pode ter sido o exército como os guerrilheiros.*

— *Uma coisa é verdade* — disse o camarada Pacheco —, *estamos a perder a guerra.*

— *Estamos, Pacheco?* — questionou o meu pai. — *Estamos, quem?*

— *Vá para o raio que o parta, Adriano!* — gritou Pacheco.

Inesperadamente, o meu pai subiu para uma cadeira como se lhe faltasse altura ao pensamento. E falou de uma assentada, dirigindo-se para o Faustino:

— *Você fala do Partido, mas não tem ligação nenhuma com os seus camaradas. Eu falo da FRELIMO e não conheço lá ninguém. Compenetremo-nos de uma coisa, companheiros: nós não passamos de atores num teatro de sombras.*

Gerou-se, então, um silêncio fúnebre. O farmacêutico voltou às falas:

— *Vão ver que a história é diferente, vão ver que esse sobrinho desertou do exército e se entregou, com a respetiva arma, aos guerrilheiros da Frente de Libertação.*

— *Ele morreu, sinto-o dentro de mim* — murmurou a minha mãe. — *Sandro morreu, mataram-no em Inhaminga.*

— *Se tivesse morrido teria chegado um telegrama. É esse o procedimento* — garantiu o farmacêutico.

— *O procedimento?* — inquiriu a mãe. — *Você acha que ainda há procedimentos no meio deste caos? O nosso filho...*

— *Sandro não era nosso filho* — retificou o pai.

— *Vês?* — questionou a minha mãe. — *Falas dele no passado, como se ele estivesse morto.*

O silêncio voltou a instalar-se, pesado. Até que se escutou a vigorosa proclamação de Adriano Santiago:

— *Eu vou lá!*

— *Lá onde?* — perguntou a minha mãe.

— *Vou a Inhaminga!* — reiterou o meu pai.

Virgínia fitou o meu pai como se os olhos lhe tivessem nascido naquele momento. Segurou-lhe as mãos com infinita gratidão.

— *Não tens medo, marido? Acabaste de chegar desse inferno.*

— *Tenho é medo de ficar aqui à espera, mulher.*

— *Desculpe, camarada Santiago* — interveio Pacheco. — *Mas vai a Inhaminga fazer o quê?*

— *Não sei* — declarou o meu pai. — *Aqui é que não faço nada.*

— *O vosso sobrinho vai aparecer* — declarou o camarada Pacheco. — *Além disso, o regime está nas últimas, a guerra não tarda a terminar.*

— *O regime já acabou, meus amigos* — sentenciou Natalino Fernandes. — *Esta guerra faz tanto barulho que não escutámos a queda do fascismo.*

O meu pai mandou então que saíssem todos. Queria ficar a sós com a esposa. — *E ficas também tu, meu filho* — declarou com os olhos postos em mim. Senti-me, nesse momento, o centro do universo. Ou, como o pai dizia quando, enlevado, falava da minha mãe: Virgínia era, nas suas palavras, o "epicentro do infinito".

A minha vaidade, porém, durou pouco. Assim que os visitantes se retiraram, a minha mãe encostou o marido contra a parede. Parecia que o queria agredir.

— *Não te perdoo, Adriano* — acusou ela. — *Foi por tua causa que Sandro saiu de nossa casa. Expulsaste-o, Adriano!*

— *Expulsei? Ele fez as malas e foi para Lisboa, ninguém o mandou embora!*

— *Expulsaste-o* — reafirmou a minha mãe em fúria.

— *Estás doida, Virgínia?* — defendeu-se o marido. — *Esse rapaz iria sempre parar à tropa, aqui ou na metrópole. Como vão todos os da idade dele!*

Era tanta a raiva que a minha mãe perdeu a voz. Desistiu daquela querela, dirigiu-se a mim, a fúria já contida, pedindo-me que nos sentássemos juntos no mesmo sofá. E falou com as mãos dentro das minhas mãos.

— *Lembras-te de o teu pai proibir que tu e o Sandro dormissem no mesmo quarto?*

— *Não metas o Diogo nesse assunto* — apressou-se a ordenar o meu pai.

— *Deixa falar, Adriano* — proclamou a mãe. — *Esse teu pai, que se diz todo moderno, nunca aceitou que o nosso Sandro fosse diferente.*

— *Apenas disse que o rapaz era doente* — interrompeu o meu pai.

— *Doente és tu, Adriano Santiago. E eu estou cansada de ser a tua cura.*

9

Os fintadores do destino

(Beira, 8 de março de 2019)

Rezo não porque Deus exista.
Mas para que Deus exista
Giorgio Caproni

Liana desperta-me, o sol espreita entre as cortinas. Está nua, de pé, em contraluz. Sacudo a cabeça, esfrego os olhos. A mulher desaparece. No instante seguinte ressurge com uma saia branca e uma blusa de capulana. Prende os cabelos revoltos para descobrir o rosto.

— *Estava a sonhar contigo, Liana* — confesso. — *Como é que entraste?*

— *Tenho mérito por ter entrado no sonho, mas não há glória nenhuma em ter entrado no quarto* — admite. — *A porta estava mal fechada. Além disso são três da tarde, ninguém dorme a esta hora.*

Senta-se e retira o telefone da bolsa. Parece buscar uma mensagem, um número, uma fotografia.

— *Esteve aqui alguém?* — pergunta Liana. — *É que cheira a perfume de mulher. E não desses baratos que usam as mulheres da limpeza.*

Finjo não ter entendido. Liana vai teclando mensagens enquanto me apronto na casa de banho. Assim que regresso, Liana estende-me o seu telefone.

— *Atenda!* — ordena. — *É para si.*

— *Para mim? Quem é?*

— *É o padre Martens!*

— *Não pode ser!* — contesto, com veemência. — *O padre quer falar comigo? Ele está vivo?*

— *Não* — ironiza Liana. — *Esta é uma rede telefónica só para falecidos. É gerida pela sua antiga vizinha, a dona Rosinda.*

— *Como é que encontrou o homem?*

— *Um milagre chamado internet. É uma seita com mais seguidores que qualquer religião. E já tem fanáticos...*

Relutante, encosto o celular de Liana ao ouvido para escutar a voz frágil de alguém com um sotaque estranho. Apresenta-se como o padre José Martens. E soletra: "Joxe Marteinsh". Diz que se lembra com saudade do meu pai. — *Um homem bom, esse poeta.* — Há na sua voz um tom solene, de homenagem póstuma. Falo-lhe dos documentos que me chegaram sobre o massacre de Inhaminga.

— *Os massacres?* — repete Martens após um longo e ruidoso suspiro. — *Já saiu um livro* — acrescenta. — *Até já dei entrevistas na televisão. Foi necessário tanto tempo para lembrar os que morreram. E não foi preciso senão um segundo para liquidar cada uma dessas pessoas.*

Há uma pausa longa. Parece que a ligação caiu. Chamo: "Padre? Padre Martens?". Escuto um suspiro cansado: — *Estou aqui, meu filho, ainda estou aqui.*

— *Tenho uma dúvida, padre: sabe se o meu pai chegou alguma vez a entregar o rolo de fotografias?* — pergunto.

Do outro lado um riso converte-se numa tosse abafada. — *O rolo?* — interroga-se o padre quando retoma o fôlego. — *O seu pai era muito engraçado. Ele enganou-se. O rolo que entregou ao Partido Comunista era de fotografias de mulheres.*

— *Não posso acreditar!* — exclamo, atónito.

— *Só mulheres* — confirma o padre. — *Mas todas muito bonitas.*

ଓ

Desligo. Um tempo depois ainda me vou rindo, divertido com o lapso do meu velhote. Liana não acha graça. Uma mulher nunca teria cometido essa falha, comenta ela. Faço questão de argumentar, mas ela sacode as chaves do carro em frente do meu nariz.

— *Venho aqui para o desafiar. Quer encontrar o Benedito?* — E não espera pela resposta. — *O seu antigo empregado chegou ontem. Vamos surpreendê-lo.*

Na breve viagem de carro, Liana olha mais para o espelho do que para a estrada. Compõe o penteado, retoca o batom, ajeita o lenço em redor do pescoço. Paramos junto a um velho edifício na Munhava. Parece uma repartição pública, não fosse a fachada coberta de bandeiras vermelhas meio rasgadas.

— *Benedito é do Partido* — diz Liana. — *O seu amigo é agora uma pessoa importante.*

Entramos no decadente edifício, as paredes estão forradas de velhos cartazes, tão desbotados que não se adivinha mais a sua cor original. Aguardo na sala de espera enquanto, no passeio público, Liana vai fazendo consecutivos telefonemas. De súbito, uma porta se abre e surge Benedito Fungai. Abraçamo-nos. Quem aperto nos meus braços não é este homem anafado e de cabelo grisalho, este circunspecto quadro sénior do partido. É o jovem magro que conheci há mais de quarenta anos. E vejo nele como eu próprio envelheci.

— *Trato-o por "menino"?* — ironiza Benedito. — *Ou continua a ser o "*khiwa*"?*

Rimo-nos. E esse riso nos leva a um novo abraço. Depois mantemo-nos de mão na mão, como é comum entre os homens da minha terra.

— *Vejo que és uma pessoa importante* — afirmo. — *Quem diria, o meu amigo Benedito Fungai, um governante da cidade?*

— *Engana-se sobre a minha categoria de governante. Esta cidade é ingovernável. Aqui, quem manda é apenas o mar.*

Benedito quer saber da minha mãe. Explico-lhe que ela morreu há uns meses, três anos após o falecimento do meu pai. No funeral do marido a minha mãe apertou-me as mãos e, com os olhos de ave perdida, perguntou:

— *Então, agora sou viúva? Meu Deus, não faço ideia de como isso se faz...*

Benedito sorri com tristeza. De súbito, todo o seu rosto se arredonda e volta a ser o rapaz que guardo na memória.

— *A sua mãe* — afirma Benedito — *devia ter aprendido com a sogra dela, a dona Laura. Ela, sim, sabia ser viúva. Nasceu com essa sabedoria.*

— *Tens que me contar, Benedito, o que aconteceu na tarde em que ela morreu: tu eras a única pessoa que estava presente.*

Foi assim que aconteceu: o jovem Benedito estava no jardim quando ouviu um estrondo na varanda, olhou para cima e viu umas folhas de papel esvoaçando. Subiu, correndo. Dona Laura estava caída no chão e ele ajudou-a a sentar-se no seu sofá habitual. A avó pediu-lhe, num fio de voz, que fosse chamar a nora. — *Vá rápido, antes que seja tarde* — foi assim que disse a avó. — Benedito anunciou que a senhora tinha ido às compras e Laura pediu-lhe que escrevesse uma mensagem. Ditou palavra por palavra, mas a voz dela estava vazia, os lábios moviam-se sem produzir qualquer som. Benedito fez de conta que escutava e fingiu que escrevia até que os lábios da velha se tornaram mudos e rígidos.

Quando se apercebeu de que a patroa tinha morrido, Benedito entrou em pânico. Os meus pais eram boas pessoas, as melhores que ele podia ter encontrado. Na nossa casa ele se sentia em família. Naquele momento, porém, foi assaltado por um medo profundo, um medo que vinha de antes de ser pessoa. Com o corpo de dona Laura ali estendido sem vida, Benedito se convertia naquilo que sempre fora: um empregado doméstico, de outra raça, de outro mundo. De alguma maneira, mesmo que os seus patrões nunca se viessem a manifestar, ele sentia-se responsável por aquela morte. Foi então que decidiu fugir. Fez uma trouxa e regressou a Inhaminga. A vila não era, contudo, o seu destino final. Ele queria entregar-se à guerrilha, lutar pela independência de Moçambique.

— *Foi assim que aconteceu* — diz Benedito. — *Em casa de portugueses aprendi que era moçambicano.*

— *Aconteceu o mesmo comigo* — admito. E acrescentei, resignado: — *Era o que eu queria, juntar-me à Frente de Libertação. Mas nunca tive a tua coragem.*

— *A mim o que mais custou não foi a decisão de entrar na guerrilha* — admite Benedito. — *Foi anunciar essa decisão ao meu pai.*

Recorda-se do dia em que se apresentou de regresso à sua aldeia natal. O pai estava no pátio a fumar *mbangue*. O filho anunciou que vinha juntar-se aos libertadores da pátria. O velho Capitine aspirou sofregamente o charro e guardou a fumaça.

— *Os libertadores?* — perguntou ele, com o fumo travado no peito.

— *Sim, pai, os libertadores.*

— *Pobre do povo que é oprimido* — vaticinou Capitine. — *E mais pobre o povo que tem que ser libertado.*

Foi assim que o seu pai falou. Benedito suspirou fundo, sentou-se ao lado do pai e partilharam um charro de *mbangue*.

ଊ

Benedito sugere que caminhemos pela cidade. Atravessamos o campo de golfe. É uma visão antiga, um verde da minha infância. — *Há na cidade gente que pratica golfe?* — perguntei. Benedito responde sorrindo. — *Eu, por exemplo.*

Uma bola de futebol vem parar aos nossos pés. Atrás dela surgem jovens correndo e gritando. A bola fica presa debaixo do meu sapato. Desafio os rapazes a que me desarmem e entro no jogo. Finto os dois primeiros e logo me canso. Benedito ri-se.

— *Afinal você, meu caro Diogo, ainda é o* khiwa, *o fintador?*

Khiwa era a alcunha que, nesse tempo, me foi dada pelos jovens com quem jogava futebol. Eu era, como diziam, um "fintabolista". Para além da finta, porém, eu não tinha nenhum outro talento. Nunca cheguei a rematar à baliza, nunca marquei golo. Varria o campo de uma ponta à outra, driblando os adversários, o árbitro e os meus próprios colegas. De repente, parava sem saber o que fazer. Desesperados, os da minha equipa tiravam-me a bola para prosseguirem a partida sem mim. Ainda hoje pergunto por que motivo me escolhiam como parceiro da equipa.

E lembramos juntos, eu e Benedito, esse tempo em que o jogo ficava parado para celebrar não apenas o golo, mas a boa finta do avançado ou a arrojada defesa do guarda-redes. Celebrávamos a beleza da festa, não o resultado da competição. — *Pode ser mentira, mas é bonito* — comenta Benedito. Pelo menos é isso que pensamos nós agora. Uma coisa é verdade: estas crianças acabaram de fazer agora o que as outras já faziam antes: deixaram-me ganhar. Naquele tempo eu já era o que hoje sou: um jogador sem jogo, ocupado numa eterna peleja contra mim mesmo.

— *Vê aquele miúdo, de chuteiras vermelhas?* — pergunta Benedito. — *É o meu sobrinho.*

Benedito grita pelo rapaz. Apresenta-me como um velho amigo e anuncia que escrevi histórias para crianças. E pede-me que conte ao sobrinho a história do estádio de futebol que inventámos neste mesmo campo de golfe.

ଓ

Nesse tempo, Benedito era quem fechava o cortejo nas nossas triunfais entradas no relvado e era ele quem mais saudava uma inexistente mas ruidosa multidão de espectadores. Em fila indiana, entoando um cântico bélico, entrávamos em campo com o fulgor de guerreiros em plena batalha. Eu seguia à frente, abraçando a bola. Depois vinha Sandro, ajudando Benedito a carregar quatro estacas de madeira. Eram as balizas. Sandro não jogava, achava o futebol um jogo abrutalhado. Mas juntava-se a nós naquele glorioso desfile e marchava como um modelo na passarela. Em redor, os meninos pobres aplaudiam a minha chegada. Na altura eu não percebia: não aplaudiam o jogador, mas o dono da bola.

Numa dessas tardes, porém, tudo foi diferente. Os adversários eram reais, eram jovens do bairro da gente rica, que nos visitavam com ganas de ganhar. Chegaram em luxuosos carros conduzidos por motoristas brancos, envergavam joelheiras e caneleiras coloridas. Em desespero de última hora, arregimentámos o Benedito para nosso guarda-redes.

— *Eu estava em pânico* — recorda Benedito. — *Não se esqueça: eu era o único negro no meio de duas dezenas de exaltados rapazes brancos.*

Aconteceu do seguinte modo: assim que o primeiro adversário se aproximou da nossa grande área, Benedito fugiu da baliza, deixando-a à disposição do atacante. Não ousava contrariar aquele "menino", explicou-nos quando, zangados, lhe pedimos contas. O árbitro era o farmacêutico Natalino, que se apresentou com a aparência de um juiz do campeonato mundial: calções de caqui, meias altas puxadas até aos joelhos, um apito prateado que ele alternava com um cigarro no canto dos lábios.

— *Onde estão as sapatilhas deste rapaz?* — perguntou o zeloso árbitro apontando para o nosso Benedito. E antes que alguém respondesse o doutor Natalino sentenciou, as frases sendo sopradas no apito: — *Descalço, ninguém joga!* — Acho que ninguém percebeu o que ele disse pois apitava mais do que falava. Depois deixou cair o apito para clamar que aquilo ali não era uma partida do Rebenta-Fogo.

De imediato um mar de pernas rodeou o nosso guarda-redes, que, sentado no relvado, contemplava aterrorizado as atabalhoadas tentativas de o manter em campo.

— *Quanto calças?* — perguntou Sandro.

— *Calço 40, mas aguento até 36* — respondeu Benedito.

Foi então que Sandro — que tinha uns pés enormes — colocou à disposição o seu par de sapatilhas. Benedito calçou-se às pressas. Os ténis sobravam-lhe tanto dos pés que, ao executar o primeiro pontapé de saída, uma das sapatilhas foi projetada de encontro à cabeça do adversário mais próximo. O rapaz branco caiu redondo, desmaiado. Benedito desapareceu instantaneamente. Voou por cima da baliza e nunca mais desceu das alturas.

O sobrinho de Benedito permanece sentado como se aguardasse pelo final do relato. Depois, como nada acontecesse, ele encolhe os ombros e corre a juntar-se aos colegas da bola.

— *Tenho inveja de si, Diogo* — confessa Benedito. — *E não é a fama, não é o sucesso. Imagino um escritor como alguém que vive a vida dos outros. Um dia também vou escrever o meu livro.*

— *Nesse dia* — comento — *não me vais querer ver por perto.*

— *E por que faria eu isso?* — surpreende-se Benedito.

— *Não sei* — admito. — *Para seres dono da tua história.*

— *Você não me pediu para o ajudar a escrever esse seu livro?* — pergunta Benedito Fungai. — *Por que é que eu não posso fazer o mesmo? Lembra-se de que era eu quem trazia as madeiras para fazer a baliza? Quando eu escrever a minha história você vai carregar a baliza. Mas vamos estar juntos.*

— *Na verdade* — comento — *já não sei se sou realmente eu quem está a escrever esta minha história.*

— *A propósito da sua história: você sabe quem era o seu primo Sandro?* — perguntou Benedito, depois de um longo silêncio.

— *Sei que era um primo inventado* — respondo. — *Não era sequer da nossa família.*

— *Era da sua família. E mais do que você pensa* — assegura Benedito.

E ele revela, então: Sandro era filho de uma amante do meu pai. Dizem que ela trabalhava como dançarina num cabaré. Um ano após o parto, essa moça deixou a criança na redação do jornal onde o meu pai trabalhava. Dona Virgínia não teve nenhuma hesitação: adotou o menino, apresentando-o à vizinhança como um sobrinho. Inventou a seguinte narrativa: o pequeno Sandro tinha ficado órfão quando os pais, que seriam primos afastados, morreram num acidente.

Benedito sublinha o óbvio, sílaba por sílaba: Sandro era do meu sangue. E como não existem parentescos por metade, ele era meu irmão, o meu único irmão. E não é tanto a revelação que me perturba. Na verdade, eu sempre suspeitei da versão que se contava em nossa casa. O que mais me espanta, porém, é que Benedito saiba mais do que eu sobre um assunto tão íntimo da nossa família.

— *Vantagens de ser empregado doméstico* — ironiza Benedito.

— *Eu sei, sou um escritor* — admito com alguma condescendência. — *As patroas partilham com os empregados segredos que escondem aos próprios filhos.*

— *As patroas, não diria* — corrige Benedito. — *Mas a sua mãe, sim. Muitas vezes ela foi a minha mãe.*

A bola de futebol volta a resvalar até aos nossos pés. Benedito toma balanço e remata com inesperado vigor. Volta a sentar-se e corrige o nó nos atacadores do sapato. Sem erguer o rosto, pergunta:

— *Quando era seu empregado eu andava descalço ou calçado?*

— *Sinceramente, não me recordo* — respondo.

— *Tantos anos olhando para mim e nunca reparou?* — surpreende-se Benedito.

— *Só me lembro que, dentro de casa, não usavas sapatos. Lá fora, não faço ideia.*

— *Uma outra pergunta, Diogo: sabe como eu me chamo? Quer dizer, o meu nome completo?*

— *Não sabia* — confesso. — *Foi Liana que mo revelou ainda há pouco.*

— *Não se culpe* — contemporiza Benedito. — *Durante anos também pensei que os brancos todos se conheciam. E que os negros deste mundo eram todos família, todos vizinhos uns dos outros.*

Afasta-se lentamente e, depois de uns passos, volta a cabeça num largo sorriso.

— *O meu nome completo é Benedito Rafael Fungai. Quando trabalhava em sua casa não andava nem descalço, nem de sapatos. Andava de chinelos, camarada Diogo.*

— *Promete uma coisa, Benedito. Trata-me por tu.*

— *Não me diga que já deixou de ser camarada?* — pergunta Benedito. E observando os atacadores desapertados lança o desafio. — *Chamo-te por tu se, agora, me apertares os sapatos.*

Ainda me debruço a ensaiar uma esforçada genuflexão, mas o braço e o riso de Benedito fazem-me regressar aos seus braços.

Regresso ao hotel. Liana espera por mim no átrio da entrada. Abre as mãos num gesto vazio para anunciar que está sem carro. O noivo acaba de a deixar à porta do estabelecimento. Por pouco nos encontrávamos, eu e o comandante da polícia.

— *Vim buscá-lo para jantar* — anuncia Liana. — *Vamos a pé a qualquer lado.*

— *A um restaurante, nós dois, sozinhos?* — pergunto.

— *Porque não?* — argumenta Liana. — *Aos olhos de todos já sou a sua amante.*

— *E aos olhos do seu noivo?* — pergunto.

— *O meu noivo anda entretido* — diz ela encolhendo os ombros. — *Ele sim. Ele tem amantes. Já lhes perdi a conta. Pelo contrário, elas acharam a conta dele.*

— *Amanhã muito cedo vou com Benedito, para Inhaminga.*

— *Eu sei, eu vou com vocês* — revela Liana. — *Mas para agora tenho uma ideia para o nosso jantar. Mandamos vir comida pelo* room service.

Apoia-se no meu braço. E é assim, como se fôssemos um casal, que nos dirigimos para o meu quarto.

ΩR

Liana adormeceu profundamente, não dá conta de que me levantei da cama. Cubro-a com o lençol, protegendo-a de um inexistente frio. O vento faz vibrar o trinco da janela e produz um ruído metálico e intermitente. É um som familiar que me transporta para a minha infância. Aos poucos revejo o meu pai matraqueando na sua máquina de escrever. Noite adentro, esse ruído atravessava as paredes da casa e juntava-se ao estridente zumbido das cigarras.

Certo dia, os agentes da polícia secreta vieram buscar a máquina de escrever. Queriam confirmar a autoria de uns panfletos subversivos que circulavam pela cidade. Os polícias saíram de nossa casa transportando nos braços aquele engenho tão suspeito. Conservavam-no afastado do corpo, como se ele pudesse explodir a qualquer momento. Desgrenhado e de camisola interior, Adriano Santiago seguiu como um sonâmbulo o cortejo dos polícias. E ficou sentado no passeio público até que a mãe o trouxe para casa. Um espesso silêncio se abateu sobre todos nós. Nunca imaginei que uma simples maquineta nos ocupasse tanto.

No dia seguinte a polícia devolveu a máquina de escrever, abandonando-a no tapete da entrada da casa. Foi o meu pai quem a recolheu. Ajoelhou-se e, com a ponta dos dedos, acariciou a embalagem exterior. Depois cruzou a sala com os cuidados de uma mãe transportando um recém-nascido.

Uma vez mais, adormeço com a pancada das teclas de encontro ao indefeso papel. E esse embalo se torna tão real que acredito escutar o meu pai escrevendo poesia no meu quarto de hotel. De vez em quando as hastes se emaranham umas nas outras. Parecem criaturas híbridas, metade dançarinas, metade pugilistas. Ao toque de um dedo, as hastes se desembaraçam. E lá volta o meu pai a martelar no teclado. Estranhas criaturas desfilam na minha cabeça enquanto as teclas sobem e descem como pêndulos cegos. Para a frente, acontece a vigorosa bicada de uma ave pernalta; para trás, o arrependido pescoço de uma girafa.

10

À espera do fim do mundo

(Os papéis do pide — 5)

Eu estou de luto e ninguém morreu.
Dentro dos meus olhos
restam paredes
que me salvam do escuro.
Adriano Santiago

PAPEL 18. Carta do camarada Faustino Pacheco para o meu pai

23 de março de 1973

Caro Adriano,

Aproveito, como sempre, o seu velho empregado, o decrépito Juliano, para portador das nossas mensagens. Quem poderia desconfiar de um velho preto que caminha como se estivesse parado? Além do mais, o velhote Juliano, sempre que sai de casa, ajeita uma capulana sobre as costas como fazem as mulheres africanas quando transportam os filhos. Nessa bolsa dorsal, em vez de uma criança, o Juliano coloca um rádio a pilhas e é assim que ele caminha como se fosse uma estação emissora ambulante. Este é o melhor dos correios, o melhor dos mensageiros. Quem é que pode intercetar uma criatura destas?

Meu camarada Adriano: zangámo-nos ontem e, ainda por cima, em frente dos outros companheiros. Você expulsou-nos a todos de sua casa, coisa que é impensável para alguém com o seu tão gentil temperamento. Vamos sair desta pequena crise, estou certo. Como soubemos sair de outras bem mais graves. Lembra-se que discutíamos sobre a liberdade que poderemos esperar depois da queda da ditadura? Você declarou que todos os regimes comunistas sonham ser impérios coloniais. E ainda mais grave: que a maneira mais segura de chegar ao capitalismo é começar por instalar um regime socialista.

A questão é que você, meu caro Santiago, não passa de um poeta. Não lhe interessam ações, mas apenas palavras. O fascismo deve adorar esse seu exercício metafórico. Admito que o mundo precise de poesia. Não precisa é de si, meu caro poeta. E não precisa, com certeza, desses seus versos que não servem a causa das massas operárias e camponesas.

Chegam-me notícias de que os padres holandeses foram detidos. Não é verdade. Eles continuam em Inhaminga, obedecendo ao apelo do papa Paulo VI que pediu aos padres católicos para não saírem de Moçambique. Como lhe tinha dito, os padres sugeriram que as fotografias fossem recolhidas por mim. Pode suceder, caro Adriano, que a única prova que resta da ocorrência dos massacres sejam as fotografias que estão nas nossas mãos. Começo a dar-lhe razão: é urgente divulgar este crime hediondo. As fotografias estão ainda por revelar. Enviei-as assim mesmo para Lisboa. Os relatórios com as denúncias dos padres também já seguiram pelo mesmo portador.

* * *

PAPEL 19. Carta do inspetor Campos para o diretor da PIDE/DGS em Moçambique

2 de abril de 1973

Sei que Vossa Excelência recebeu uma carta da esposa do poeta Adriano Santiago inquirindo sobre o destino do sobrinho dela, um soldado chamado Sandro Santiago. Pede-me que lhe forneça informações sobre este caso. É o que farei neste breve manuscrito. Esta é uma carta pessoal e não um relatório oficial. Escrevo à mão e Vossa Excelência permitir-me-á, estou certo, que eu faça uso de um tom menos formal.

Há dois meses recebemos instruções superiores para responder energicamente aos ataques contra os comboios na zona de Inhaminga. Era imperioso devolver a moral à população que se sentia indefesa perante os avanços dos terroristas. A reação devia ser tão firme que decidimos marginalizar o exército da sua execução. A nossa corporação seria, neste caso, uma espécie de Estado Maior instalado no local de operações.

Não tendo o tempo a nosso favor, fomos forçados, como sabe melhor que ninguém, a efetuar prisões em massa. Eu mesmo estive no terreno, para fiscalizar o andamento deste processo. O nosso agente Gorgulho já o deve ter posto ao corrente. E sei que este Gorgulho lhe fez queixas de mim. Terá esse colega referido a minha falta de firmeza e o modo como questionei a nossa vigorosa intervenção. Por isso peço que permita que me defenda e lhe apresente um relato de quem viveu na carne as dramáticas ocorrências de Inhaminga.

A lógica da nossa ação foi a seguinte: os que ainda não fossem terroristas, sê-lo-iam num próximo futuro. Não podendo distinguir uns e outros, fomos esgotando a lotação da cadeia local. De seguida, fomos enchendo tendas com outros prisioneiros. Essas tendas eram chamadas "salas de espera". Assim que esses recintos estivessem lotados, conduzíamos os presos em camiões para serem descarregados nas traseiras do Hospital. Ali os pretos abriam as suas próprias valas e, junto a essas covas, eram executados. Os soldados serviam apenas para nos escoltar a nós, os agentes da DGS. Éramos nós que matávamos os subversivos. Dizíamos às famílias que vinham saber do seu paradeiro que os parentes "tinham ido ao mato buscar lenha". Posso assegurar que muita gente foi buscar lenha naqueles dias. Desconheço quantos carregamentos de presos houve, mas sei que, durante semanas, o transporte dos suspeitos decorreu sem pausa.

Confesso, Excelência, que até a mim aquilo causou impressão. Havia ali velhos, mulheres, rapazitos. A caminho do local de execução, e ainda nos camiões, alguns deles borravam-se de medo. Quando chegávamos ao destino começávamos por matar os malcheirosos. Aquilo deu-me uma volta ao estômago. Ganhei coragem e confessei os meus receios ao agente Gorgulho. Não podíamos matar tanto e tão a eito. Foi esse o meu reparo. O homem, azedo, reclamou: — *Quer vossemecê escolher os culpados? Acaba a guerra e ainda os anda a escolher.* E enunciou as vantagens daquela operação tão acelerada quanto aleatória. Em lugar de uma única carnificina, como sucedeu em Wiriamu e Mecumbura, optou-se por matanças menores, mas mais frequentes. Não havia ali, disse Gorgulho, uma barbaridade que pudesse ser denunciada.

Um contratempo, porém, veio atrapalhar a operação: começou a sentir-se um certo mal-estar entre os soldados. A tropa não tem a mesma composição da nossa polícia secreta. Um exército reúne gente de duvidoso patriotismo. Restava-nos um modo de reduzir o risco de contestação por parte dos soldados: tínhamos que os envolver nas execuções. Essa ideia, modéstia à parte, fui eu que a sugeri a Vossa Excelência.

Foi assim que, a partir de um certo momento, os militares foram chamados não apenas para escoltar os carregamentos, mas para participar nos fuzilamentos. Uns poucos soldados, ao princípio, até se voluntariaram. Contudo, depois desse entusiasmo inicial foi preciso sermos nós a selecionar os executantes. Quando chegou a vez do soldado Sandro Santiago todos nos rimos vendo como o rapaz tremia, incapaz de se suster em pé. Ainda sugeri que o dispensássemos. — *Nem pensar* — argumentou o agente Gorgulho — *Estes maricas são os mais perigosos* — acrescentou — *São mais sensíveis que as mulheres. E amanhã, já fora do exército, abrem o bico e denunciam-nos na praça pública*. Devo confessar que partilho desta opinião de Gorgulho. E sugiro mesmo que se interdite a entrada de homossexuais nas fileiras do exército.

Lá fomos uma dessas noites para a praça dos fuzilamentos. Partilhei com os soldados a carroçaria do camião. Ao meu lado seguia esse tal Sandro Santiago. Logo nos primeiros solavancos o soldado tentou agarrar-se ao meu braço. Olhei em volta, todos os soldados se apoiavam uns nos outros. Mas aquela mão toda transpirada de Sandro me causou uma tal repugnância que eu o empurrei vigorosamente para não ficar nauseado. No meio do caminho esse Sandro pediu-me que parássemos a viatura. Queria ir ao mato para se aliviar. Vimo-lo a entrar pelo arvoredo, escutámos os passos trôpegos. Alguém gritou para que ele tivesse cuidado com as minas. Os passos prosseguiram mais e mais longe e nunca mais soubemos dele. Ainda fizemos uma incursão breve pelas proximidades. Mas logo desistimos. Era perigoso vasculhar aquele inferno, pejado de minas e emboscadas. — *Ele vai voltar* — afirmou o comandante. E a coluna seguiu caminho.

Nunca mais tivemos qualquer sinal de Sandro. Para mim a explicação era simples: incapaz de combater, não teve a coragem de se suicidar. E tudo fez para que essa bala fosse disparada pela mão de um outro. Ele foi à procura desse destino. Estava fardado, era um inimigo pisando o território adversário. Garantem os meus colegas que esse rapaz foi abatido pelos comunistas da FRELIMO. Cá eu, tenho as minhas dúvidas. Se o tivessem morto ou aprisionado, os terroristas teriam usado essa proeza na propaganda deles.

Ao fim e ao cabo, não deixo de entender a frágil condição moral dos nossos jovens soldados. O que se passa em Inhaminga é muito violento, é preciso fazer das tripas coração. Eu mesmo teria vacilado, não fosse o meu obstinado sentido do dever. Recordo que, uma vez, um preto que vinha no camião reparou no crucifixo que eu trazia ao peito. Tomando-me por um padre, pegou-me nas mãos e pediu que rezássemos juntos. De olhos fechados foi desfiando um padre-nosso com tal fervor que não tive outro remédio senão acompanhá-lo naquela oração.

Minutos depois, aquele mesmo desgraçado era arrastado para o paredão e implorava aos berros: — *Senhor padre, por amor de Deus, não me deixe morrer!*. No momento ainda pensei num modo de o salvar. Levantei o braço para suspender a execução, mas o soldado que servia de carrasco estava demasiado nervoso e disparou tão apressadamente que quase me atingiu. Ainda hoje acordo alvoroçado com o estrondo desse disparo.

Termino este relatório com uma humilde recomendação: não responda a essa senhora, a tia do Sandro. O senhor está em Lourenço Marques e ela mora aqui na Beira. Ela vai pensar que a correspondência se extraviou. Dona Virgínia Campos é apenas a esposa de um poeta. Guarde-se Vossa Excelência para atender as nossas madrinhas de guerra. O resto é pura perda de tempo.

PAPEL 20. Excerto do meu diário. A avó, o mar e as fotos

7 de abril de 1973

Ontem à tarde a avó pediu-me para a acompanhar à praia. Fomos a pé até à berma da água. Durante todo o caminho ela manteve um saco de pano pendurado ao pescoço. Chegados ao mar, retirou dessa sacola uma meia dúzia de fotografias. Eram fotos do Sandro. A avó espalhou-as na areia e sobre cada uma das imagens colocou um búzio. — *Agora, esperemos que venha a maré* — disse ela. E ali ficámos a ver a água subir, forçando milhares de pequenos caranguejos a emergir das profundezas. Eram tantos que parecia que a areia entrava em ebulição. A certo momento a água libertou as fotos e, após um acrobático volteio, arrastou-as mar adentro.

— *Os meus mortos sepultam-se na água* — disse a avó.

— *Sandro não morreu* — corrigi com brusquidão.

Puxou-me por um braço e, em silêncio, fizemos o caminho de regresso. Já em casa perguntei se não teria mais sentido termos ido à igreja e rezarmos pelo Sandro. A avó respondeu que, em criança, ela rezava sozinha no escuro. Não era a devoção que a fazia ajoelhar. Era o medo. Não era a Deus que queria recorrer. Queria simplesmente esquecer-se de si mesma.

— *A guerra vai entrar na nossa cidade?* — perguntei, receoso.

— *A guerra?* — retorquiu a avó. — *A guerra, meu neto, está dentro de nós, nasce connosco. Pensamos que Sandro morreu na guerra. Mas aquele menino já há muito enfrentava batalhas que só ele conhecia. Todos os dias morria. Todos os dias o matávamos.*

A avó acompanhou-me ao quarto e sentou-se na minha cabeceira enquanto eu me deitava na cama. Falou então de uma amiga que vivia no Tica, a uma centena de quilómetros da nossa cidade. Quando chegaram notícias dos ataques dos guerrilheiros ela puxou de uma cadeira e ficou sentada no meio da estrada. Armou-se de uma garrafa de cerveja e de um pano que ia costurando. Ali esperou pelos tiros. Ela sabia: não se aguarda uma guerra entre quatro paredes. É dentro de casa que matam as mulheres.

— *Conte-me uma história, mas uma que seja bonita* — pedi.

— *Agora não, estou muito cansada. Esta noite escrevo-te uma história.*

No dia seguinte, sobre a mesa do mata-bicho constava uma folha de papel rabiscada com a letra de Laura Santiago. Li-a em voz alta, antes de meter à boca a primeira colher de flocos de aveia.

"Meu querido neto:

Todos os finais de tarde, o nosso mainato Juliano bate o portão e desvanece-se na estrada rumo ao seu bairro, um bairro que ninguém nesta família conhece. Repara, meu neto, como esse negro é bonito, como ele concilia delicadeza e dignidade. Gosto deles, dos negros. Gosto desta gente. É uma raça bonita, esta dos africanos. Há pessoas que garantem que não veem raças, que só veem pessoas. Eis uma coisa bonita de se dizer. Mas neste mundo de hoje, meu querido neto, ser cego para as raças pode ser uma maneira de não ver o racismo. E eu quero que estejas atento a este mundo cheio de coisas feias, mas também repleto de gente bonita.

Repara, por exemplo, neste nosso empregado, o Juliano, que está muito velhinho. Pedi ao teu pai que não o mandasse embora. E há boas razões para esse meu pedido. Primeiro porque ele próprio não quer ir. Segundo porque este velho preto — que todos dizem não ser já de nenhum préstimo — todos os dias me traz uma história. Na verdade, acho que é o único serviço que ele faz aqui em casa. Não imaginas como preciso de escutar essas histórias. Noutro dia falou-me de um amigo que morreu fora de Moçambique.

Conto-te agora esse episódio, pensa nele como a prenda que me pediste ontem quando adormecias. A história fala de um velho mineiro que faleceu nas minas da África do Sul. Os seus companheiros optaram pelo mais fácil: enterrá-lo em território estrangeiro, para evitar a chatice de o trasladar. Tiraram-lhe as medidas, quotizaram-se entre eles e mandaram fabricar um caixão, o mais barato que houvesse. Quando quiseram colocá-lo dentro da urna, o corpo não cabia. Voltaram à funerária para encomendar um caixão de maiores dimensões. Mas voltou a acontecer o mesmo: o corpo sobrava da madeira. Já sem dinheiro, decidiram prescindir da urna. Embrulharam o cadáver num pano branco para o enterrar à pressa. Aconteceu então que o corpo não cabia na cova. Abriram uma cova maior e logo entenderam que de pouco valia aumentar o tamanho da sepultura. Alguém disse: este morto quer voltar para a sua terra. Colocaram o falecido numa carroça, atravessaram a fronteira e conduziram-no para o lugar onde ele nasceu. E ali o morto coube, enfim, na sua própria morte.

Entendes esta história, meu neto? Não é sobre um morto anónimo e distante. É sobre mim, a tua avó Laura Santiago, condenada a morrer numa terra que, depois destes anos todos, continua a ser estranha. Dizem que Moçambique também é Portugal. Li em algum lado que a eficiência da mentira diz mais da ingenuidade do enganado do que da arte do mentiroso. Pois arranjem uma história mais bem engendrada. Desejo muito, meu neto, que te mantenhas ingénuo a vida inteira. Mas deves saber escolher as tuas ingenuidades."

11

Os domadores do caos

(Beira e Búzi, 9 de março de 2019)

Não é o rio que caminha para a foz.
É o mar que desagua nos rios.
Pescador do Búzi

Benedito e Liana vêm buscar-me ao hotel. — *Tem um tempo esta manhã?* — pergunta Liana, agitando as chaves da viatura na mão direita. Era esse o sinal para me incitar a dar uma volta pela cidade. No instante seguinte estamos a caminho da casa do farmacêutico goês, Natalino Fernandes. — *Que idade terá o homem?* — interrogo. — *Mais de noventa* — vaticina Benedito. Há um propósito interesseiro nesta visita: esse velho militante anticolonial terá certamente informações sobre Almalinda, a misteriosa mãe de Liana. Recordo-me do tom acobreado da pele do doutor Natalino, do seu corpo magro e dos seus inevitáveis fatos de colete branco a condizer com a cor dos sapatos.

Quarenta e sete anos depois o aposentado farmacêutico está sentado na varanda da sua velha casa, como se aquele fosse o seu derradeiro trono.

— *Lembra-se desta pessoa, doutor Natalino?* — pergunta Benedito apontando para mim.

— *Quem perdeu a memória não fui eu* — resmunga o reformado farmacêutico. — *Tu é que te esqueceste de quem foste, o teu partido esqueceu-se dos seus princípios...*

— *Não se zangue, doutor* — contemporiza Benedito. Depois empurra-me para a sua frente. — *Veja quem o veio visitar, o nosso Diogo Santiago.*

O velho goês contempla-me com os olhos piscos e ergue a bengala na minha direção como se esgrimisse uma espada.

— *O que vens aqui fazer?* — pergunta sem me cumprimentar. — *Esta já não é a tua cidade.*

— *Venho à procura da minha infância* — respondo, num tímido sorriso.

— *É mentira.*

— *É a pura verdade, doutor Natalino* — contesto com doçura.

— *Se fosse verdade não tinhas demorado tanto. Mas é assim, chegaste no tempo certo. Agora estou demasiado velho para morrer.*

A voz é grave e rouca. A fala parece áspera, mas guarda uma antiga gentileza. O meu pai era assim: falava tão baixo que nunca mais deixarei de o escutar. Benedito anuncia que me tornei escritor e quero ouvir histórias do tempo das "toupeiras brancas".

— *Se você é um escritor deve saber que aquilo não foi um tempo, foi uma vida, uma outra vida* — afirma o velho Natalino. E murmura, num sopro de voz: — *E seria preciso nascer uma outra vez.*

— *Fale-me de si, doutor Natalino* — peço arrastando a minha cadeira para mais perto.

— *Estou tão velho e tão magro que já tenho mais ossos que palavras.*

— *A velhice não é mais do que uma escolha* — declaro com um ar enfático. O velho farmacêutico reconhece a frase. E reage, com inesperada exaltação: — *Isso é um verso do teu pai.*

Parece, agora, mais desperto. Vai falando de si mesmo, sempre de olhos fechados, como se lhe custasse suportar a luz do dia. Sempre quis ser médico. A mãe dissuadiu-o: o filho, o pequeno Natalino, tinha mãos longas e finas, só podia ser farmacêutico. Esse era o argumento. Mas a verdade era outra. Só muito mais tarde a mãe lhe confessou as suas autênticas preocupações: ele era um caneco, um indiano "de cu lavado". Que branco frequentaria o seu consultório? O filho que tomasse juízo e abraçasse uma profissão em que ninguém tivesse que o ver. E em que todos, com aquele nome tão lusitano exposto à entrada do laboratório, pensassem que lidavam com um branco da metrópole. Nunca te esqueças, avisava a sua mãe, pessoas como nós são felizes apenas quando ninguém dá por elas.

— *Nunca ninguém deu por mim* — suspira Natalino. — *Mas nem por isso fui um homem feliz.*

Natalino acabou cumprindo o conselho materno: nas traseiras da farmácia, ele era a mais invisível das criaturas. Nem doentes nem agentes da polícia davam por ele. No meio de frascos, tubos de ensaio e balanças, ele e as "toupeiras brancas" reuniam-se em rigoroso segredo. Não havia lugar mais adequado para quem queria curar o mundo. No seio dos camaradas, Natalino Fernandes beneficiava de um respeito inigualável: era o único que tinha sido preso. A PIDE deteve-o em 1962, logo após a tomada de Goa pelo governo indiano.

Quando foi libertado, o meu pai ofereceu-lhe alojamento na nossa casa. Nunca Natalino disse uma palavra sobre o que tinha padecido no cárcere. Não há lamento mais digno que o silêncio. Era o que ele dizia. A minha mãe insistia em lhe levar comida, que ele educadamente recusava. — *Eu perdi o corpo, dona Virgínia* — esclarecia com gentileza. — *As paredes da cadeia entraram na minha pele.* — E passava as mãos pelos braços como se receasse que os ossos se desmoronassem.

Ainda hoje, uma vida depois, o farmacêutico Natalino traz a prisão dentro da alma. Liana contempla o velho goês fascinada pela trémula certeza dos seus gestos. Inesperadamente, Natalino Fernandes apoia-se na cadeira e levanta-se para me abraçar. Demora-se nos meus braços e vai murmurando: — *Não és tu, é o teu pai, é o teu pai que estou a abraçar, o meu camarada Adriano Santiago.*

Ficámos um momento assim de corpos cruzados. Depois, o homem empertiga-se todo como se, de costas direitas, corrigisse a tristeza. Estou, com toda a certeza, mais comovido que ele. Porque este velho homem, com as suas mãos esguias como sombras, mantém intactas as suas antigas convicções e ainda sonha derrubar o imperialismo. Apoiado no meu braço, Natalino fita intensamente Liana.

— *Esta bela moça, quem é?* — pergunta. — *Esperem, não digam nada, ela faz-me lembrar alguém.*

— *Sou Liana, sou filha de Almalinda.*

— *Almalinda?* — interroga-se Natalino. — *A moça que se suicidou no Beira Terrace?*

— *Essa mesma* — confirma Liana.

— *Na verdade Almalinda não chegou a morrer* — declara o farmacêutico. — *Quem morreu foi o namorado. Essa história foi muito triste.*

— *Queria que me contasse tudo o que sabe sobre o destino da minha mãe.*

— *O destino é uma grande palavra* — argumenta o farmacêutico.

— *Preciso que me conte* — suplica Liana. — *Peço-lhe, doutor.*

— *Dizem que essa moça, a sua mãe, apareceu a flutuar nas águas do Punguè. Uns pescadores encontraram--na e levaram-na para o Búzi.*

— *E depois?* — pergunta Liana. — *O meu pai não procurou por ela?*

— *Há coisas que é melhor não perguntar* — avisa o farmacêutico enquanto retira do bolso do casaco um telefone.

Enquanto procura um contacto no aparelho, Natalino anuncia que vai criar condições para que visitemos a Vila do Búzi. Seria lá que iríamos encontrar a história que Liana procurava. Disse que iria telefonar a um amigo, o Florêncio Zembe, que era funcionário da administração desde o tempo colonial. Apoia-se no meu braço enquanto grita por alguém que vem correndo das traseiras do edifício. Comparece perante nós um jovem alto, magro, com longas tranças que lhe tombam sobre o rosto e os ombros.

— *Este é o meu empregado, o Periquito* — sentencia o velho Natalino. — *Hoje à hora do almoço vocês vão ao Búzi e quem vos vai guiar é o Periquito. Ele é natural de lá, conhece aquilo tudo.*

— *Mas vamos assim do pé para a mão?* — pergunta Liana.

— *Dizem que vem um ciclone* — avisa o farmacêutico —, *têm que ir hoje e voltar amanhã. Vão para casa, arrumem as vossas coisas e voltem à hora de almoço. Eu e o Periquito organizamos tudo. E tu, filho do Santiago, tens a certeza de que não queres voltar para Maputo enquanto é tempo?*

Sorrio, embaraçado. Natalino não deixa de ter razão. Sair da cidade seria a mais razoável das opções. Mas essa saída parece-me uma traição. Vou ficar. Já antes assisti a um ciclone, aqui nesta mesma cidade. O velho Natalino sorri e relembra o lema dos beirenses: "Natural não treme". O seu aceno de despedida desmente essa tão proclamada firmeza.

Escolho regressar a casa pelo meu próprio pé. O hotel fica ali ao lado e liberto Liana para ter mais tempo para fazer a mala. Apetece-me calcorrear a cidade, quero relembrar esse ciclone que tanto me marcou a infância. Na altura eu tinha nove anos e foi como se nunca antes tivesse visto o vento. Da janela de nossa casa víamos a Beira a ser arrancada pelas raízes, as árvores rasgando-se, placas de zinco voando como folhas de papel. Sandro e eu corremos para junto da minha mãe. Era a última fortaleza que nos restava. Bastaria que ela tivesse dito o meu nome e a tempestade se dissiparia. Bastaria que tivesse acariciado o meu rosto e o vento se enroscaria como um gato na concha da sua mão. Mas Virgínia Santiago tremia como varas verdes. Essa fragilidade atemorizou-me mais que a própria tempestade.

Num certo momento o telhado de lusalite da sapataria Lusitana passou esvoaçando frente aos nossos olhos. Com a nossa ajuda, a minha mãe pôs-se a reforçar as portas e as janelas com apoio de mesas e armários. No meio deste fim de mundo, o que fazia o meu pai? Num canto, lia um livro. Assustada, a nossa mãe interpelou-o repetidas vezes. *"Nestes casos",* justificou-se ele, *"o melhor que há a fazer é não fazer nada."*

No dia seguinte, a tempestade já passada, o pai mandou que abrisse as janelas. Como eu demorasse, ele mesmo se ergueu, rodou os fechos de cobre e escancarou as portadas. Fazia-o como se nunca o tivesse feito antes, como se a janela fosse uma recentíssima invenção. Olhou o dia luminoso, inspirou fundo e disse:

— *Vem, meu filho, vem ver o mundo pela primeira vez.*

ꝏ

À hora de almoço eu e Liana apresentámo-nos em casa de Natalino. Periquito está à nossa espera com uma mochila às costas. Sem perder tempo conduz-nos até ao ancoradouro, na Praia Nova. No meu tempo, os barcos saíam do cais Manarte. Agora, o ancoradouro localiza-se na mesma praia onde morei por um tempo. Nessa altura havia ali apenas um extenso areal. Essa enorme língua de areia era marginada por uma floresta de mangal. Essa floresta foi derrubada. — *Dizem que se escondiam ali bandidos* — argumenta o nosso guia.

Naquele antigo descampado não há agora um centímetro que não esteja ocupado por barracas, palhotas, lixeiras e ruelas alagadas. Periquito parece revoltado: — *Como deixaram construir um bairro no meio do matope? Quando vier o ciclone vão culpar o clima, a chuva, a natureza. Culparão tudo menos a má governação.* — É o que ele diz enquanto vai saltitando para não pisar o lixo, que é mais do que o próprio chão.

Passam por nós mulheres carregadas com cestas de peixe seco enquanto, no alto da duna, dezenas de bicicletas transportam sacos de carvão. Mais além, cruzamos com crianças que jogam futebol com bolas feitas de plástico e envolvidas em preservativos. — *Tanta camisinha desperdiçada! Fazem falta campanhas de educação* — lamenta Liana. O nosso cicerone tem outra opinião: — *O que falta, dona Liana, são bolas para as crianças brincarem.*

Não damos conta de que chegámos ao ancoradouro, tanta é a gente que ali se concentra. A nossa pequena embarcação chama-se *Makwiti o mudjombe*. É uma expressão na língua dos vandaus. Quer dizer *Nuvem do mar*. O capitão está na orla da praia convocando os passageiros.

— *Qual é o horário da partida?* — pergunto.

O marinheiro suspende o pregão e responde com displicência: — *O horário aqui, meu* boss, *é quando aparecer o último passageiro. O barco fica cheio e nós arrancamos pontualmente.* — Fico esclarecido.

Aos poucos, a embarcação vai-se atulhando e parece que cabem sempre mais pessoas, mais cabritos, galinhas e malas e sacos e *jerricans* de plástico cheios de combustível ou de bebidas fermentadas. É tudo carga, movente ou inerte, viva ou morta, humana ou não humana. Interpelo de novo o capitão, quero saber qual a lotação máxima do barco.

— *Depende* — declara tão categoricamente como se estivesse a anunciar o mais exato dos números. — *O limite máximo* — prossegue ele — *pode chegar a uma média de vinte e tal pessoas. Mas aguenta até cinquenta, dependendo da ventania.*

Tencionava saber da duração da viagem mas contenho-me. Sou o único que faz perguntas. Todos os outros passageiros estão sentados numa espera que dura há séculos. Dali em diante basta-me o que já sabia: levaremos umas duas horas subindo o rio Punguè e, depois, mais uma hora vencendo a corrente do rio Búzi. No regresso, levaremos metade do tempo.

Partimos e a brisa não alivia o cheiro a gasolina misturado com o fedor do peixe seco. A embarcação balança acossada pela ondulação, que bate a estibordo. — *As águas estão lamacentas* — comento. O capitão parece ofendido com o meu comentário. E declara, sobranceiro: — *Estão assim por causa do ouro.* — Faço de conta que não há surpresa dentro de mim e o marinheiro volta a atacar: — *Lá mais acima, junto da nascente, estas águas estão carregadinhas de ouro.* — Solta as duas mãos do leme e confessa: — *Um dia destes, largo o mar e vou garimpar para lá, onde a água nasce da cor do sol.*

No mar é como na caça: contam-se histórias. E o capitão vai desfiando o relato da sua vida. Nasceu em terras do interior, bem longe do mar. Até aos quinze anos pastoreou os bois da família. — *É o que sou agora, um pastor marinho* — conclui ele. A ondulação tornou-se tão intensa que me vejo forçado a corrigir — *Um pastor? Você é um cavaleiro. E este cavalo tomou o freio nos dentes.* — As ondas saltam sobre o convés da embarcação e, em segundos, os passageiros estão todos encharcados. Há entre eles os que encomendam a alma a Deus. O capitão sorri, complacente.

— *Este barco é uma igreja flutuante, reza-se mais aqui que nas igrejas. Um dia começo a cobrar o dízimo. Já tenho cobrador, só falta um nome para a seita. Já pensei num nome, não sei se gosta: Jangada do Dilúvio Eterno?*

Chegados ao destino o capitão ajuda-nos a sair do barco. Aconselha-nos a que regressemos na manhã do dia seguinte.

— *Vem aí uma grande tempestade. Mais tarde não vai haver mais barcos.*

Não damos conta de que pisamos terra firme: o chão balança como se fosse o convés de um outro barco. Liana está enjoada, esconde-se por trás de um tronco, as costas crispam-se como um inseto rompendo o casulo. Respira fundo, não quer entrar na vila naquele despropósito. Ofereço os meus préstimos, passo-lhe um lenço molhado pelo rosto. Periquito afasta-se e, de costas voltadas para nós, espera-nos na berma da estrada. Liana está tão azoada que não dá conta de que junto ao seu rosto, na árvore onde está apoiada, passa um gala-gala, meneando a cabeça de um azul sem nome. Ocorre-me pensar que sou como aquele lagarto: uma árvore basta-me como pátria. Depois, a pobre Liana faz jus ao nome: enrosca-se a mim como se buscasse mais luz. E é assim, apoiada nos meus braços, que ela sobe a duna até chegarmos à estrada.

No caminho para a administração cruzamo-nos com pescadores que dirigem a Periquito um infindável rosário de saudações. Somos obrigados a parar várias vezes e a esperar pelo fim de cada uma daquelas longas e pausadas lengalengas. As regras de cortesia mandam: quem se reencontra, depois de uma longa ausência, precisa de saber de tudo e de todos. É vital perguntar se o milho nasceu com fartura, se a chuva veio no tempo certo, se os parentes estão de boa saúde. Só depois de cumprir todo esse cerimonial, o visitante anuncia: — *Pronto, agora já cheguei.* — Nesse longo desfilar de novidades, não há lugar para más notícias. Está sempre tudo bem. Os infortúnios só são revelados depois que a conversa tenha firmado confiança. Em nenhum lugar do mundo um "bom dia" é tão verdadeiro.

Chegados à administração, Periquito despede-se. Argumenta que tinha cumprido a sua missão e que precisa de visitar os familiares. Levanta um saco de pano para mostrar o peso das encomendas que vai distribuir. Dá uns passos, as tranças balançando sobre os ombros, e suspende a marcha para nos perguntar:

— *E vocês, vão oferecer o quê?* — E notando a nossa perplexidade, explica sorrindo: — *Vão visitar a administração e não levam uma prenda?*

Entreolhamo-nos, eu e Liana. De repente, Liana lembra-se de que trazia consigo um livro meu de poesia. Bastava que eu o autografasse e estava resolvido o embaraço da etiqueta protocolar.

O edifício da administração parece adormecido. São assim a maior parte das sedes administrativas: tem-se a sensação de ter chegado demasiado cedo. Ou demasiado tarde. São quatro da tarde, a maior parte dos funcionários já largaram o serviço. Vamos entrando por corredores sombrios, escutam-se os sucessivos pedidos de "dá licença". Até que, do vão de uma porta que nunca teve porta, emerge um homem volumoso, com um sorriso que ilumina o mundo.

— *Fizeram boa viagem?* — pergunta o anfitrião, que se apresenta como Florêncio Zembe, secretário permanente da Administração do Búzi. — *Já sei de vocês* — diz ele —, *conheço até o nome de cada um. O nosso amigo Natalino Fernandes ligou-me ontem, estou a par de tudo.*

Traz preso ao cinto, bem no fundo da planetária barriga, um imenso molho de chaves. É ele que abre e fecha portas, armários e gavetas de toda a administração. — *Não se pode confiar em ninguém* — suspira Zembe enquanto nos sentamos e nos servimos de uma jarra de água coberta por uma rede de plástico.

Procedo à entrega formal do improvisado presente. Zembe lê a dedicatória e encosta o livro ao peito como sinal de gratidão.

— *Esta oferta vem no momento certo* — diz o secretário. — *Amanhã é o aniversário da nossa povoação. E eu queria pedir que fizesse um poema para ser lido nas comemorações.*

— *Bom, um poema assim de encomenda...* — reajo, com delicadeza.

— *Não é uma encomenda, é um pedido* — corrige o secretário. — *Até lhe vou dizer o que vai constar nesse seu poema. Anote por favor.* — Aguarda enquanto me preparo e começa a ditar: — *Primeiro, o poema começa com um elogio rasgado ao nosso administrador; depois, segue-se uma alusão ao decreto 35/2011, que requalifica o estatuto urbano da vila. Depois, há outros dispositivos legais que devem constar no poema, não vale a pena gastar tempo agora, a minha secretária vai entregar-lhe toda a documentação à vossa casa.*

E encosta-se, soberbo, no sofá. Fecho lentamente o meu caderno e aquele meu gesto já traduz a resignada obediência de um funcionário público. Menos diplomática, Liana sugere que abordemos o assunto que ali nos trouxe. Florêncio Zembe já tem tudo planeado.

— *Vocês têm que correr contra o tempo, meus amigos* — adverte o funcionário. — *Amanhã, ao fim da manhã, os barcos deixam de circular. Do meu lado, está tudo organizado. Já mandei requisitar o pescador Arlito Muporofeta.*

Tinha sido esse pescador que, décadas atrás, apanhou uma rapariga branca a flutuar no rio. Trouxe-a na canoa até à administração e estendeu-a no chão desta mesma sala. — *Aconteceu no tempo colonial, mas esta administração ainda é a mesma*, comenta Florêncio Zembe. E logo se apressa a corrigir: — *Bom, a mesma administração, salvo seja.*

Na parede traseira está afixada a infalível fotografia do presidente da República. Na parede lateral está suspenso um relógio antigo. Está avariado, os ponteiros estão mortos.

— *O relógio está ali desde o tempo colonial, ninguém o quer retirar* — explica o funcionário perante o meu olhar inquisitivo. E acrescenta: — *Os ponteiros faleceram às três da tarde. É a nossa hora eterna, nesta repartição ninguém vai envelhecer.*

Depois Florêncio Zembe começa o relato. Eram três da tarde quando, há quatro décadas, o pescador Arlito Muporofeta compareceu na administração com a afogada nos braços. O homem estava transido de medo. Pescar uma jovem branca e sem roupa não era uma coisa que simplesmente acontecesse. Para além disso, um negro salvar uma branca não seria uma versão que os portugueses gostassem de ouvir. Em vez de lhe agradecer, haviam de acusá-lo de algum crime.

— *Era assim naquele tempo: os brancos davam-nos os bons-dias e parecia que nos acusavam de alguma coisa. Comigo era diferente, eu já era um mezungo, não é para me gabar, mas são qualidades bastante congénitas. O Arlito, coitado, era um indígena a tempo inteiro, não sei se me estão a entender.*

Liana Campos vai tomando nota das declarações do funcionário. Em contrapartida, eu apenas procuro uma maneira de estar longe daquele lugar. Pela janela sem vidro contemplo, lá fora, as mulheres de panos garridos que passam com embrulhos na cabeça. Todas falam alto como se dirigissem a palavra não a um interlocutor, mas a uma invisível e longínqua presença. É má educação — e pode ser mesmo suspeito — manter uma conversa em voz baixa. Florêncio Zembe não corre esse risco. O seu vozeirão faz justiça ao volume do corpo.

— *Na altura, eu não passava de um simples auxiliar de datilógrafo* — prossegue o funcionário. — *Estranha categoria, não acham? Como pode alguém ser um auxiliar na datilografia? Bate só nas teclas das vogais?*

— *Desculpe, senhor Zembe* — interrompe Liana. — *Po-*

demos voltar ao assunto da afogada? Queremos saber o que se passou. Para começar, como veio parar tão longe?

— Ora, ninguém sabe. É um enigma flutuante. Será que foi arrastada pelas correntes? Quem pode ter a certeza? É que as nossas correntes marítimas não obedecem a nenhuma lei, a natureza aqui não tem nenhuma educação. Tudo são ondas rebeldes, forças caprichosas que não têm nome autenticado, está a perceber? Quando a moça nos chegou, estendemo-la aqui mesmo, no comprimento geométrico desta sala. Ela vinha com vida, mas era outra vida e tivemos que esperar um pouco, com ela toda deitada, para perceber se respirava como uma pessoa, uma pessoa respiratória, está a entender? Quando o administrador a viu assim, nua e moribunda, entrou em pânico. Vou dizer-lhe uma coisa, com o devido respeito, ilustre poeta: os brancos mudam de raça quando apanham um susto. Naquele momento, o administrador Ferreira Leite, era assim que ele se chamava, parecia um pós-falecido, todo sem voz e sem cor. Tive que o amparar, com medo de ele tombar no meio do chão e passarmos a ter dois brancos todos estendidos e sem sentidos. Perguntei ao administrador se conhecia a afogada. "Não faço a mais pequena ideia", gemeu ele. Era claro que o administrador não dizia a verdade. O português sabia quem era a rapariga e esse era exatamente o grande motivo do seu nervosismo. "Levem-na para a enfermaria", ordenou. Os senhores já sabem: quanto mais medo se tem, mais ordens se dá. Quanto mais ordens se dá, mais ordens precisamos de receber. Por isso, o administrador tentou logo comunicar com os seus superiores na Beira, mas não havia ligação. Uma trovoada noturna tinha isolado o Búzi. "As tempestades nesta terra não acontecem de qualquer maneira", foi o que expliquei ao Ferreira Leite, que era recém-chegado a África. E ele, todo empertigado, mandou que eu me deixasse de obscurantismos, defendendo que aquela era uma tempestade muito científica. Quando a ventania passou, ele lá conseguiu falar com os seus

superiores. O que se passou nessa conversa não é do meu conhecimento pessoal.

ൽ

A detalhada narração de Florêncio Zembe é subitamente interrompida pela entrada de uma mulher alta e volumosa, com um lenço de capulana primorosamente enrolado na cabeça. Vem lembrar que está marcada uma reunião da repartição. O funcionário tranquiliza-nos, dizendo que nos tinha comunicado tudo o que sabia. Pede desculpa por ter que se retirar, erguendo as mãos para reforçar a sua estranheza em relação à agenda do encontro que ele mesmo iria dirigir. — *Mandaram que estudássemos os mecanismos do "due diligence" e o "compliance" para integrar o "procurement" do programa de descentralização* — e ri-se, fazendo tilintar o molho de chaves preso à cintura.

Antes de se retirar acrescenta uma recomendação para o encomendado poema. — *Faltou-me dizer, caro poeta, que os versos devem ser para sete minutos, é o que está no programa.* — E pede à assistente que nos conduza à casa de hóspedes do governo.

— *Faça comparecer o pescador Arlito Muporofeta* — ordena Florêncio à sua assistente. — *Se o tipo resistir, diga-lhe que estes patrões lhe vão dar um saguate* — e afasta-se, enquanto rumina entredentes: — *Esse pescador está podre de velho, mas virá a correr se souber que há uma gratificação.*

ൽ

A casa de hóspedes dista dois quarteirões do edifício da administração. É ampla e asseada, mas tem um sério inconveniente: há apenas um quarto, uma cama e uma casa de banho. É suposto pernoitarmos ali juntos, eu e Liana. Periquito ficará hospedado em casa de familiares.

Apresso-me a anunciar que dormirei no sofá. Liana passa a mão pela cama enquanto comenta: — *Este colchão é largo, professor.* — Ligo a ventoinha de teto, que produz mais ruído do que fresco. Liana pede que a desligue. Depois do barco não pode ver mais nada balançando. Coloca-se de olhos fechados por baixo da ventoinha e abre os braços como se travasse a expansão do universo.

O pescador Arlito não demora a comparecer. É afável e eloquente, apesar de lhe faltarem os dentes da frente. — *Vieram no* Nuvem do mar*?* — pergunta. — *Esse barco é muito idoso, coxeia mais do que eu. Na viagem de regresso vai balançar menos.*

O céu do Búzi sofre de marés. É o que o pescador diz. Agora estávamos, segundo ele, em fase de céu baixo. Os peixes sentiam essas estações. — *Quando o céu está baixo* — afirma Arlito — *os peixes ficam confusos, nadam à superfície e é uma maravilha, nem precisamos de redes. Caçamo-los à mão.* — E conclui, num fundo suspiro: — *Bom, era assim, antigamente. Agora já nem sei, o mundo anda todo ao descontrário.*

Ficaria o resto da tarde a escutar as elucubrações de Arlito Muporofeta. Liana, contudo, tem pressa e pede que o pescador se cinja ao assunto da mulher que ele salvou das águas.

— *Atenção, minha senhora: não era uma mulher. Era uma rapariga. Para os mezungos não há grande diferença, é só uma questão de idade. Mas para nós são categorias totalmente diferentes: as crianças, as raparigas, as mulheres, as mães, as viúvas. Essa jovem era uma categoria à parte: trazia um arame à volta do pulso, dizem que saltou para o rio amarrada ao braço do namorado. Era isso que relatavam. Na verdade, porém, essa rapariga tinha nascido amarrada ao rio. Eu vi como ela procedia, nessa noite ficou sentada na berma do Búzi. A moça murmurava qualquer coisa em voz baixa, aquilo não era língua de pessoas, às vezes parecia que cantava, outras vezes parecia que chorava.*

— *Que aconteceu depois?* — pergunta Liana.

— *Depois?* — espanta-se o pescador. — *Minha senhora, por favor: há coisas que não têm depois. Fiquei a noite toda acordado, espreitando a moça que vinha das águas. Para nós é onde moram os espíritos. Não é no céu, não é no paraíso. É no rio.*

— *Veio alguém ter com ela?* — pergunto.

— *No segundo dia veio o pai dela* — esclarece Muporofeta. — *Só o vimos chegar, vinha acompanhado de outro branco. Disseram que eram polícias do governo. Passaram uma noite nesta mesma casa, chamaram o padre Januário para executar a tarefa.*

— *A tarefa? Qual tarefa?* — pergunta Liana.

— *Meteram a rapariga no meu barco junto com Januário Fungai, que era um padre preto da zona de Inhaminga* — prossegue o pescador. — *Nunca antes as pessoas daqui tinham visto um padre preto. Vinham de longe apenas para tocarem nele, admiradas por saber que Deus dava emprego aos africanos.*

— *Dispenso esses detalhes* — disse Liana. — *Fale apenas da afogada.*

— *Atravessámos o estuário, mas o destino final deles era Inhaminga. Dizem que a internaram lá, em Inhaminga, na missão católica.* — O pescador fez uma pausa e passou a mão pelo pescoço: — *É tudo quanto sei e agora já estou com a garganta muitíssimo seca. Nem gosto muito de lembrar esse momento. Os senhores devem saber do que se diz por aí: quem salva uma pessoa arranja um inimigo para o resto da vida.*

Liana agradece e retira-se com a desculpa de que precisa de se deitar, quer recuperar da viagem. Convido o pescador para irmos beber juntos uma cerveja. Acabamos por parar num bar manhoso onde Arlito Muporofeta parece ser habitual cliente.

— *Há bocado fiquei com a garganta seca, mas foi por causa de ter falado do padre Januário. Preciso de beber para que a minha boca esqueça que tocou nesse nome.*

— *Que mal lhe fez Januário?*

— *Não foi nada* — murmura o pescador olhando o copo à transparência. — *Quem já morreu não gosta de falar da morte.*

Insisto para que se explique melhor. Mas ele furta-se, estalando a língua nos dentes. E passámos um tempo trocando piadas. A cerveja ajuda: quanto menos graça, mais nos divertimos. Ao fim da última gargalhada, o pescador encosta a cabeça sobre a mesa. É então que reparo na cicatriz que lhe atravessa a nuca.

— *Essa é uma ferida feia, meu amigo* — comento.

— *Este é o meu segundo umbigo.* — É o que diz Arlito, passando os dedos pela cicatriz.

Segue-se um longo silêncio. Arlito Muporofeta escolheu o seu nome em homenagem ao "profeta". Naquele momento, porém, é um vidente cego. Não diz coisa com coisa. O tempo que nos resta é o de uma última rodada, que o pescador encomenda ainda longe de ter vazado o copo.

— *Foi bom que ela ficasse em casa* — resmunga o pescador.

— *Quem?* — pergunto.

— *A sua amiga, foi bom que ela não viesse aqui beber connosco.*

— *Uma mulher aqui não entra num bar?* — volto a perguntar.

— *Entra, sem problema. Mas esta sua amiga está tão pálida que iam começar a falar de mim. Começavam a espalhar que tirei mais uma branca das águas.*

Regresso a casa na esperança de que Liana esteja a dormir. Engano-me. Está a ler, esparramada no sofá que me estava destinado. — *Aqui há melhor luz* — justifica. Sento-me a seu lado, fecho os olhos e partilho com ela a conversa mantida no bar. Cautelosamente omito que Arlito a chamou de mulher branca. Liana faz gala da sua condição racial.

— *Que estás a ler?* — pergunto, espreitando os papéis que ela mantém junto ao rosto.

— *São coisas minhas* — diz Liana. — *São lembranças da primeira vez que nós dois fomos para a cama. Tudo inventado, claro.*

— *Então recorda-me o que se passou* — peço.

— *Logo no princípio, ainda nos preparativos, citei um verso seu: "O meu corpo só se despe no teu". Você ficou todo atrapalhado, parecia que eu lhe estava a rasgar a roupa. Depois encostei-me a si e implorei, num suspiro: "Mata-me!". Você deu um salto, apavorado. E eu prossegui, mais enfática: "Faz-me desaparecer", e foi o Diogo quem, naquele momento, se evaporou.*

Liana levanta-se do sofá para se sentar na cama. Bate com a mão sobre os lençóis, como se faz para encorajar os cães ou os gatos. Deito-me junto dela, enroscado. Os dedos dela vão desembaraçando os meus cabelos. Finge que me penteia.

— *O pescador contou-me a razão do nome do barco em que viajámos* — digo com a voz ensonada. — *É uma história bonita. Queres que te conte?*

— *Quero* — declara Liana. — *Mas não queria que me contasse a história dele. Queria que, enquanto contasse, o Diogo fosse o pescador.*

— *Queres que imite o velho Muporofeta?*

Levanto-me, sem grande convicção. Mas Liana incentiva-me e, aos poucos, o quarto vai-se convertendo num palco e vou assumindo o papel do desdentado pescador:

"Vieram no *Nuvem do Mar*? Sou parente do dono desse barco. Essa embarcação foi a única herança que esse parente recebeu. O barco ficou um tempo parado, ancorado na praia frente à sua casa. Parado é como quem diz. Porque o barco só existia quando entendia. Desaparecia durante uns dias para voltar a aparecer numa outra praia. O marinheiro adicionou-lhe mais uma âncora. E nada. O marinheiro desconfiou: alguém andava a usar a sua embarcação durante a noite. Decidiu dormir dentro do barco. No dia seguinte o marinheiro acordou e não sabia onde estava. Foi então que o avisaram — esse barco entrou no mar sem ter um nome. É por isso que vagueia. — Foi então que lhe surgiu a inspiração. E agora ele sabe: os nomes são âncoras.

Contei a história e agora já tenho a garganta muito seca."

Terminada a representação, Liana, a minha única espectadora, parece não se ter apercebido do fim da peça. Está absorta, e só depois de um tempo comenta:

— *O ator é péssimo. Mas a história é bonita, mais bonita que o nome do barco. E o texto ficou falso quando derrapou na poesia. Mas gostei dessa incursão do ator no personagem: os nomes são âncoras. Amarram-nos a um destino.*

— *Quem sabe eu precise de um novo nome?* — pergunto.

12

Se os mortos não morrem quem é dono do passado?

(Os papéis do pide — 6)

O que é o céu senão um suborno?
O que é o Inferno senão uma ameaça?
Jorge Luis Borges

PAPEL 21. Carta de Virgínia Santiago para o sobrinho Sandro

12 de abril de 1973

Não sei se irás alguma vez ler esta carta. Na verdade, nem sei se a chegarei a enviar. Mas escrevo-te, querido sobrinho, com o mesmo enlevo de sempre, como se estivesses aqui, ao meu lado, e me escutasses. Venho contar novidades desta tua casa, desta família que a vida te destinou.

O teu tio Adriano decidiu sair à tua procura, e estou-lhe infinitamente grata por isso. Estamos certos de que nada de mal se passou contigo e vais reaparecer, são e salvo, num lugar que for da tua escolha. Hoje de madrugada fiz-me à cozinha e apressei-me a despachar os preparativos da viagem do Adriano. A saída para Inhaminga estava programada para o meio da tarde. Mala feita, merenda preparada, anunciei a minha retirada. Tinha um encontro marcado com o senhor bispo. Ia pedir ajuda para que o teu tio, sempre rebelde e teimoso, tivesse um novo emprego.

Ainda ajeitava o lenço sobre o cabelo e já o Adriano tinha desatado aos berros, reclamando que não punha os pés na igreja: se eles não lhe davam emprego por ser ateu, o problema era deles.

— *Estás desempregado, Adriano* — lembrei, paciente. — *Não te esqueças, tens uma família para sustentar.*

Saí de casa em passo acelerado como se fugisse da minha própria alma. Pisava a sombra das grandes árvores e a avenida estreitava-se até ficar do tamanho dos carreirinhos da minha aldeia. Tinha fé que, desta vez, o bispo cederia à minha súplica para dar emprego a Adriano no jornal da diocese. Ainda escutei os gritos de Adriano no fundo da rua.

— *Diz-lhes que não cedo a chantagens* — proclamava ele, descalço no meio do passeio público. — *Não cedi às ameaças dos poderosos, ia agora ceder à chantagem de um bispo?*

— *Já pensaste no teu filho?* — perguntei sem olhar para trás.

— *O meu filho terá orgulho em ter um pai que não se vende.*

A figura do teu tio foi-se perdendo na distância. Na igreja, um padre mestiço encaminhou-me para uma obscura sala de espera e permaneceu imóvel à minha frente, ouvindo os meus queixumes. Falei-lhe de ti, da tua misteriosa ausência. O padre escutava-me com tal paciência que, por momentos, suspeitei que ele não entendia português.

Disse, então, coisas que agora partilho contigo. O teu tio enlouqueceu, Sandro. Muitas vezes tenho a sensação de que o Adriano não mora connosco. Vive noutro lugar. Ou melhor, vive em lugar nenhum e é nesse lugar que ele se sente mais vivo, mais feliz. Preferia que o meu marido tivesse fugido com outra. Essa seria uma dor que as mulheres conhecem antes mesmo de saberem o que é o amor. Espero que nunca tenhas que passar por estes martírios. Mas espero mais ainda que regresses são e salvo a esta casa. E eu te possa abraçar em breve, meu querido Sandro.

Beijos desta tua tia, que é mais do que uma mãe
Virgínia

PAPEL 22. Carta do meu pai para o camarada Faustino Pacheco

16 de abril de 1973

Camarada Faustino:

Adiei por uns dias a minha segunda visita a Inhaminga. Tudo isto porque a minha mulher conseguiu audiência com o bispo na intenção de conseguir um eventual emprego no jornal da diocese. No início recusei. Queriam que me convertesse, eu que sou ateu convicto e congénito. Acabei, no entanto, por ceder. Não tenho o direito de castigar a minha família por causa das minhas convicções políticas. Aprendi que os homens de grandes ideais são, muitas vezes, pessoas de poucas ideias. Felizmente, não tenho nem ideias nem ideais. Estou a chegar aos cinquenta anos, altura em que a idade se vai tornando uma doença.

Foi assim que ontem eu e Virgínia fomos à catedral. A minha esposa seguia à frente e apenas quando chegámos ela abrandou o passo e ofereceu-me o braço para que comparecêssemos como um casal apresentável. À entrada da igreja anunciei em voz alta:

— *Vim aqui para trocar de alma.*

Disse aquilo como se entrasse numa oficina de automóveis. Atemorizada, Virgínia conduziu-me apressadamente para um canto. Endireitou-me o casaco e ajeitou-me o pouco cabelo que me resta. Tratou-me como se fosse um filho.

— *Cospes no prato onde vais comer?* — repreendeu-me Virgínia.

Nesse momento entrou na sala um sacerdote alto e magro, envergando uma batina negra com uma faixa violeta enrolada na cintura. Era um bispo, mas não era o bispo da Beira. Olhou-me placidamente enquanto indagava se eu comparecia finalmente ao "chamamento do Criador".

— *Há muito que sinto saudades de Deus* — disse eu, sem convicção. E vi os olhos de Virgínia marejarem-se de gratidão.

— *O meu amigo começa mal* — comentou o bispo.

— *Como assim?* — indaguei.

— *Porque já começou mentindo. Sei quem você é, caro poeta. E sei que é ateu.*

Virgínia encostou-se a mim para segredar, em tom de reprimenda: — *Não viste quem é este bispo? É dom Manuel Vieira Pinto.*

— *Vieira Pinto?* — inquiri, surpreso. E inclinei-me com súbita veneração. — *Desculpe, Eminência. Pensei que estivesse em Nampula. Tenho um grande respeito por si...*

— *Estou a dirigir interinamente a diocese da Beira* — anunciou o clérigo.

— *Preciso de um emprego, senhor bispo. Pedem-me, em troca, que me ajoelhe neste altar.*

— *Sabemos que é um homem generoso* — diz o bispo. — *Há muitos que se ajoelham nesta igreja, mas falta-lhes essa sua bondade, essa coragem.*

— *Acha que posso trabalhar no vosso jornal?* — perguntei numa irreconhecível súplica.

— *O jornal deixou ontem de ser nosso* — afirmou o bispo. — *Fecharam-no. Ou melhor: compraram-no.*

Engoli em seco. Manuel Vieira Pinto colocou a sua vagarosa mão sobre o meu ombro e proferiu em tom sacramental:

— *Não temos o nosso jornal, mas temos influências* — argumenta o bispo. — *O meu amigo vai ter trabalho. Esteja tranquilo.*

— *Sou escritor e estou sem palavras, não tenho maneira de lhe agradecer.* — E depois implorei com inesperada humildade: — *Posso ter um momento a sós consigo, Eminência?*

— *Se tem algo para me dizer, falemos aqui, abertamente* — declarou o bispo. — *A Igreja só consente segredos quando se está no confessionário.*

— *Cheguei há dias de Inhaminga* — declarei. — *O que vi naquela terra foi o inferno.*

— *Sabemos o que se passa* — declarou o bispo. — *E sabemos que o senhor lá esteve. Sabemos tudo. Não precisa de me dizer nada.*

— *Vou regressar a Inhaminga* — murmurei.

— *Aconselho vivamente que não vá* — declarou dom Vieira Pinto com firmeza.

— *Tenho que ir, Eminência. Prometi à minha mulher. Vou procurar o meu sobrinho. Preciso que ele me perdoe.*

— *Só Deus tem esse poder* — assegurou o bispo. — *Os filhos de Deus não perdoam, apenas esquecem. Na verdade, também não esquecem. É como um papel que se rasga e se pensa, assim, que nunca foi escrito.*

PAPEL 23. Carta de Virgínia Santiago para a sogra, Laura Santiago

17 de abril de 1973

Acusa-me a senhora minha sogra de humilhar o seu filho. Culpa-me de o obrigar a vender a alma em troca de um emprego. Há coisas que não se podem forçar, minha sogra. O Adriano foi porque tem uma crença que ele conhece por outro nome. Chama-lhe amor. Também eu já tive crenças. Por exemplo, tinha crença na minha família. E tinha fé no casamento. Sofri humilhações e as maiores vieram da senhora, dona Laura. O primeiro vexame aconteceu no dia em que Adriano me apresentou à família. Vi como a senhora revirou os olhos: como é que um filho tão especial ia desperdiçar a sua vida com uma moça tão sem nome, tão sem família? Ainda a escutei, entredentes: tantas cachopas do nosso meio e foste buscar uma rapariga da aldeia!

Chorei muito e chorei muitos anos porque, no fundo, a senhora me obrigava a sentir vergonha de mim mesma. Mas agora lhe digo, minha sogra: não sou quem a senhora pensa. Na casa onde cresci havia carências. Mas nós trocávamos risos, canções, histórias. Com essa infância tão preenchida não poderei nunca ser pobre. E a senhora, por mais que isso a espante, faz parte dessa minha riqueza.

Critica-me por forçar o seu filho a ajoelhar-se na igreja? O seu filho já há muito que vive ajoelhado. Não é perante autoridades terrenas ou divinas que ele se verga. Adriano ajoelha-se perante sonhos e quimeras. O meu marido é um homem bom. Mas às vezes, para evitarem magoar quem não conhecem, os homens bons fazem mal aos que lhes são próximos.

Na semana passada a senhora confessou ter inveja do afeto que os negros nutrem por mim. E queria saber qual é o segredo dessa proximidade. Pois lhe explico: eu sou preta, minha sogra. Sempre fui a vossa preta. Todos os dias atravesso a casa com os pés descalços, os mesmos pés com que os pobres deste mundo percorrem as suas vidas. O que espero de si não é o afeto familiar. É apenas o respeito que se reserva a um empregado doméstico.

Sua sempre amiga
Virgínia

PAPEL 24. Carta do inspetor Óscar Campos para o diretor da PIDE em Moçambique

20 de abril de 1973

Soube pelos nossos informadores da igreja Católica que o poeta Adriano Santiago e a sua esposa Virgínia frequentam com suspeita regularidade a Catedral, onde mantêm encontros com responsáveis da diocese. Disseram que há quatro dias chegaram mesmo a ter um encontro privado com o próprio dom Manuel Vieira Pinto.

Sei que Vossa Excelência considera uma perda de tempo a atenção que dou ao poeta Santiago. Mas não é exatamente a pessoa do poeta que me preocupa. São os seus contactos, as suas viagens. E, como é um poeta, torna-se mais fácil surpreendê-lo descuidado e desatento. Vossa Excelência conhece o ditado: o pântano seca-se pelas margens. E o poeta Adriano é uma ótima margem.

Foi assim que acreditei ser útil averiguar eu mesmo a natureza daquela proximidade com Vieira Pinto. Decidi visitar a casa dos Santiagos. Encontrei como pretexto a devolução de um caderno de poemas que lhe havíamos anteriormente confiscado. Era um caderno escrito à mão, cheio de versos de amor e cuja única mácula era a sensualidade demasiado explícita.

Virgínia veio à porta e, com a sua ingénua afabilidade, mandou que eu entrasse. Antes de eu anunciar o propósito daquela visita, já ela me oferecia um refresco de água com limão e açúcar. Explicou que o marido estava ausente, mas não tardaria a chegar. Na sala de visitas já se encontrava o seu jovem filho, que dá pelo nome de Diogo. Foi então que entreguei a Virgínia Santiago o caderno de poesia. — *São versos de amor rabiscados pelo seu marido* — disse. E acrescentei, sorrindo: — *Estes versos pertencem mais a si que ao próprio autor. É por isso que deponho este caderninho nas suas mãos.*

Virgínia Santiago levou o caderno ao peito e, com um pródigo sorriso, foi espreitando os versos. Parecia embevecida a tal ponto que, a certa altura, cobriu o rosto com o caderno. E parecia que se ria mas, aos poucos, percebi que chorava convulsivamente. O pobre filho acorreu para a confortar, mas ela, num rompante, ergueu-se e dirigiu-se à cozinha. Fomos no seu encalço, eu e o atarantado Diogo. A mulher deambulou enlouquecida pela cozinha e quase tropeçou numa lata de tinta. Foi então que notei o cheiro intenso: obras de pintura estavam em curso e faltava apenas pintar uma parede. Foi contra esta parede que Virgínia se atirou com violência. O filho perguntou: — *Queres que rasgue o maldito caderno, mãe?*. A dona de casa negou com um lento aceno da cabeça. E o rapaz insistiu: — *Queres que o queime?* Virgínia foi ao armário e entregou uma faca ao filho. Cautelosamente, afastei-me. Depois, a mãe ordenou ao filho que abrisse a lata. — *Não queimo nem rasgo* — proclamou ela. E foi então que mergulhou o caderno dentro da lata e ali o deixou esquecido. Esfregou as mãos na torneira do lavatório e eu vi que não era apenas tinta que ela queria tirar dos dedos.

Fui saindo pé ante pé, deixando a alterada senhora nos seus afazeres. E já abria a porta de saída quando senti que me tocavam nas costas. Era Diogo, o filho. Trazia a lata de tinta com o submerso caderno de poemas. — *A mãe mandou entregar-lhe tudo isto* — disse o rapaz com um ar assustado.

Desci as escadas com a lata na mão. Ao entrar para o carro abandonei discretamente o recipiente na berma do passeio. No regresso ao escritório, deparei com o mais insólito dos acontecimentos: uma multidão manifestava-se nas ruas contra o nosso exército. Os energúmenos traziam cartazes, gritavam slogans e dirigiam-se para a zona do Macúti. Um polícia informou-me que outros grupos já se concentravam frente à messe dos oficiais. Agora, já no meu gabinete, acabei de tomar as devidas providências. Os agentes que escolhi para enviar ao local reagiram entre a perplexidade e a incredulidade. E tinham razão: é impensável que a população branca se revolte contra a tropa que jurou defendê-la! Eu disse aos agentes: — *Estejam mais atentos à reação dos militares do que à ação dos manifestantes*. De facto, os civis brancos não me preocupam, por mais exaltados que se apresentem. Estão magoados, estes nossos compatriotas. Alguém disse que a esperança alimenta multidões. Pois eu digo: o desespero cria exércitos alucinados.

Tanto eu como Vossa Excelência sabemos: esta gente não se manifesta espontaneamente. Por detrás destes protestos há uma mão organizadora e ambos conhecemos de quem é essa mão. O risco disto tudo, porém, é agravarmos a indisposição dos oficiais do exército. Estes protestos dos civis atingiram algo que é sagrado para os militares: a honra da corporação. Estamos a esticar demasiado a corda com capitães e generais que já se mostram frustrados com o curso da guerra. Existe o perigo de criarmos o embrião de uma revolta de oficiais que pode conduzir a um golpe militar e, quiçá, ao derrube do governo que jurámos defender.

Teremos que ser nós, a polícia de segurança do Estado, a tomar a liderança do combate contra a subversão terrorista. Relembro aqui as palavras do nosso tenente-coronel Hermes de Oliveira quando discursava ontem em Lourenço Marques: — *O inimigo é o nosso criado, esse que nos serve há dez anos. O inimigo é o mainato que cuida dos nossos filhos. É o funcionário que se senta ao nosso lado. O inimigo somos nós próprios que não sabemos até quando podemos resistir.* E eu agora acrescento: o inimigo pode vir de onde menos esperamos; de oficiais que questionam o seu lugar numa guerra que consideram injusta.

Mas tenho que admitir que toda esta adesão da população branca não me espanta. A verdade, Excelência, é que a Beira nunca foi nossa. E nós nunca entendemos esta cidade. Veja bem, Excelência, que outra cidade portuguesa votou a favor de Humberto Delgado, o candidato da oposição? A triste conclusão é que os brancos da Beira escolheram os nossos inimigos para os governar. Em quem podemos confiar, Senhor Diretor? Já não sei a quem servem os nossos informadores, sejam eles brancos ou pretos. E nós, Excelência, nós que jurámos defender o regime, a quem seremos leais agora? Aos que apedrejam a messe dos oficiais? Ou ao exército, que está mais entretido em promover iniciativas psicossociais do que em fazer a guerra?

Permita-me partilhar com Vossa Excelência uma lembrança antiga. Havia na minha família um velho tio, octogenário, que era cego. Ou melhor, era quase cego. Ele insistia, sem nenhuma amargura, que ser *quase* cego é pior que ser completamente cego. E ele estava certo. A cegueira total inspira compaixão. Mas não ameaça ninguém. A cegueira incompleta suscita medo. Entre os da minha família, nós nos indagávamos o que é que esse nosso tio era capaz de ver?

Sou hoje assaltado por esse mesmo medo quando penso em Vossa Excelência, em mim, nos nossos colegas da corporação. Que sabemos uns dos outros? Nós temos por missão arrancar os segredos alheios. Mas quem arranca os grandes segredos que guardamos nas nossas pequenas vidas?

13

Os domesticadores de milagres

(Búzi, 10 de março de 2019)

A minha pele não basta.
Preciso da tua para não sangrar.
Adriano Santiago

Acordo cedo com o fervilhar da Vila do Búzi. Ergo-me e a casa ergue-se comigo. A luz intensa e o calor húmido fazem levitar o edifício. Tudo convida a que escancare a porta e me ponha a vaguear pela vila. Apetece-me, no entanto, prolongar a transpirada sonolência dos lençóis. Olho o corpo indefeso de Liana, na cama ao lado. E recordo os versos do meu pai: "Dormes e o único lençol é a tua infância". No chão, ao lado da cabeceira de Liana, estão espalhados os papéis com as suas anotações. Leio uma das páginas. É um excerto do meu diário de adolescência. Assim já digitada e impressa aquela escrita enche-me de vaidade. Como eu escrevia bem, ainda tão jovem! Era como se soubesse que, um dia, tudo aquilo seria publicado em livro.

Escuto a voz de alguém que se anuncia no portão do pátio. Aqui ninguém bate à porta. Seria má educação. A casa começa fora, bem distante das paredes. As pessoas batem palmas a uma certa distância do quintal, numa linha de fronteira que, para um estranho, pode ser completamente invisível. Nessa indistinta demarcação está agora o pescador Arlito Muporofeta, que baixa respeitosamente a cabeça assim que me vê assomar à janela.

— *Quem é?* — pergunta Liana, com voz empastada.

— *Sou eu, o pescador.*

— *A esta hora?*

Naquele lugar o tempo manda menos que as marés. Arlito Muporofeta tem um motivo de peso para nos visitar. À entrada, esfrega mil vezes os pés num imaginário tapete e, depois, vence a porta com passos tão delicados que parece ter medo de deixar pegada. Traz o chapéu amarrotado entre as mãos e senta-se sobre ele assim que encontra a primeira cadeira. Mandam as boas maneiras que não se fique de pé em casa de quem está sentado. Arlito Muporofeta recusa respeitosamente o copo de água que lhe oferecemos e revela, enfim, a intenção da sua visita.

— *Vim para mostrar isto* — afirma, estendendo na nossa direção uma velha fotografia.

Na imagem pode-se ver uma jovem morena de cabelo escuro. A blusa amarrada à cintura dá-lhe uma aparência rebelde.

— *É ela?* — pergunta Liana.

— *Sim, é a rapariga que andava no mar* — confirma Muporofeta.

— *Meu Deus, esta é a minha mãe!* — exclama Liana, e os olhos se enchem de luz. — *Veja, professor, é a minha mãe!*

— *São parecidas, vocês as duas* — admite o pescador.

— *Posso ficar com esta fotografia?* — pergunta Liana.

— *Desculpe, minha senhora, mas é a única imagem que restou* — lamenta o pescador.

— *Dou-lhe o que quiser. Qualquer coisa em troca desta recordação.*

— *Não posso, desculpe. Tenho as minhas razões.*

— *Que razões podem ser mais fortes que as de uma filha que quer reencontrar a mãe?* — e a ansiedade tolda a sua voz.

— *Não vale a pena explicar* — argumenta o pescador. — *A senhora vive num outro mundo, nunca vai entender. Para a compensar, vou dar-lhe outra coisa. Já lhe entrego* — e Muporofeta remexe os bolsos. — *Deixe-me explicar primeiro. Um dia depois do aparecimento da sua mãe um barco atracou aqui no Búzi. Esse barco trazia o pai da afogada.*

— *O meu avô Óscar!* — exclama Liana.

— *Fui eu que o transportei* — anuncia o pescador.

— *Transportou-o no seu barco?*

— *Nas costas* — corrige o pescador. E reitera: — *Levei-o nas minhas costas.*

Nesse tempo não havia ancoradouro. Os negros pobres carregavam os mezungos para que não tivessem de molhar os sapatos. O pescador levou o recém-chegado às costas na chegada e na partida. Da última vez, o português deixou cair uma carteira quando fazia tenção de lhe oferecer uma gorjeta.

— *Não alertei ninguém, pensei que trazia dinheiro* — confessou Muporofeta. — *Afinal, dentro da carteira havia uma fotografia e um papel. A fotografia já vos mostrei. E o papel é este aqui* — diz o pescador, retirando do bolso uma folha toda amarrotada.

— *Leiam, por favor, em voz alta* — solicita o pescador. — *Eu não sei ler, não sei o que está dentro desse papel. Para dizer a verdade, só ontem me recordei de que tinha essa coisa comigo. Primeiro, era um segredo; depois, tornou-se um esquecimento.*

Liana desdobrou lentamente a folha, sacudiu-a como se tirasse a poeira de um pano. É um documento com o timbre da PIDE e com o título "Registo de ocorrência". Liana leu pausadamente para melhor servir o pescador. Se esse era o seu propósito inicial, aos poucos a leitura foi acontecendo mais e mais lenta por causa da tristeza de Liana:

Registo de ocorrência

Isto não é o relato de uma ocorrência, mas de uma inocorrência. Este depoimento serve apenas para meu uso pessoal, não tenho comigo outra folha de papel onde registar os factos extraordinários que acabaram de me acontecer. Comecei por encontrar na administração do Búzi a minha filha Almalinda, num estado deplorável, depois de ter sido salva por um pescador, a quem pagámos para se manter calado. Aliás, foi a grande recomendação que dei ao administrador Ferreira Leite: ele que usasse da maior discrição no tratamento deste assunto. Desloquei-me a Nova Lusitânia (há quem lhe chame a Vila do Búzi) na nossa embarcação, fingindo que ia tratar de um caso de urgência profissional. Estendida no chão do edifício da administração Almalinda parecia morta. Admito que aquilo me abalou profundamente. Retirei-me e caminhei sem rumo até me recompor. Voltei para encontrar Almalinda já recomposta, saudei-a sem fazer questão de abraçá-la, embora, posso confessar, me apetecesse apertá-la nos braços. E foi bom que me mantivesse distante pois ela tratou logo de me agredir verbal e fisicamente, acusando-me de ser o causador da morte do namorado. Depois, ela se acalmou. Melhor, ela se cansou. E o administrador Ferreira Leite conduziu-a para um quarto onde ela foi descansar.

Passei a noite sentado numa cadeira de balanço, rodeado de mosquitos e pensando nas minhas atribulações. Atravessa-me um sentimento confuso de gratidão e culpa. Gratidão por Almalinda ter escapado à tentativa de suicídio; e culpa por desejar que a rapariga tivesse morrido. Deus não foi generoso quando me trouxe essa filha, se é que posso realmente chamar-lhe filha. Não contente em nascer mulata, Almalinda escolheu um preto por namorado, e, mais grave que tudo, desafiou as leis de Deus tentando pôr termo à vida.

Se já antes eu era alvo de mexericos, agora, ao regressar à cidade acompanhado por Almalinda, esse clima de intrigas tornar-se-ia insuportável. O melhor seria fingir que a minha filha morrera, engolida pelo rio. Esta mentira seria a solução para os meus embaraços. E seria, sobretudo, a melhor saída para o imbróglio da minha esposa. Quem sabe se com a notícia de que a filha se tinha salvo Vitória se recompusesse a ponto de lhe darem alta no asilo? Voltaria para casa para me atazanar o juízo.

Foi assim que, naquela noite de insónia, rodeado de infatigáveis mosquitos, decidi falsificar o curso da história. À mentira do anúncio de uma filha que era do meu sangue, juntei a confirmação da notícia da sua falsa morte. Naquele mesmo momento redigi uma carta para o diretor do asilo psiquiátrico comprovando o triste desfecho de Almalinda.

Esta nova mentira, no entanto, não bastava. Era preciso mais. Era preciso esconder Almalinda. Pedi ao meu colega Ferreira Leite que, no maior segredo, pensasse num lugar onde ocultar a minha filha. O administrador, que não é conhecido pela sua inteligência, pensou um instante e afirmou: "África é muito grande, mas não vejo nenhum lugar onde esconder uma mulher branca". Se eu já não tinha grande admiração por Ferreira Leite, naquele momento passei a odiá-lo. Fui salvo pela acidental circunstância de se encontrar na vila um padre negro chamado Januário. Foi a presença casual do padre que me ajudou a escolher o destino a dar a Almalinda. Esse remoto lugar seria Inhaminga. Aquilo sempre foi o fim do mundo, mas agora, com o deflagrar da guerra, tornara-se as traseiras do Inferno. Dali arranjaríamos maneira de levar a moça para Lisboa.

Dava-se a feliz coincidência de Januário ser, simultaneamente, sacerdote e agente da nossa corporação policial. O padre negro não podia senão obedecer às minhas instruções. Foi assim que lhe dei ordem para que levasse Almalinda para a missão de Inhaminga. E exigi que guardasse segredo absoluto sobre a identidade da tresvariada rapariga. Esse Januário ainda me perguntou se podia saber o nome dessa sua clandestina passageira. Respondi: "Ermelinda". E depois corrigi: "Chama-se Almalinda". Quando o padre já se retirava ainda ordenei: "Trate-a como se fosse minha filha".

ಌ

O pescador Muporofeta foi acenando afirmativamente enquanto Liana procedia à leitura daquele documento todo desbotado e encarquilhado.

— *Dou-lhe esse papel* — declara, magnânimo, o pescador. — *E fico com a fotografia e a carteira.*

Arlito Muporofeta despede-se de nós não sem antes anunciar que, por motivo de mau tempo, a nossa viagem teria que ser adiada.

— *Não me diga que isto já é o ciclone?* — reage Liana alarmada.

— *É o filho dele* — assegura o pescador. — *Os ciclones são assim, mandam os filhos à frente. Amanhã de manhã já podem regressar à Beira.*

O pescador vai-se afastando pela margem do rio. E enquanto ele caminha rajadas de vento despontam dos seus passos e vão despenteando nuvens e coqueiros. Há uma chuvinha que vai tombando sem saber onde cair. Liana pede para não regressarmos logo a casa, quer sentir as gotas escorrendo no rosto. Sem destino, passeamos pelas redondezas. A vila é pequena e vive em função do rio e da fábrica de arroz. É assim que lhe chamam: "a fábrica". Como se fosse a única fábrica no mundo e como se o arroz se envergonhasse da sua origem e se assumisse como um produto manufaturado.

Pelo caminho vou saudando as pessoas, cada esquina é um bom lugar para trocar uns dedos de conversa. Nas tendas e barracas invento pequenas compras, na fila do hospital interesso-me pelos que esperam.

— *Faz-me impressão* — comenta Liana. — *Você tem assunto com toda a gente.*

— *Aprendi com a minha mãe.*

Impossível esquecer: todas as manhãs a mãe saía a distribuir beijos. Saudava as pessoas anónimas, varredores de rua, mendigos, transeuntes, como se cada uma delas lhe fosse familiar. Os negros chamavam-na "a nossa mãe". Certa vez a minha avó perguntou-lhe:

— *Uma coisa sempre me fez espécie. Porque é que você, minha nora, nunca foi racista?*

— *Não sei* — respondeu a minha mãe. — *Sempre fui muito distraída.*

Liana acha graça a essa história. Pede-me para ver se trago comigo uma fotografia de Virgínia Santiago. Não sou de usar carteira e, muito menos, de me fazer acompanhar por fotos de família. Terei certamente uma foto no computador e prometo procurar entre os retratos de família, assim que chegarmos a casa.

— *Voltemos a casa* — aprova Liana — *mas com a condição de ainda passarmos pelo ancoradouro. A esta hora não deve estar lá ninguém.*

A previsão estava certa: à exceção de um grupo de crianças que se banha no rio, o ancoradouro encontra-se vazio. Com entusiasmo adolescente, Liana sugere que imitemos as crianças. Desencorajada pela minha apatia, Liana vai chapinhando entre as ondas, as pernas submersas até aos joelhos. Levanta o vestido deixando as coxas à mostra. As crianças riem-se excitadas: aceitam que as mulheres mostrem os seios, mas as pernas nunca.

Não sei se Liana conhece a tradição, mas as margens do rio que ela vai pisando são um território sagrado: as crianças são enterradas junto do leito. Não se enterra em terra seca quem ainda não é pessoa. A vida é um percurso da água para a terra, do barro para o osso. É isto que escrevo no caderno enquanto Liana se banha nas águas do rio.

São estas mesmas linhas que lhe mostro, mais tarde, já na intimidade do quarto. Não se demora na leitura. Lentamente, as suas mãos deixam de percorrer os papéis e avançam sobre os meus braços, os meus ombros, as minhas costas. O caderno tomba no chão. No meio de sufocados beijos peço-lhe que deixe de me chamar professor.

— *Agora é que devo tratá-lo com distância* — murmura ela.

— *Para que precisa de distância?*

— *Para ter regresso.*

Afasta-se para ocupar uma cadeira junto à janela. Num gesto demasiadamente lento — castiga-me com o prémio da espera — acende um cigarro. Depois, com um cauteloso mas firme movimento da língua, revira o morrão aceso e faz com que desapareça entre os lábios. A boca dela acende-se como um forno vivo.

— *Fumo como as pretas do mato* — declara com orgulho.

— *Pensei que fosse preta* — afirmo.

— *Sou, mas não do mato. Sou um tição, preciso que me venha apagar.*

Cada palavra é um fósforo que ela risca nos dentes. Trava-me o gesto quando procuro aliviá-la da roupa. Faz os dedos girar sobre os botões da diminuta blusa. E sussurra: — *As mãos podem ser suas, mas sou eu que me dispo.* — Com o dedo indicador sobre os meus lábios, esclarece: — *Desculpe, meu poeta, são feridas antigas. Um dia vai ser diferente.*

Toco na sua pele como se desenhasse uma minha própria fronteira. E lembro os versos do meu pai: "Não quero o teu corpo. Quero deixar de ter o meu". Ela pede que lhe beije os ombros, as omoplatas, as costas. — *Sou a sua sereia* — murmura.

Deitamo-nos no chão por cima do meu caderno. O suor dos nossos corpos faz desbotar as folhas. A tinta inscreve-se no corpo de Liana. Leio a minha caligrafia nas suas pernas, nas suas costas. Estou escrito no corpo dela.

ꕥ

No dia seguinte passamos pela administração para nos despedirmos de Florêncio. O homem insiste para que alguém nos ajude a carregar as malas, que são pequenas e estão quase vazias. — *Não se trata do peso da carga* — explica ele. — *Mas do peso da vossa presença.*

O pescador está à nossa espera no ancoradouro. Trouxe com ele a imagem de Almalinda. Mas recusa-se a entregá-la a Liana. Sugere antes que usemos os nossos celulares para registar a fotografia.

— *Não seria mais fácil fazer o contrário?* — sugere Liana. — *Não posso ficar eu com o original?*

— *A senhora não está a entender* — reage o pescador. — *A sua mãe é uma* nzuzu. *É a minha* nzuzu.

— *Em português, Arlito. Fale em português.*

A mulher que o pescador retirou do rio não era uma simples pessoa. É assim que ele se explica. Era uma entidade divina, uma mãe das águas. Todas as noites o pescador se abraçava àquela fotografia e lhe encomendava a graça de um outro destino. Foi Almalinda, a sua *nzuzu*, quem o salvou de muitos naufrágios.

Por fim, Arlito Muporofeta pede para lhe trazermos, numa próxima visita, panos de seda para fazermos um agrado a esse espírito.

Com as mãos em concha em redor da boca, Arlito dirige-se a mim quando já estou instalado no barco: — *E você, tenha cuidado, meu irmão. Filha de feiticeira...*

14

Os que nascem com raça

(Os papéis do pide — 7)

Não é o poeta que é um fingidor.
É o poema que mente:
o que nele se escreve
já antes estava escrito.
Adriano Santiago

PAPEL 25. Anotações do meu pai sobre a segunda viagem a Inhaminga

21 de abril de 1973

Vamos de carro para Inhaminga. Desta vez não trago comigo o meu filho. Acompanha-me apenas o meu empregado Benedito que segue a meu lado, as costas direitas, as mãos postas sobre os joelhos. Nunca ele antes se sentara no banco da frente. À saída da Beira a estrada está encerrada. Um cordão de polícias impede a circulação de viaturas. Mais à frente uma multidão manifesta-se junto à fachada de um hotel que agora serve de messe para os oficiais do exército. Exibo o meu cartão de jornalista (que não cheguei a devolver aos meus antigos patrões) e interrogo os polícias sobre o que estava a acontecer.

— *O que está a acontecer* — explica o primeiro agente — *é que acabaram de apedrejar a messe dos oficiais. A população branca está zangada com as tropas. Dizem que os militares estão aqui em turismo.*

Um segundo agente aproxima-se e apropria-se do meu cartão. — *Só cá faltavam os abutres* — comenta. Quer saber se tirei fotos àquilo que chama de uma "cena de pouca vergonha". Não tira os olhos do meu rosto enquanto lhe mostro o conteúdo da minha bolsa. Não trazia senão roupa, papéis e uma merenda preparada pela patroa.

— *E esse preto?* — pergunta o polícia.

— *Não vejo aqui nenhum preto, senhor guarda* — respondo. — *Este rapaz chama-se Benedito Fungai e é um colega, um aprendiz de repórter.*

— *Aprendiz de repórter?!* — rosna o agente. — *O mundo está fodido, razão tem esta malta em apedrejar as tropas. Uma sugestão: vá-se embora rapidamente, antes que esta gente descubra que há aqui um jornalista. E que vai com um preto sentado no banco da frente da viatura.*

O carro vai evoluindo lentamente por entre a entusiasmada multidão que agita dísticos e cartazes. Benedito mantém-se todo esse tempo de olhos fechados. Apenas quando saímos da cidade ele volta a levantar a cabeça e me contempla silenciosamente durante um tempo.

— *O senhor é um bom patrão* — acaba por murmurar.

— *Vou dizer-te uma coisa, Benedito. Eu faço isto não apenas porque tu és uma pessoa. Faço-o para eu não deixar de ser uma pessoa. Percebes?*

— *Gostava que o meu pai fosse assim, tão bom como o patrão* — suspira Benedito. — *Tenho medo dele, era melhor quando ele morava longe. Agora, como já vivemos na mesma cidade, não tarda que venha a nossa casa. Estou certo de que ele me vai castigar. Não me despedi devidamente quando saí, nem nunca mandei notícias.*

Pouco depois Benedito adormece profundamente. Todo o seu corpo cambaleia e eu, aos poucos, sou tomado por um arrependimento profundo. Nunca me devia ter metido nesta aventura idiota. Como é que podia pensar encontrar Sandro no meio da selva? Mas havia motivos que me faziam prosseguir a viagem, em plena noite, por territórios de guerra. O primeiro era Virgínia. Há muito que eu precisava de emendar a minha imagem como marido. E vi a emoção no rosto dela quando anunciei esta cruzada. Isso me deu anos de vida. Mas há ainda outro motivo. Talvez esta viagem, tão carregada de riscos, traga elementos para uma reportagem de estreia no meu novo emprego.

Chegámos a Inhaminga de madrugada. Atravessámos a vila e o Benedito lá me foi guiando por trilhos por onde nunca antes tinha passado uma viatura. O nosso destino era bem claro: íamos falar com Maniara, a madrasta de Benedito. Desembocámos, enfim, numa área desmatada no centro da qual se ergue a casa dos Fungai. Maniara está no quintal a pilar milho. Prossegue com o seu trabalho, como se a chegada de um automóvel fosse coisa habitual naquelas paragens. O filho caminha pelo areal, junta as mãos e flete os joelhos antes de se aproximar. Depois faz-me um sinal para que me sente.

Permanecemos sem dizer uma palavra enquanto a mulher continuou a pilar, o corpo magro sacudido por uma espécie de raiva antiga. Até que, por fim, ela suspende o trabalho. Num gesto redondo, passa a ponta da capulana pelo rosto. A seguir arrasta uma esteira para a sombra onde esperávamos. Ela e o filho conversam em chissena. E é nessa língua que ela, enfim, me dá as boas-vindas. E entendo. A mulher estava em sua casa, e o idioma era o chão dessa morada.

— *Azungu awa ndi abhale ako aswa?* — pergunta Maniara.

Benedito hesita, por educação, em traduzir. Sou eu que traduzo: *"Maniara pergunta se nós, os brancos aqui presentes, somos a sua nova família*". Maniara surpreende-se. — *Ainda se recorda?* — pergunta ela.

Anuncio, então, o propósito da minha visita. Venho saber do meu sobrinho. A mulher permanece calada, as mãos alisando os tornozelos.

— *Da última vez* — lembro-lhe — *falou-me de um soldado branco que lhe ofereceu um papel escrito à mão. Ainda tem consigo esse papel?*

Em chissena, o filho recebe instruções para procurar esse manuscrito dentro de casa. Passado um momento, o moço emerge com ar vitorioso e entrega-me uma folha toda dobrada.

— *É a caligrafia de Sandro* — confirmo.

— *Era esse o nome dele, sim* — garante Maniara, ajeitando a capulana sobre os ombros. — *Quer saber onde anda esse seu rapaz? Ele anda por aqui, vão encontrá-lo. Vocês, da cidade, pensam que isto é muito grande, que estes campos não têm fim. É o contrário, meu patrão.*

Havia ali tão pouca terra que a qualquer lagoa se dava o nome de mar. Ela mesmo sonhara fugir, ir ter com os filhos. Aos poucos, porém, foi descobrindo que não havia viagem. E não era porque lhe faltasse para onde ir. Era porque ela não tinha de onde sair.

— *Venho numa missão impossível* — admito resignado. — *Descobrir Sandro no meio de todo esse mato.*

Maniara contesta. Na sua língua não existe palavra para dizer "mato". — *Não temos essa palavra* — disse. — *Onde há pessoas não pode haver mato. E há pessoas em todos os lugares. E, além disso, as pessoas não desaparecem* — garante a mulher. — *Nós é que não sabemos encontrar. Mas eu tenho maneira de o encontrar* — aceita ela. — *No entanto, não posso fazer nada agora.*

Dirijo-me em voz baixa ao meu empregado: — *A tua mãe me deixa confuso* — confesso-lhe. — *Que se passa* — pergunto —, *ela quer dinheiro?* — Maniara entendeu as minhas palavras. E reagiu prontamente, expressando-se no mais fluente português:

— *O que se passa, meu patrão, é que há coisas que não se falam durante o dia. Venha à noite e voltamos a sentar-nos. Antes, porém, há um pedido que lhe quero fazer* — e estende-me o manuscrito de Sandro. — *Quero que me leia o que está aqui escrito. Leia na sua língua. O meu filho vai traduzir.*

Aceito o desafio, não sem anunciar que aqueles versos eram da minha autoria. — *Se é o dono destas palavras* — declara Maniara — *então leia sem olhar para o papel.*

Levanto-me para proceder à declamação. Vou recitando pausadamente para dar tempo a que Benedito traduza.

A mulher

À chegada, digo "bom dia"
E acreditam que peço licença.
À saída, digo "até amanhã".
E pensam que peço desculpa.
Um dia, direi: "enfim, cheguei".
E ninguém, nem eu mesma, reconhecerá
aquela que antes pedia.

Maniara escuta de olhos fechados, a mão pousada religiosamente sobre o peito. Pede-me que repita. Depois diz: — *O senhor é um homem bom. Mas, se fosse mulher, não me teria lido esse papel.*

— *Porquê, Maniara?*

— *Nunca fale a uma mulher do que ela podia ter sido, quando ela já não pode ser ninguém.*

— *Queria muito ouvir a tua história, saber quem tu és* — peço. E advirto Benedito para que traduza literalmente. Desconfio que o rapaz esteja embelezando as falas da sua mãe.

— *Quer que fale de mim?* — Maniara sacode a cabeça, divertida. — *Nunca peça uma coisa dessas a uma mulher como eu. Essa mulher vai contar-lhe sonhos como se fossem lembranças.*

Sorri, com falsa timidez. Entrelaça os dedos nos meus e conduz-me até ao lugar onde esteve a pilar. Aponta para o fundo do almofariz e diz: o que restava ali no fundo, esse farelo moído, era o que a vida havia feito com ela. Ela tinha ficado suspensa entre dois dias: não era nem grão, nem farinha.

— *É assim a minha vida, meu patrão.*

Esse era o seu destino: a vida nascia e morria nos seus braços. Não era, afinal, muito diferente das outras mulheres de Inhaminga: transitava de um filho morto para um outro que ia morrer. Maniara abre as mãos e anuncia: — *Com esta mão abro a luz; com esta outra, fecho o escuro.*

Peço ajuda a Benedito. Não entendo o que a sua mãe me quer dizer. E, todavia, a mulher fala-me em português. Sou eu que não a sei escutar.

— *A minha mãe está a dizer que tem dois serviços: é parteira de dia e enterradeira de noite.*

Maniara corrige: às vezes os serviços de coveira são convocados em pleno dia. Eu próprio tinha testemunhado esse seu trabalho na praça da vila. Se não fosse a sua intervenção, aqueles mortos ficariam ali abandonados de olhos abertos. Se os tivéssemos deixado ao relento, o céu ter-lhes-ia entrado pelos olhos e, por conta disso, os vivos ficariam cegos. É essa a certeza de Maniara.

Maniara diz que entende: os portugueses queriam punir os culpados. Mas os culpados não eram esses que foram mortos. Os culpados são todos os que se apresentam no mundo com a sua raça, com isso a que ela chamou de um defeito de nascença. A mulher sente até pena dos soldados brancos. — *Andam a pilar água* — diz ela. — *Têm medo da nossa raça. Nós temos medo da raça deles* — acrescenta Maniara. — *E mais medo ainda temos de ser quem somos* — diz ela.

— *Volte hoje à noite, meu patrão* — convida Maniara.

— *Nessa altura falamos mais à vontade. No escuro as palavras perdem o dono.*

ꕤ

Vamos de carro até à Missão do Sagrado Coração de Jesus. A ideia é encontrarmos os padres enquanto esperamos pelo anoitecer. E aproveitaremos para comer e beber do farnel que Virgínia tinha preparado.

À entrada da Missão um jovem reconhece-me e abre os grandes portões: — *Sou o sacristão Esmeraldo e escrevo poemas nas horas mortas* — anuncia o moço dobrando-se numa atrapalhada vénia. — O meu pai corrige: — *Devia escrever para as horas não morrerem.* O sacristão explica que os padres estavam ausentes e só chegariam a meio da tarde. Mas sabiam da nossa vinda e tinham preparado dois quartos para o caso de pretendermos descansar. — *Dois quartos?* — sussurra, espantado, Benedito.

O jovem sacristão acompanha-nos até à casa de hóspedes. Faz questão de transportar o farnel e enquanto caminha não para de falar. — *Sei que para além de poeta é jornalista* — afirma. — *Vem visitar-nos por causa das ocorrências?*

— *Sim, venho por causa dos massacres.*

— *Não falo dos massacres. Refiro-me às outras ocorrências* — declara, entusiasmado, o jovem Esmeraldo. — *Não ouviu falar? Desculpe intrometer-me, mas eu, se fosse o senhor, não usaria caneta nem bloco de notas. A verdade é esta, meu senhor: aqui tudo o que se escreve desaparece. Em poucas horas o papel está todo em branco* — e o jovem parece não ter a mais pequena dúvida. — *Os padres escrevem cartas à máquina e, na manhã seguinte, as folhas estão todas em branco.*

— *E como explicas tu isso?* — pergunto.

— *São espíritos* — garante o sacristão. — *Passam os dedos pelo papel e as letras tombam uma por uma. Desprendem-se e caem no chão como crostas de pele seca.*

Acontece até nos cultos. Da Bíblia do padre e dos missais dos crentes tombam as letras. Ao fim da missa, a igreja fica coberta de vogais e consoantes. É ele, o sacristão, que tem que as varrer porque estalam ruidosamente ao serem pisadas. Houve um dia em que Esmeraldo levou para casa as nove letrinhas que compõem o seu nome. A família mandou que as enterrasse no quintal. Aquelas letras estavam "quentes" e ninguém lhes podia tocar.

— *Tudo isto é uma forma de lhe transmitir uma mensagem, senhor poeta: cuidado com o que escreve, muita atenção onde deixa os seus cadernos* — aconselha o jovem.

— *Fica tranquilo, meu amigo* — asseguro, enquanto lhe estendo a caneta e bloco de notas. — *São para ti. Não os vou usar.*

O rapaz faz uma vénia de gratidão. Mas recusa a oferta, dando um passo atrás. — *Em Inhaminga acabou a escrita* — vaticina. E volta a correr para o portão, saltitando como se estivesse no recreio da escola.

ꕤ

Reparto com Benedito a merenda preparada por Virgínia. O rapaz sente-se embaraçado: nunca antes partilhou a mesa comigo. No fim da refeição sou eu que lavo os pratos. Benedito quer impedir-me de realizar essa tarefa. Tranquilizo-o: hoje o teu serviço vai ser o de contares a história da tua mãe.

Benedito olha longamente para os pés e começa um relutante relato num tom ciciado. A mamã Maniara, foi assim que ele começou, não era de Inhaminga. Quando ela apareceu, Benedito era muito jovem. Mas ele recorda-se perfeitamente da tarde em que viu uma desconhecida sair do mato, atravessar o quintal e sentar-se numa esteira. Vinha com passo firme, parecia que tudo aquilo lhe pertencia. Apontou para Capitine e disse: — *Capitine Fungai, deixaste a lua dentro de mim. Mas essa lua nasceu apenas por metade. E essa metade era muito pouca.*

Todos naquele pátio entenderam o recado da intrusa. O meu pai tinha engravidado aquela estranha. E a criança morrera à nascença. Era isso que essa mulher vinha anunciar. Reinou o silêncio até que a primeira esposa de Capitine Fungai, a mãe biológica de Benedito, se levantou para dividir uma esteira com a recém-chegada. Partilharam aquele assento até à morte da primeira esposa.

— *O que aconteceu à tua verdadeira mãe? Morreu?*

— *Todas as duas são mães verdadeiras. A minha mãe mais antiga pisou uma mina. Foi perto da nossa casa. O que dela restou foi enterrado numa pequena cova. Foi Maniara que abriu essa cova.*

Escuto a fala tão serena de Benedito e, de repente, toda a tristeza do mundo me invade. E depois a tristeza dá lugar à raiva. — *Que puta de vida* — grito e lanço o copo de vidro de encontro a uma parede. Benedito roda à minha volta, sem saber o que fazer. Quer consolar-me, quer abraçar-me, mas não ousa mexer um músculo. Comove-me aquele seu cuidado.

— *Não tenhas medo* — tranquilizo-o. — *Estou assim porque me sinto impotente, vazio, quebrado como o copo que acabei de estilhaçar.* — O rapaz tem os olhos esbugalhados e permanece a cuidadosa distância. — *Já viste em que me transformei, meu caro Benedito? Sou um poeta revolucionário que perdeu a fé na poesia e na revolução. Proclamo que quero o mundo às avessas e aqui estou eu, um patrão branco quase em prantos junto a um empregado negro que o quer consolar e não se sente autorizado. Abraça-me, Benedito. Preciso do teu abraço.*

O moço arrasta os pés e desajeitadamente coloca as mãos sobre os meus ombros. Sou eu quem o abraça. Estamos naquela patética encenação quando, de súbito, emerge do nada uma jovem branca. Vem estremunhada, atraída pelos meus recentes impropérios e surpreendida por ver um homem branco abraçado a um jovem negro.

Abeira-se, receosa, mas permanece de pé, sem se aproximar. Oferece apenas metade do rosto, a cabeça baixa, os ombros descaídos.

— *Chamo-me Santiago e este é Benedito, o meu empregado* — balbucio, clareando a voz. — *Sou jornalista. Venho aqui procurar o meu sobrinho Sandro.*

O meu ciciar funciona ao avesso: falei tão baixo que ela ergue a cabeça, movida pela curiosidade. Contempla-me com um olhar sem expressão. Permanece um tempo calada. Quero saber quem ela é e o que faz na Missão. A rapariga recusa responder.

— *Está certo, fazes bem* — vou encorajando a moça —, *segues o velho ensinamento de todas as mães, não falas com estranhos.*

— *A minha mãe foi a primeira e a mais estranha das criaturas* — diz a rapariga. — *Tão estranha que nunca existiu.*

Por um tempo a moça contempla a copa da árvore como se buscasse algo para além das folhas. Por fim regressa à fala:

— *Chamo-me Almalinda. Sou ainda jovem e não quero mais viver.*

Levanta-se e, de ombros vergados como se chovesse, afasta-se por entre os canteiros para se deter mais adiante. Só então reparo nos seus cabelos espessos e revoltos que lhe afagam os ombros enquanto caminha. Benedito assegura, mais tarde, que os meus olhos seguiam a moça como se estivesse enfeitiçado. Mas não era o que ele pensava. A verdade é que eu nunca tinha visto ninguém que confessasse, com tal serenidade, que não queria viver. E havia no pulso da moça uma extensa ferida que confirmava a verdade daquelas suas terríveis palavras.

Naquele momento escutam-se tiros. E logo os cães reagem e enchem o silêncio com uivos e latidos. Benedito está certo do seguinte: os cachorros sabem distinguir a trovoada das explosões. No momento seguinte uma máquina escavadora passa do outro lado do muro e o chão todo estremece. Tombam mangas à nossa volta. Estranho o sossego da moça perante aquele prenúncio de apocalipse. E repetem-se os disparos, agora bem mais próximo.

— *Parece o fim do mundo* — declaro.

— *Aqui todos os dias é fim do mundo* — diz a moça. Só então reparo que ela usa sapatos de homem. À medida que se afasta, vai pisando as frutas que apodrecem no chão.

Espero que Benedito ocupe o seu lugar na viatura e dou lentamente a volta à casa dos padres na esperança de rever a misteriosa rapariga. No portão de saída cruzamo-nos com o padre Martens. Falo-lhe da estranha moça e o sacerdote sorri:

— *E se lhe disser que essa rapariga é filha do inspetor Campos?*

— *Do inspetor?* — pergunto, desconfiado. — *E o que faz aqui a filha de um pide?*

— *É uma longa história, meu caro amigo* — avisa o padre. — *Essa menina precisa muito da ajuda de Deus. O problema é que ela não reza. Em compensação, escreve* — diz o padre. — *Todos os dias me pede um novo caderno. Isso me deixa aliviado. O senhor sabe melhor que ninguém: quem escreve ainda acredita na salvação.*

— *E de onde vem esta moça?* — pergunto.

Tinha sido o pai dela quem pedira para que a escondessem na Missão do Sagrado Coração de Jesus. A estadia dela seria coisa de poucos dias, explica o sacerdote. O inspetor Campos já tinha planeado um modo de a tirar de Moçambique. Em troca desse favor, o inspetor ajudaria os sacerdotes holandeses a atravessar a fronteira. O mesmo carro que levaria a filha transportaria também os padres que estavam em iminente risco de serem presos. Passariam pela fronteira da Machipanda. Seguiriam depois para a África do Sul e dali para Lisboa. Tudo isto me esclarece o padre Martens.

— *Foi por isso que negociaram com o demónio?* — pergunto.

— *Não fale assim de ninguém* — solicita o sacerdote. — *Este inspetor Campos é apenas um pai que sente o peso do remorso. O demónio, caro poeta, não tem filhos nem sente culpas.*

Já o sol se punha quando regressámos à casa de Maniara. A noite aqui começa muito antes de escurecer. Paro o carro deixando os faróis iluminando o quintal. Maniara irrompe do escuro e vai-se aproximando, caminhando sempre na margem do foco das luzes. Dirige-se a mim, falando em português.

— *Sandro está aqui* — anuncia ela, colocando a mão em pala sobre a testa.

— *Aqui onde?* — pergunto.

— *Na minha casa* — afirma Maniara.

— *Não pode ser* — proclamo, convicto. — *Esse rapaz fugiu para se entregar aos da FRELIMO.*

— *E quem lhe disse que não sou da FRELIMO?* — pergunta Maniara. — *Não esqueça, meu patrão, eu já me tinha encontrado com o seu sobrinho. Não lhe contei sobre o que falámos nesse primeiro encontro.*

Com um gesto vago mostro que não me apetece escutar. De repente um incontível desespero toma conta de mim. E desato aos berros:

— *Quero ver Sandro, quero ver o meu sobrinho!*

— *Acalme-se, meu patrão* — ordena Maniara. — *Sandro ainda se está a preparar. Enquanto esperamos vou contar como Sandro chegou até aqui. É o seu sobrinho, não é — ou será que lhe chamo seu filho?*

Aquilo tinha sido tudo combinado. Sandro fugiu do seu pelotão e andou pelo mato orientado pelo único troféu que trazia do exército português: uma bússola. Até que chegou a um grupo de palhotas que rodeavam uma clareira. Seria uma base de apoio dos guerrilheiros, mas tudo indicava ter sido abandonada. E ali dormiu. Na manhã seguinte acordou com uma *kalashnikov* apontada à cabeça. Um grupo de guerrilheiros interrogou-o: — *Queres desertar?* — perguntaram. Respondeu que não, que queria continuar a guerrear. — *Quero combater, mas do vosso lado* — declarou. E prosseguiu, com o peito cheio: — *Sou moçambicano. Não posso desertar do meu país.* — Os guerrilheiros entreolharam-se, desconfiados.

Trocaram impressões em surdina e depois o comandante emitiu a ordem: — *Vamos levar-te, de mãos atadas, até chegarmos ao nosso comandante. Ouvimos falar de ti. Mas até lá não és um desertor, és um prisioneiro.* — Sandro ergueu-se feliz como se tivessem anunciado a sua libertação. E lá foram, em fila indiana, ao longo de um riacho. Sandro ainda fez menção de se desenvencilhar da parte de cima da farda. Os outros impediram-no: — *Vais caminhar assim, és o nosso troféu.* — Quando chegaram à base, o comandante ralhou com os seus soldados. — *Estão malucos?* — perguntou. — *Não recebemos um soldado inimigo assim, seja branco ou preto* — continuou o comandante. — *Quem nos falou desta pessoa foi Maniara, a esposa de Capitine* — disseram os guerrilheiros. — *Pois entreguem hoje mesmo este homem em casa dessa mulher* — mandou o comandante.

— *Foi assim que o seu Sandro veio parar à minha casa* — afirmou Maniara. — *Chegou cansado, com fome e com sede. Tomei conta dele. Esse rapaz foi o meu filho branco durante três dias.*

Terminada a narração, Maniara cobriu a cabeça com o pano que trazia sobre os ombros, olhou para o alto e suspirou: — *Pronto, falei demais, começou a chover.* — Descalçou os chinelos e arrastou os pés como um arado pela areia molhada.

De repente, no meio dos relâmpagos, avanço tresloucado e aos gritos para a casa de Maniara: — *Sandro, Sandro, eu estou aqui.* — A porta está trancada e tento, em vão, forçar a entrada. Com a mão no trinco murmuro: — *Acabo de chegar da Beira, fiz toda esta viagem por tua causa.*

Já me afasto resignado quando a porta se abre e um vulto emerge silenciosamente pela penumbra. Percebo que se trata de uma mulher. Vem vestida de capulana e tem um lenço do mesmo tecido amarrado à cabeça. A mulher avança na minha direção meneando as ancas. Ao entrar no foco de luz descubro, atónito, que se trata de Sandro. É ele, o meu sobrinho, vestido de mulher. Vai caminhando numa marcha estudada como fazem as modelos desfilando numa passarela. Detém-se em pose provocadora à minha frente e pergunta:

— *Sabe quem sou?*

— *És o Sandro.*

— *Esse é apenas o meu nome. Há muitos Sandros.* — E insiste, a mão pousada em desafio sobre a anca: — *Quem sou eu?* — voltou a perguntar.

— *És o meu sobrinho* — murmuro.

Desiste da postura de desafio. A encenação chegou ao fim.

— *É triste* — diz ele. — *O senhor continua a não me reconhecer. Pois bem, pode voltar para a Beira que também nunca o vi em lado nenhum.*

Dá meia-volta e refugia-se na palhota. É então que Benedito entra em casa da mãe e fica lá confortando Sandro. Maniara aproxima-se de mim e é uma sombra escura quando, em contraluz, pousa a mão sobre o meu ombro.

— *Vá lá dentro e abrace o seu filho* — pediu ela.

A sugestão de Maniara serviu apenas para alimentar a minha raiva. De modo descontrolado, vou desabafando com a anfitriã. Considero inaceitável aquela birra, explico, porque me magoa aquela ingratidão depois de tantos anos de dedicação e afeto. Maniara contempla-me com um olhar distante e, sinceramente, já não me interessa o quanto ela me percebe. Estou a falar comigo mesmo e preciso de desfiar aquele rosário de amarguras. Prossigo com as queixas: cuidei de Sandro com a mesma ternura e o mesmo zelo com que tratei de Diogo. Continuei a dar-lhe todo o carinho mesmo depois de saber que ele sofria de uma doença que parece não ter cura.

Concluí convicto de que a minha missão estava cumprida. Acabei de confirmar que Sandro estava vivo. E sabia qual o destino que ele decidira tomar. Não havia mais nada a fazer naquele lugar. Dirigi-me à palhota, que tinha a porta fechada.

— *Benedito, vamos embora* — ordenei. — *Vamos voltar para a Beira.*

— *Não levamos o Sandro connosco?*

— *Cada um escolhe o seu caminho. O Sandro escolheu o dele.*

Regressámos ao carro. Benedito não disse uma palavra: estava tão triste que cobriu o rosto com um lenço. — *Fazes bem em ficar calado* — declarei. — *E vais continuar calado depois de chegarmos a casa. Ou melhor* — corrigi —, *vais contar à senhora que apenas soubemos que Sandro está vivo e que já estava em fuga para se juntar à guerrilha.*

— *Está certo, patrão.*

— *Aposto, meu caro Benedito, que a primeira coisa que a tua patroa vai querer saber é se Sandro está magro. Vai querer saber o que é que o seu menino anda a comer longe de casa.*

15

Uma chaga na pele do Tempo

(Beira, 11 de março de 2019)

A casa é uma espera, regressa
apenas quem nunca dela saiu.
Adriano Santiago

Talvez tenha sido do balanço do barco, mas a verdade é que esta noite dormi bem. Acordo cedo porque combinei com Liana ir à minha velha casa e prepará-la para a anunciada tempestade. Liana chega a horas. Traz a bagageira cheia de tábuas, pregos e um martelo.

Sem as vozes da infância toda a casa fica vazia. Mas esta casa está mais do que vazia, está morta. Passo os dedos pelas paredes. E sinto que transpiram. Talvez haja um fio de vida que nos liga. Os meus passos produzem um eco que me torna estrangeiro. Não sou eu que caminho dentro do meu corpo. Tiro os sapatos. E a casa volta a ser minha. Acaricio o soalho onde a minha mãe, em prantos, se esparramou aos gritos para que o meu pai saísse de casa e, no instante seguinte, implorou para que ele não fosse embora.

Nada de excursões saudosistas, prometera eu a Liana.

A razão daquela visita é prática: com a ajuda de Liana venho pregar tábuas em tudo o que são portas e janelas. Terminámos rapidamente o serviço na sala e nos quartos. Falta-nos apenas a cozinha. Liana abre a porta que dá para o pátio das traseiras. E desembocámos num aposento que eu mesmo desconhecia. É uma despensa que parece ter servido de câmara escura para a revelação de fotografias. O material ainda ali está, o enferrujado projetor, as tinas plásticas, as embalagens dos líquidos de fixação e revelação. Há caixas de papel e rolos fotográficos pendurados na porta do armário. Está tudo coberto de poeira, como se fossem destroços de um edifício bombardeado. Liana vai abrindo caixas repletas de velhas fotografias. Escolhe uma imagem em que se vê Sandro abraçado a uma mulher. Sem largar a fotografia, ela decide fazer uma chamada telefónica. Afasta-se para a sala e fala em murmúrio. Mas o eco dos aposentos vazios acaba traindo os seus desejos de privacidade.

— *Sou eu. Não, agora não posso falar. Quero apenas que me digas o nome dessa prostituta... dessa que agora é cabeleireira aqui em Matacuane...*

Liana usa a palma da mão para tomar nota de uma morada. E regressa à cozinha, não sabendo que escutei a sua brevíssima e enigmática conversa.

— *Era o seu noivo ao telefone?* — pergunto assim que ela desliga.

— *Há uma vizinha que mora aqui perto e que sabe coisas de Sandro. Chama-se Soraya. Venha comigo.*

Caminhámos por passeios atafulhados de tendas e barracas, homens sentados em grupos jogando *ntxuva* e *murrarrava*. Olho em redor e penso: a cidade mente de cada vez que me oferece o seu rosto gasto, o seu hálito envelhecido. Por debaixo dessa cinza há um fogo que persiste, inextinguível.

Soraya vive a uns poucos quarteirões de distância. Na garagem da sua casa instalou um cabeleireiro. A tabuleta, à porta, anuncia: "Deusa Negra — Salão de Belezas". Usa uma cabeleira postiça, cor de laranja, que contrasta com a sua pele escura.

— *Dona Soraya?* — pergunta Liana.

— *Soraya com ípsilon* — responde a mulher, que, em tempos, deve ter sido bonita.

— *Preciso dos seus serviços.*

— *Queres trançar o cabelo?*

— *São outros serviços* — revela Liana.

Com uma vénia e um sorriso, a cabeleireira convida-nos a entrar. Pede desculpa pela desarrumação e corre a desligar um aparelho de televisão que transmite uma prédica evangélica. O locutor é um bispo brasileiro que anuncia a chegada do ciclone Idai como uma punição divina. Soraya abre os braços como se pedisse desculpa:
— *Quando não são bispos, são as novelas, já falo com sotaque brasileiro.*

Ao fundo, por trás de uma cortina de plástico, acedemos a um pequeno cubículo onde há apenas duas cadeiras, que ela insiste que sejam os visitantes a ocupar. Percebo por que escolheu ficar de pé: durante toda a conversa, a mulher não para de se pavonear em permanente desfile de Carnaval.

— *Vejam o estado do material* — diz Soraya batendo com a mão nas nádegas. — *Podem tocar, é tudo rijo, tudo durinho. Aviei muito homem, mas nunca beijei ninguém. Esse é o segredo da minha juventude: o beijo é que envelhece* — proclama. E volta a bater com a mão na coxa. — *Há colegas minhas por aí que são do meu tempo e que aderiram a essa moda do beijo. Havia de as ver, andam com o corpo pendurado no pescoço.*

— *Este meu amigo é um professor que veio há dias de Maputo* — apresenta-me Liana. — *Ele precisa que lhe faça um favor.*

— *Pois veio ao lugar certo!* — exclama a mulher. — *De vez em quando atendo uns professores por aqui* — acrescenta, ajeitando a peruca. — *O senhor professor se quiser um serviço ainda estou em uso, mas sem beijinhos...*

E faz tenção de se sentar no meu colo. Apressadamente me levanto e aceno com a mão em perentória negação. Procuro num dos bolsos e reviro a carteira, à procura de um retrato de Sandro.

— *Vai pagar sem nenhum serviço feito?* — pergunta a cabeleireira.

— *Ando à procura deste homem* — e estendo-lhe a fotografia de Sandro.

— *Este rapaz, este rapaz... já estou a ver quem ele é.* — Soraya vai escolhendo cuidadosamente as palavras: — *Este rapaz tem uma história muito triste. Foi na véspera da Independência que ele apareceu em nossa casa. Vinha tão atrapalhado que eu disse para mim: este magricela veio para a inauguração. Era assim que chamávamos à primeira sessão dos rapazolas. Enganei-me: esse Sandro vinha falar com Almalinda. Fechou-se no quarto dela e conversaram longamente. Um desperdício. O tempo que demoraram dava para duas ou três inaugurações.*

— *Escutou o que diziam?* — pergunto.

— *Falavam de política* — recorda Soraya. — *Andavam ambos metidos em atividades contra o governo. Depois disso, o gajo desapareceu. Soubemos que entrou no serviço militar e nunca mais ouvimos falar dele.*

Mostro-lhe uma imagem do meu pai junto ao prédio Mira-Mortos, onde Almalinda e Soraya partilhavam o mesmo quarto.

— *Este é o meu pai, o poeta e jornalista Adriano Santiago* — esclareço. — *Alguma vez viu este homem lá no prédio?*

— *Não me lembro* — responde a cabeleireira. — *Para ser verdadeira, você é o primeiro poeta que vejo na minha vida. E confesso que estou muito bem impressionada.*

— *Fale-nos do que sabe da sua antiga colega, a Almalinda* — pede Liana. — *Tome o tempo que quiser.*

— *Desculpem lá, isto já parece um inquérito da polícia* — protesta Soraya. — *Eu tenho tudo legalizado, falta só uma licença mas podem telefonar ao doutor Sigauque...*

— *Sou filha de Almalinda* — anuncia Liana.

O olhar atónito de Soraya detém-se sobre a visitante. Depois abre tanto os braços que parecia que se ia desconjuntar. E abraça tão efusivamente Liana que quase a sufoca entre os avantajados peitos. A maquilhagem vai-se desfazendo sob a corrente das lágrimas. Dá dois passos atrás para melhor contemplar a figura da visitante.

— *És bem mais escura que a tua mãe* — comenta. Com as costas das mãos corrige a pintura esborratada e o rosto abre-se num luminoso sorriso: — *Fizeste a raça andar para trás, minha filha.*

Abre um baú de madeira chinesa e o quarto fica empestado com o cheiro de naftalina. — *Vou dar-te um vestido que guardei dela.* — Debruçada sobre a arca, Soraya vai remexendo os vestidos. — *Para vocês isto são apenas vestidos. Mas para nós, nesse tempo, estas coisas eram o nosso primeiro corpo* — e volta a endireitar a cabeleira que lhe tomba sobre a testa: — *Estes de cima eram os meus, eram os mais baratos porque eu era a mais escura, eu era a preta e a mim só me cabiam os soldados rasos.* — Finalmente, Soraya se reergue para exibir um vestido amarelo debruado com organdi e lantejoulas. — *Este era o vestido de Almalinda, que ela usava nos shows de dança* — e os olhos de Soraya sorriem. — *Chamava-se o "Grupo de Ballet de James Wilson"! E eram nomes todos chiques os que davam às dançarinas:* taxi girls, funny girls, dancing queens... *tudo em inglês...*

— *Conte-me tudo sobre ela* — pede Liana, com o vestido amarelo da sua mãe amarrotado no colo.

Soraya senta-se sobre o tampo da arca, a cabeleira postiça está torta sobre a testa. Liana avisa-a de que vou gravar seu o depoimento. A mulher espreita o meu celular e lamenta a falta que lhe faz um telefone novo.

Com apenas meses de idade, a pequena Almalinda foi levada de Moçambique para um orfanato em Lisboa. A mãe tinha morrido num manicómio em Lourenço Marques e o pai confessou-se incapaz de tomar conta da criança. Tudo isso aconteceu nos finais da década de cinquenta. A menina cresceu naquele orfanato até se tornar adolescente. Aos quinze anos, Almalinda pediu para regressar a Moçambique e se juntar ao pai na cidade da Beira. O pai, o inspetor Óscar Campos, aceitou recebê-la. Pagou-lhe os estudos, mas nunca se assumiu como figura paterna.

Almalinda era linda. Contudo, havia um problema: a sua pele demasiado escura, cabelos excessivamente encaracolados. Talvez tenha sido por isso que ela teve uma paixão por um rapaz negro. Teve candidatos brancos, mulatos e até um chinês. Mas não. Teve que escolher o mais escuro de todos. Obviamente, o namoro estava condenado. Lançaram-se ao rio, os braços amarrados por um arame. Morreu apenas ele. A moça, resgatada por um pescador, primeiro foi escondida em Inhaminga, passou a fronteira para a África do Sul e foi, finalmente, levada de volta para Lisboa, para o mesmo orfanato onde passara a infância.

Reentrou nesse estabelecimento sem alma, esquálida e de olhos ausentes. À entrada, confirmaram a existência num dos pulsos da cicatriz de um corte recente. — *Sabemos da história* — disse o enfermeiro que a inspecionava. — *Ouvimos falar da tentativa de suicídio* — referiu ele. — *Não foi tentativa* — corrigiu Almalinda. — *Eu morri nesse rio.*

No dia em que completou dezoito anos o enfermeiro foi buscá-la ao quarto a pretexto de que iriam celebrar a efeméride com o resto do orfanato. Era noite e os corredores estavam escuros. Almalinda estava com medo e aceitou que o enfermeiro a conduzisse segurando-a pela cintura. Chegados ao refeitório, as luzes abriram-se por magia e o enfermeiro anunciou o início da festa. Serviram-

-lhe vinho e obrigaram-na a vazar a taça. O enfermeiro mandou que a aniversariante subisse a uma mesa e mostrasse a sua idade a uma meia dúzia de funcionários do orfanato. — *Tira a blusa* — mandou. Como ela não obedecesse, o enfermeiro deu ordem a uma outra órfã para que a ajudasse a libertar-se da roupa. Quando as vestes de Almalinda tombaram no chão o enfermeiro apregoou: agora façamos um exame clínico. Começou a tocar nela, tocou nela e voltou a tocar até que Almalinda deixou de sentir o corpo. Lembrou-se do rio escuro onde tinha submergido, lembrou-se das águas que a devoraram por dentro. E decidiu morrer pela segunda vez.

Voltou ao quarto cambaleando, apoiada pelo enfermeiro. À despedida, o homem ainda voltou a passar as mãos pelo corpo despido de Almalinda. — *Não chores, miúda. Tu não percebeste, mas esta foi a tua prenda de anos.* — E explicou-lhe que, no final de cada mês, uns homens engravatados visitavam o orfanato para entrevistar as meninas que ele previamente selecionava. Depois levavam-nas dali para fora, ninguém sabia para onde.

A partir daquele episódio, não houve manhã em que Almalinda não se colocasse toda nua frente a um espelho. Avaliava o tamanho dos seios e a curva das coxas. Mais do que a idade, o corpo era o passaporte para que a levassem dali para fora. Era esse o seu maior desejo. Certa vez os homens engravatados vieram buscá-la.

Fez um curso de secretariado na sede da PIDE em Lisboa. Ficou grávida nesse período. O pai da criança era um cabo-verdiano das limpezas, alguém que, segundo confessou Almalinda, lhe fazia lembrar o seu primeiro amor.

Dois anos depois Almalinda foi escolhida pela PIDE para cumprir uma missão em Moçambique. Essa missão era incompatível com o seu papel de mãe. Deixou a filha em Lisboa nas mãos de um casal amigo e veio para a Beira trabalhar como dançarina num clube noturno. Dois meses depois estava morta.

Despedimo-nos à porta do salão. Soraya volta a abraçar Liana. Choram as duas. Por um momento sinto inveja daquela habilidade. Chorar é um modo de falar. O meu corpo não tinha acesso a esse idioma.

— *Vou escrever essa história que me contou* — diz Liana com voz embargada.

— *Faça isso, minha filha* — encoraja Soraya. — *Mas use este meu nome: Soraya com ípsilon. A sua mãe conheceu-me com um nome já antigo.*

— *E qual era esse outro nome?* — pergunto.

— *Não vale a pena lembrar* — suspira Soraya. — *Nem nome, nem raça, nem nada. Agora, sou outra, por baixo destes cabelos da cor da laranja.* — E olha para mim enquanto faz contas com as palavras. — *O senhor que é professor deve saber: existem criminosos regenerados. Existem ex-cadastrados. Mas não existe "ex-puta". A gente carrega esse peso toda a vida.*

Liana leva-me de regresso ao hotel. Ela tem um almoço com colegas da Universidade. Ainda sugere que à noite lhe faça companhia numa festa de amigos. Quer beber, quer esquecer o relato de Soraya. Recuso. Não gosto de festas. Herdei uma espécie de aversão à encenação do contentamento. Nasci cansado. Como dizia o meu pai, o que mais cansa é o que não chega nunca a acontecer.

No hall de entrada do hotel o porteiro vê o carro de Liana a afastar-se e sacode a mão direita. É um sinal. Está a avisar-me dos riscos que corro na companhia daquela mulher.

Regresso ao quarto para encontrar uma segunda caixa de cartão deixada na véspera por Liana. Estes novos documentos foram arrumados numa estudada sequência.

Em pouco tempo o chão do quarto vai ficando coberto de folhas e fotografias dispostas em pilhas.

É quase meia-noite quando desço ao bar da piscina. Tomo um sumo, escapo de um admirador que insiste em que escreva a história da sua vida. Vejo então que recebi insistentes mensagens telefónicas do meu médico. Quer saber como estou, se tenho seguido a medicação. Nas últimas mensagens adota um tom mais autoritário: "quero que regresses imediatamente para a consulta de controlo. E também que fujas desse maldito ciclone". Escrevo de volta: "Meu caro, estou completamente descontrolado e, quem sabe se, por isso mesmo, melhor que nunca".

Entretido com o telefone não reparo que Liana se encontra à minha frente, envergando um vaporoso vestido branco. Saúda-me com um sorriso fugaz. Serve-se de uma bebida, o copo atulhado de gelo.

— *Fugi da festa.* — diz Liana. — *Por sua culpa.*

— *Que bom* — comento. — *Há muito que ninguém me culpava de nada.*

— *Não deixo de pensar que andamos os dois a perseguir uma miragem. Nem você procura Sandro, nem eu procuro a minha mãe.* — Liana fala e há um pedaço de gelo que passeia entre os dentes. — *Conseguiu escrever?*

— *Nem uma linha. Ando à volta dos papéis do seu avô.*

A conversa é interrompida por uma chamada telefónica. Liana afasta-se e atende o telefonema, protegendo o rosto com a mão esquerda. Mas é impossível deixar de a ouvir. Ela dá explicações a alguém, diz que vai dormir fora e pede que essa outra pessoa não fique inquieta.

Desliga o telefone, e sorri com embaraço. — *Vamos para o quarto?* — convida-me. Ela diz "o quarto" como se estivéssemos na nossa casa.

Segue à minha frente, com um sorriso malicioso. Vai subindo lentamente a escada, deixa-se suspender para trás em cada degrau. Quer que eu seja o seu encosto, as costas coladas ao meu peito. — *Sou Liana* — murmura —, *pre-*

ciso de uma árvore para me amparar. — Os cabelos enredam-se no meu rosto, as palavras enrolam-se umas nas outras. À porta solta-se de mim, descalça-se e avança pelo quarto, que está coberto pelas folhas que saíram da caixa.

— *Diz-me a verdade, Liana: leste todos estes papéis?*

— *Tenho mesmo que responder?* — pergunta ela. — *É que agora só me recordo da recomendação de Soraya sobre os beijos. Apetece-me tanto envelhecer...*

Liana evita pisar as folhas. Parece que executa uma dança. Sobre o pavimento tomba o vestido dela, tombam as minhas roupas sobre os nossos sapatos. Beija-me os olhos, as pálpebras estremecem como se estivessem nascendo. — *É bom?* — pergunta ela. Respondo com um gemido.

— *Os olhos não foram feitos para ver* — diz ela. — *Foram feitos para serem beijados.*

ര

Liana saiu de madrugada sem que eu desse conta. Pela janela aberta entra uma brisa fria. Vou fechar os vidros e aproveito para espreitar o casario do bairro. Ninguém poderia adivinhar que algures, no meio do oceano, se prepara um temível furacão. Recordo a vila de Inhaminga.

Volto à mesa e abro um envelope cheio de fotografias. Numa delas o meu pai surge abraçado a uma mulher bem mais jovem. Há um brilho único nos olhos do meu velho. Aquela mulher seria uma das suas amantes. Mas era certamente uma amante especial. Talvez tenha sido por causa desta bela jovem que, certa vez, ele decidiu colocar um ponto final no casamento. Sem coragem para se explicar perante a esposa, optou por redigir uma longa carta, com rebuscadas explicações e pungentes pedidos de desculpa. Entregou-a na sala com um seco convite: — *Lê isto, Virgínia.* — A minha mãe interrompeu os trabalhos de costura e não levantou a cabeça senão após terminar a leitura.

— *Estás com uma letra péssima, Adriano.* — Olhos perdidos, pousou o papel no colo e suspirou: — *Não percebo, Adriano, por que escolheste a prosa. Sabes que gosto mais dos versos.*

E voltaram juntos para a cama, a carta balançando, esquecida, na ensonada mão da minha mãe.

16

A descida aos céus

(Os papéis do pide — 8)

O que cansa na viagem
não é o quanto andamos.
O que cansa
é quanto permanecemos
no lugar de onde pensamos ter partido.
Adriano Santiago

PAPEL 26. Anotações de Adriano Santiago.
Chegada à Beira

23 de abril de 1973

No longo regresso à Beira vou conversando com Benedito. Conversar é um eufemismo. Desde a saída de Inhaminga que o meu companheiro de viagem vem a dormir. Nem o meu entusiasmo perturba o seu sono. — *Olha para esta estrada, rapaz. Não se distinguem as bermas, todas cobertas de capim. O mato mostra quem manda.* — E vou concluindo, o braço estendido para fora da janela. — *Pela qualidade da estrada, meu caro Benedito, se pode ver um país inteiro.*

Recordo então a viagem que fiz com Sandro à Rodésia. Lembro-me de ter comentado como Moçambique e a Rodésia não eram apenas dois países diferentes. Eram dois mundos à parte. Do lado da Rodésia, as bermas da estrada estavam bem delineadas, o capim aparado, o mato bem afastado do asfalto. Apesar de tudo, eu preferia o caos moçambicano à falsa ordem rodesiana. Não sei por que razão eu falava com Sandro sobre esses estranhos assuntos. Possivelmente eu apenas queria evitar que os outros assuntos aflorassem na nossa conversa. Recordo-me que, a certa altura, o meu sobrinho me interrompeu com um tom de voz grave.

— *Como se chama a minha mãe?* — perguntou-me Sandro à queima-roupa.

A minha estupefação foi tal que tive que parar o carro. Saímos ambos, sem bater as portas. Eu fiquei encostado à viatura enquanto ele caminhava ao longo da estrada. Seguia de olhos postos no chão e, de quando em quando, apanhava flores bravias que cresciam junto ao asfalto. Fazia aquilo para me provocar, levava as flores ao rosto com amaneirados trejeitos. A certa altura parou e abordou-me, desta vez com o olhar bem fixo no meu rosto.

— *Tens razão sobre o caos das nossas estradas* — disse ele. — *É tudo sem regra, deste lado. Do outro lado, por exemplo, ninguém chamaria de sobrinho a um filho.*

☙

Ao fim da tarde chegamos à cidade e Benedito acorda estremunhado. E sossega apenas quando reconhece a nossa rua e a entrada para a nossa garagem. Virgínia vem ter comigo, as mãos escondidas no avental, o olhar ansioso.

— *Está vivo!* — vou anunciando mesmo antes de sair da viatura. — *O nosso Sandro está vivo!*

Os braços de Virgínia estendem-se como gavinhas e

envolvem-me a mim e ao Benedito. Ela chora enquanto repete, aos soluços: *Louvado seja Deus*. Não tarda a perguntar sobre o estado de magreza do sobrinho. E, como estava previsto, menti-lhe, dizendo que não chegara a ver Sandro. Soube que estava vivo e bem alimentado. Outras notícias receberíamos mais tarde através dos padres.

Já na cozinha, enquanto Virgínia aquece a comida, dedico-me ao relato do que se passou em Inhaminga. A colher na mão direita é a batuta do maestro, comanda as pausas, sublinha as emoções. Eu não vejo a colher. Vejo apenas o gesto. Virgínia não vê o gesto. Vê a colher. O que faço, para ela, não é exatamente um relato da viagem. É um sinal da minha pressa em ser servido. A fumegante terrina da sopa ocupa, enfim, o centro da mesa. Virgínia pede-me que não espere por ela. Não está com fome, argumenta. E permanece em silêncio, estudando o meu rosto, medindo os meus gestos.

— *Veio alguém do jornal à tua procura* — diz ela quando o meu prato já vai a meio. — *Querem-te lá, na redação do novo jornal, logo de manhã.*

— *Disseram-te qual era o assunto?*

— *O assunto é esta notícia* — declara Virgínia atirando um jornal para cima da mesa e derrubando o copo de vinho sobre a toalha branca. E ela desanda pelo corredor, enquanto o vinho vai gotejando sobre o soalho.

— *Virgínia!* — alerto. — *Isto está tudo a pingar!*

— *Vais limpar o que sujaste* — reage Virgínia enquanto fecha ruidosamente a porta do quarto.

Leio a notícia e dou graças a Deus por estar sozinho. Virgínia não poderia ver os meus olhos enquanto lia o jornal.

ꝏ

"Seis meses depois de a jovem Olívia Mestre ter sido lançada para a morte no prédio Príncipe da Beira (vulgarmente conhecido como 'Mira Mortos') a tragédia volta a suceder exatamente da mesma maneira e no mesmo lugar. Desta vez aconteceu com Ermelinda Campos, uma dançarina de 22 anos de um clube noturno da cidade. A malograda acabara de chegar de Portugal e, segundo consta, deixa em Lisboa uma filha menor. Nos dois casos há fortes evidências de se tratar de um homicídio, contrariando a versão oficial da polícia, que classifica as duas ocorrências como meros suicídios.

Conhecida nos meios noturnos como Almalinda, a dançarina caiu da mesma varanda de onde, há cerca de seis meses, tombou Olívia Mestre. Há um claro paralelismo entre os dois casos trágicos: ambos revelam indícios de estrangulamento; em ambos casos há indicações de que alguém mais estaria presente no apartamento de onde foram lançadas as infelizes mulheres. Almalinda e Olívia eram vizinhas no mesmo prédio. Eram ambas dançarinas em clubes noturnos da nossa cidade.

As coincidências não podem ser meramente acidentais: a mesma fita gomada profundamente entranhada no pescoço das malogradas, as mesmas marcas no pescoço, os mesmos sinais de sangue nas unhas das duas vítimas demonstram que, em ambos casos, as jovens procuraram libertar-se do laço mortal.

A nossa reportagem recolheu depoimentos junto dos residentes no bairro e soubemos que alguém viu luzes acesas na varanda da vítima, luzes essas que misteriosamente se apagaram instantes depois da queda. Soubemos também que a vítima gritou desesperadamente pedindo ajuda. A maioria das pessoas contactadas pela nossa reportagem ou não foram ouvidas pelas autoridades ou foram ouvidas e não assinaram as suas declarações."

Nessa mesma manhã mandei chamar o régulo Capitine a nossa casa. Queria que ele testemunhasse sobre a estranha morte da dançarina. Pedi que viesse o mais depressa possível antes de a PIDE o levar preso. Para esse mesmo encontro convoquei os "toupeiras brancas", meus camaradas de luta. De algum modo sentia-me responsável pelo envolvimento de Capitine nesse imbróglio do assassinato da dançarina. Fui eu que lhe arranjei emprego como guarda do cemitério. Com uma condição: ele que se fizesse de mudo. Era uma imposição de gente graúda que frequentava os clubes de striptease. Esses clubes já tinham sido intencionalmente construídos na vizinhança do cemitério. Os donos da cidade não queriam testemunhas das suas andanças noturnas.

Ainda há poucos dias eu tinha visitado Capitine no seu posto de trabalho e ele tinha-se manifestado satisfeito. Confessou, sorridente, que o emprego lhe servia como uma luva. Os espíritos dos brancos protegiam-no das suas próprias assombrações. E expôs as suas razões: a raça divide os vivos e separa ainda mais os mortos. Os brancos cobrem os falecidos com uma pedra e cercam-nos de altos muros. Capitine tinha uma certeza: esses muros eram inúteis. Os finados de pele branca atravessavam as lápides e as paredes do cemitério. Nisso eles eram iguais aos seus irmãos negros, todos eles ocupados em ressuscitar os mortos e os vivos.

Coitado do pai de Benedito, fugido do inferno de Inhaminga para tombar agora nas atribulações de um assassinato político que alvoroçou toda a cidade.

ര

Capitine Fungai apresentou-se em minha casa no final da manhã. Alojei-o nas dependências pedindo que dali não saísse até que o chamasse. Ao fim da tarde os "toupeiras brancas" estavam reunidos em minha casa. Olhei para Capitine Fungai e vi como ele estava constrangido, sentado no centro do escritório de minha casa. Em seu redor havia gente sentada nas cadeiras, no chão, no tampo das mesas. Eram todos homens, brancos e com ar de quem se leva muito a sério. Pensei: o homem conseguiu emprego porque era suposto ser mudo. Pois nunca um mudo iria falar tanto.

Expliquei a todos os presentes o propósito daquele breve encontro. O depoimento do guarda Capitine era precioso para se obter provas da intervenção criminosa da PIDE. Naquele instante, os olhares de todos concentraram-se sobre o pobre Capitine Fungai.

— *Aquela senhora não sabia voar* — começou por declarar o guarda do cemitério. — *Eu vi logo quando ela apareceu no céu...*

— *Vamos lá a ver, Capitine* — afirmou, paciente, o camarada Faustino Pacheco. — *Ontem à noite ouviste gritos, viste luzes?*

— *As noites estão cheias de luzes que não se acendem...*

— *Ó Capitine, vamos lá a entender-nos* — disse o Pacheco, corrigindo na sua voz uma latente ansiedade. — *Queremos factos, apenas os factos, está certo? Nada de gente a voar, nem de luzes que não se acendem. Só os factos. Entendes?*

— *Vou falar, meu patrão: aquela senhora voou numa direção muito errada. Acho que ela tinha um dono, trazia uma coleira no pescoço...*

— *Factos concretos, é o que queremos, Capitine* — lembrou o Pacheco com manifesta impaciência.

— *Bom, isso de factos concretos, meu patrão, só Deus é que sabe.*

— *Eu mato este preto* — vociferou o Pacheco.

— *Que é isso, camarada Pacheco?* — indignei-me. — *Nós somos de esquerda, não usamos essa linguagem.*

— *Este gajo está a gozar connosco* — justificou-se o Pacheco.

Mais do que calado, o guarda do cemitério permaneceu parado. Fazia como a gazela perante os leões: esperava que mudasse o vento, que o tempo alastrasse e os predadores desistissem.

— *Escuta bem, rapaz* — avançou o Pacheco, um pouco mais contido. — *Podes começar por dizer de que cor era essa fita gomada?*

— *Por amor de Deus, camarada Pacheco, que raio de pergunta!* — reclamei.

— *Deixe o homem responder* — insistiu o Pacheco.

— *Não deixo nada, isto não faz sentido nenhum* — disse o pai.

— *Faz todo o sentido* — argumentou Pacheco. — *Aposto que este gajo nem sequer sabe o que é uma fita gomada. Se me deixasse prosseguir eu já tinha provado que este tipo está a mentir com quantos dentes tem na boca.*

— *O que é isto, companheiros?* — perguntou, atónito, o meu pai. — *Já viram a nossa figura? Acabo já com isto: todos lá para fora, esta casa não é uma delegação da PIDE.*

E retiraram-se as toupeiras, cabisbaixas. Capitine permaneceu na sala. Abatido, mas visivelmente aliviado. Puxei de uma cadeira para junto do régulo, estendi-lhe uma chávena de chá e declarei com gravidade:

— *Disseram-me que o teu nome é falso.*

— *Como é que um nome pode ser falso?* — espantou-se Capitine.

— *Capitine é o teu nome próprio? E Fungai é nome de família?*

— *Todos os nomes são próprios, meu patrão. E todos os nomes são de família.*

Perante o meu rosto impaciente o homem foi divagando. Disse que os nomes eram todos verdadeiros porque eles serviam para sermos rezados. E que todos nós, brancos e pretos, recebemos um nome para não morrermos. Pensei que o devia escutar e por isso me decidi a permanecer calado. Mas o régulo não tinha mais nada para dizer.

— *Agora, Capitine, conta apenas o que se passou* — solicitei.

— *Não sei por onde começar* — murmurou o régulo.

Havia muitas pessoas na sala, muitas pessoas que ele não conhecia. Se agora fosse preso não teria nunca uma chave para sair da prisão.

— *Tens razão, Capitine* — admiti. — *Mas agora ficamos só nós os dois. Podes falar sem medo. Sou escritor, não sou polícia.*

Capitine pediu se lhe podia servir um chá. Depois foi seguindo, com a atenção de um revisor tipográfico, o modo como eu registava no papel o seu depoimento sobre a morte de Ermelinda Campos.

PAPEL 27. Resumo do depoimento de Capitine Fungai sobre a morte de Almalinda, transcrito por Adriano Santiago

22 de abril de 1973

Na noite em que morreu Ermelinda Campos o velho guarda do cemitério estava prestes a adormecer quando uma sombra obscureceu o luar.

— *Lá vai mais uma* — suspirou Capitine Fungai, enfadado.

Nas noites de lua cheia, mulheres voadoras atravessam os céus e, aos poucos, se confundem com as estrelas cadentes. Os portugueses acreditam que, depois do último suspiro, as pessoas sobem ao firmamento. É o inverso. No escuro da noite, o céu se ajoelha para entrar nos nossos sonhos. É então que nos tornamos deuses.

Capitine ouvira falar de algo misterioso que acontecera antes da sua chegada à Beira. Uma mulher portuguesa, chamada Olívia Mestre, despenhara-se na rua em frente do cemitério. O caso meteu polícia, mas mesmo as autoridades portuguesas devem ter percebido que se tratava de uma criatura voadora, pois encerraram apressadamente o caso e ninguém mais quis falar do assunto.

Capitine receou que algo semelhante pudesse estar agora a suceder. Esta outra mulher devia ser uma estreante porque desconhecia a arte de voar. Saltou do quinto andar, deu duas braçadas em céu aberto e, logo a seguir, precipitou-se em vertiginosa queda sobre a estrada.

Alarmado, o guarda aproximou-se, pé ante pé. Capitine imaginava as voadoras todas negras, da cor da noite. À sua frente, uma mulher branca abraçava a terra inteira. O guarda olhou em volta e deu um passo atrás. Como podia um preto como ele testemunhar aquela morte? Lá em cima, no prédio, as luzes do quinto andar apagaram-se. E ficou mais noite. Capitine voltou a fixar os olhos no corpo da mulher. Naquele preciso momento a lua tornou-se mais escura. Agora é que a mulher morreu, pensou. Sentiu-se tonto e encostou-se à parede do cemitério, até que viu gente saindo das casas. É curioso perceber como as pessoas se alteram perante um corpo sem vida. Os olhos crescem, as palavras desligam-se das falas, as mãos ficam soltas do resto do corpo. Os moradores do prédio falavam todos ao mesmo tempo, parecia que tinham medo do silêncio que escapava da falecida.

Não tardou a que chegassem dois polícias. Os agentes perguntaram: quem foi o primeiro a ver a morta? Os moradores afastaram-se para que Capitine Fungai surgisse em primeiro plano.

— *Foste tu, pá?* — perguntou um dos polícias. — *E o que fazias aqui a esta hora?*

Capitine esqueceu-se do compromisso de se manter mudo e respondeu que era guarda do cemitério. Um outro polícia expressou a seguinte dúvida: aquele indígena, foram estas as suas palavras, tinha idoneidade para servir de testemunha?

Naquele momento chegou um outro carro de onde emergiram dois homens envergando gabardines. Logo tomaram conta da situação.

— *Este caso é especial* — disseram dirigindo-se aos polícias. — *Quem vai tratar disto somos nós.*

Os agentes fardados retiraram-se prontamente. O guarda Capitine estranhou: afinal há quem mande mais que os polícias? Ainda viu alguém a fechar os olhos da morta. Não é por respeito que cerramos as pálpebras dos que partem. Temos medo que os mortos nos continuem observando.

— *Não tens por aí um canivete?* — perguntou-lhe um dos agentes. E antes que Capitine respondesse, o outro branco protestou: — *Por amor de Deus, o inspetor acha que este gajo sabe o que é um canivete?* — Depois, virando-se para o guarda ordenou: — *Vai buscar uma faca, rapaz.*

Capitine Fungai correu a cumprir a missão. Entregou a faca, com os respeitos devidos, segurando o objeto pelo cabo e amparando com a mão esquerda o cotovelo do braço direito. O polícia usou a faca para retirar a fita do pescoço da morta. Quem o visse, naquele escuro, diria que estava a degolar um animal. Depois o mesmo agente ordenou a Capitine que ajudasse a carregar a falecida para o carro.

Acomodaram o corpo na bagageira, meteram-se na viatura e já estavam prontos para arrancar quando Capitine, com olhos postos no chão, perguntou: — *E a minha faca, meus patrões?* — Entregaram-lhe a faca e a fita gomada. — *Mete isso na bagageira!* — sentenciaram. — *A minha faca também?* — inquiriu o guarda a medo. — *Tudo na bagageira, caralho!* — ripostou o agente aos berros.

Capitine voltou a abrir o compartimento. E pareceu-lhe então que os olhos da falecida estavam abertos e o contemplavam como se abrissem rasgões no fundo da sua alma.

— *Agora, fecha-te na tua cubata* — mandou o polícia que estava ao volante. Com a viatura já em movimento, o mesmo branco acrescentou: — *E escuta bem, tu nunca viste nada. Nem a mulher a cair, nem a gente a chegar. Aqui não se passou nada, aqui nunca morreu ninguém.*

Vais esquecer tudo e todos. Nós é que não vamos esquecer a tua cara.

E lá foram, estrada fora. O guarda ficou especado até que a viatura policial se extinguiu no escuro. No atalho para o cemitério, um resto da fita colou-se-lhe aos dedos e, quando tentou ver-se livre dela, viu que era uma serpente pegajosa que se enrolava afincadamente nos braços. Sentiu uma tontura. "Já me corre veneno nas veias e ainda nem sequer fui mordido", pensou o guarda. E tombou no caminho.

PAPEL 28. Texto do poeta Adriano Santiago

23 de abril de 1973

Que a morte seja perfeita: é isso que pedimos aos que partem. Para que ninguém tenha que esquecer aquele que foi vivo. E para que ninguém tenha saudade desse que partiu.

Assim sucedeu com Almalinda: morreu tanto e tão perfeitamente que foi como se nada acontecesse. Como se, no ato de morrer, a defunta arrumasse com irrepreensível zelo a sua futura ausência. Como se ela tivesse apagado a sua vida à medida que vivia.

Os outros, os imperfeitos mortos, deixam-nos a enganosa incumbência de serem lembrados. Ninguém está realmente com eles. Nas lágrimas que lhes dedicamos comove-nos apenas o nosso anunciado desfecho.

Almalinda retirou-se com a mesma ausência com que sempre vivera. E apenas em mim se abate essa despresença.

17

Os que escutam a pólvora
(Inhaminga, 12 de março de 2019)

Encontro às vezes na confusão das minhas gavetas, papéis
escritos por mim há dez anos,
há quinze anos, há mais anos talvez.
E muitos deles me parecem de um estranho;
desreconheço-me neles.
Houve quem os escrevesse, e fui eu. Senti-os eu,
mas foi como em outra vida, de que houvesse
despertado como de um sono alheio.
Fernando Pessoa, *Livro do desassossego*

Vamos de carro eu, Benedito e Liana. O nosso destino é Inhaminga. A nossa intenção é encontrar Maniara e o padre Januário. Atravessamos a ponte do Punguè e lembro-me do meu pai, há quatro décadas, apontando para o estreito leito deste rio e a declarar: — *Neste país fazem-se primeiro as pontes e só depois os rios.*

Quilómetros depois, ao passar por Mafambisse, o céu começa a arder por cima de nós. A estrada parece ser devorada por labaredas, obrigando-nos a estacionar numa berma. Num instante, as cinzas cobrem os vidros do carro e ficamos cegos. O silêncio dentro do carro pesava mais que a penumbra.

A ideia de um céu que a si mesmo se devora é bem próxima desse Inferno de que me falavam nas aulas de Religião e Moral. Há uma viatura que avança em sentido inverso e somos informados: o que se passa, na realidade, é que deitaram fogo aos campos de cana-de-açúcar. O que arde à nossa volta não é mais que um céu prosaico e rasteiro. Na savana da minha terra o fogo vive dentro da terra. No tempo quente o fogo quer respirar. Emerge por uma fenda como o desabrochar de um fruto.

Retomámos a viagem, as luzes abrindo caminho entre nuvens de fumo. Benedito pede-me que imite o meu pai conduzindo e declamando poemas. Ergo o braço e recito versos à toa. E rimo-nos, tontos, às gargalhadas.

— *Agora que já te trato por tu, não preferias que te tratasse por "menino"? Ou talvez "patrão"?* — pergunta Benedito

— *Agora, que vou ficando velho, é que me dava jeito que me chamasses de "menino".* — E depois de um silêncio acabo por confessar: — *Às vezes sinto vergonha de ter sido teu patrão.*

— *Presunção tua, Diogo. Quando muito, tu eras o filho do patrão...*

— *Maldigo esse tempo que nos afastou...*

Benedito Fungai confessa: alguns dos momentos mais felizes da sua vida foram passados nesse tempo tão infeliz. Aceitar que toda a nossa vida tivesse sido um inferno seria dar um prémio aos opressores. Foi assim que falou Benedito.

— *Tens razão* — admito. — *Eu também fui feliz.*

Finalmente, depois de horas de caminho, chegámos ao destino. Parámos o carro, entregámos a nossa bagagem a um jovem que prontamente a transportou para as casas onde ficaremos alojados.

Nunca me custou tanto ver um lugar: Inhaminga é um amontoado de ruínas, um território destruído por dois conflitos militares. A última guerra, a chamada "guerra civil", ficou escrita nos edifícios. Não há edifício onde não sejam visíveis as marcas das balas. Vemos essas tatuagens nas paredes e parece que voltamos a ouvir os antigos disparos. As ruas estão quase desertas, não há água corrente, não há energia elétrica. Ao longe veem-se mulheres carregando água à cabeça e velhos carregando sacos de carvão amarrados ao selim das bicicletas.

Os telhados caíram, as portas e as janelas apodreceram, as paredes perderam a tinta. As capulanas estendidas a secar são a única mancha de cor entre os escombros. Benedito Fungai sugere que não procuremos a vila nas casas. Procurássemos Inhaminga nas pessoas, nos laços sociais que escapam a quem está apenas de passagem.

— *Inhaminga mora mais nas roupas do que nas paredes* — afirma Benedito.

Os edifícios coloniais foram há muito ocupados por gente local. No entanto, é voz corrente que essas casas ainda são habitadas pelos espíritos dos primeiros moradores. Passamos por um desventrado prédio onde, na única parede que resta, se projetam filmes de artes marciais. Nessa solitária parede, há um letreiro escrito a carvão: "*Cinema ao vivo — pague ao cobrador*".

ೋ

Parámos no cemitério da vila. Benedito pretende visitar a campa do seu pai, o saudoso Capitine Fungai. Benedito vagueia entre as campas e vem ter comigo, que estou sentado na única sombra do lugar.

— *Andava por aqui às voltas* — diz o meu amigo — *e lembrei-me de a tua avó me ter levado ao cemitério da Beira.* — Benedito recorda o dia em que visitou o cemitério da Beira junto com a minha avó. A certa altura a velha Laura lamentou-se. — *Meu caro Benedito* — disse ela —, *não conheço nenhum dos que aqui estão enterra-*

dos. Estou tão longe dos meus mortos. Pode haver maior solidão?

— *Foram estas as palavras da sua avó. E eu bem podia dizer o mesmo agora.*

Estranho o facto de o régulo não ter sido enterrado no seu cemitério familiar, junto da sua casa. São assim as normas. Mas foi ele quem escolheu o cemitério municipal como derradeira morada. Queria romper com tudo, queria que a morte fosse o princípio de uma nova existência. Quando falo nisto Benedito sacode a cabeça. Prefere, também ele, não entender as razões do seu pai.

Não identificaríamos a campa de Capitine sem a ajuda do coveiro. O homem vai circulando por um atalho que só ele identifica no meio do descuidado capim. E com um gesto largo vai anunciando como um cicerone de museu:

— *À esquerda estão os que morreram na guerra colonial, mais ao fundo estão os da guerra civil. Todos os outros* — diz ele —, *simplesmente faleceram. A vida aqui é uma outra guerra* — acrescenta. — *A gente chega a ter vergonha de ser um sobrevivente* — concluiu o coveiro.

— *Eis a cova do seu pai* — e aponta para o chão com os dedos enroscados sobre palma da mão. É uma afronta apontar os mortos com os dedos estendidos.

Não há lápide, apenas uma cruz de madeira velha. Não sei rezar. Mas recordo a manhã em que Capitine apareceu morto no cemitério da Beira, onde acabara de ser admitido como guarda. Encontraram-no junto à sua cubata, dias depois de ter sido testemunha de um assassinato no prédio em frente. Nessa mesma noite os meus pais foram contactados pelo comissário da polícia para procederem à identificação formal do cadáver. Capitine Fungai estava nu por cima de uma mesa. Tinha um golpe profundo na cabeça. A ferida estava de tal modo empapada de terra que dava a ideia de que aquele corpo era feito de areia, que agora vazava por onde deveria escorrer apenas sangue.

No dia seguinte, o jovem Benedito teve a honra de assistir à reunião das "toupeiras brancas". Não era difícil adivinhar quem tinha morto o seu pai. Capitine Fungai era uma perigosa testemunha. Tinha visto a fita no pescoço, as marcas das unhas, a viatura com os agentes da PIDE. No final da reunião, os camaradas reunidos em nossa casa já se tinham quotizado para pagar o transporte e o funeral de Capitine Fungai. Benedito ainda perguntou se o meu pai não o acompanharia a Inhaminga. Adriano Santiago disse que não podia. Na altura, explicou-se ele, um branco não participava no funeral de um negro. E no caso dele, mesmo que quisesse, estava proibido de sair da cidade.

☙

Liana Campos separa-se de nós. Está cansada da viagem, vai descansar em casa das freiras onde lhe deram alojamento. Não será hoje que iremos ver Maniara. Por isso, eu e Benedito aproveitamos para passear pela vila. Do cemitério iremos ver o paredão dos fuzilamentos. Era ali que executavam os civis na guerra colonial. No caminho, Benedito pede um esclarecimento.

— *Confessa uma coisa: fostes tu quem durante meses depositou um valor na minha conta?*

— *Não sei do que estás a falar* — afirmo.

Durante anos, alguém transferiu mensalmente dinheiro para a conta de Benedito Fungai. Foi graças a essa ajuda que ele terminou os estudos universitários. Ele pensa que fui eu. Apesar de eu ter negado com convicção ele olha para mim de soslaio até chegarmos ao paredão dos fuzilamentos. O termo "paredão" é pomposo. Trata-se de um muro de uns dois metros de altura e uma dezena de metros de comprido. O lugar está cheio de capim e serve de lixeira pública.

Mais adiante está sentada uma mulher com a cabeça coberta por um pano preto. A sombra precária do muro veste-a mais do que a roupa que ela enverga. Benedito cumprimenta-a. — *Bom dia, mamã.* — Sem mover o rosto, a mulher saúda-nos num impercetível murmúrio. A seu lado há um balde de água. A mulher verte a água sobre a areia e depois esgravata o chão à cata de balas que sobraram dos fuzilamentos. Benedito diz que a mulher leva para casa as balas que encontra para depois as semear no seu quintal.

— *Sendo você um quadro sénior do Partido, porque razão não pede para se construir aqui um memorial?* — pergunto quando já nos afastamos.

— *É preciso saber perdoar* — responde Benedito.

— *Isso não é um modo de perdoar.*

— *Existe um plano de construir um monumento. Enquanto se espera, fui criando um pequeno grupo de teatro.*

Todos os anos o seu grupo apresenta uma peça lembrando o massacre. Os atores são familiares dos que foram assassinados. A mulher que acabámos de encontrar é uma das principais atrizes. Não precisa de grandes dotes de representação. Ela viu os pais serem mortos apenas porque tinham ido à cantina e compraram mais do que a quantidade habitual de arroz. Os da PIDE suspeitaram que essa quantia seria usada para abastecer os guerrilheiros da FRELIMO. Não precisaram de outra prova para os condenar à morte.

Estou cansado de andar por entre ruínas, mas entendo que, para Benedito, aquela deambulação pela vila é uma espécie de ritual. Vamos ver a escola onde Benedito iniciou os seus estudos. Frequentou-a por um período breve, nas vésperas de a guerra colonial chegar a Inhaminga. Depois fugiu para a Beira, apresentou-se em nossa casa e reiniciou a sua vida estudantil.

— *Lembras-te da nossa escola na Beira?* — pergunto.

— *A tua escola* — corrige Benedito.

— *Fizemos tudo para que fosse tua.*

— *Neste momento devia agradecer ao meu ex-patrão? Desculpa, Diogo, não quero ofender. Eu tive outras escolas que tu desconheces.*

— *Por exemplo?*

— *Na verdade* — diz Benedito — *o meu corpo foi a minha primeira escola.*

Na sua aldeia natal, sempre que regressava do pastoreio das cabras o jovem Benedito trazia o corpo coberto de poeira. Com a unha do indicador, o pai fazia-lhe um risco na perna. Dava um passo atrás, estreitava os olhos e dizia: essa é a letra "a". Na semana seguinte, desenhava uma nova letra. E proclamava: vais aprender o alfabeto na tua própria pele.

Antes de se deitar, o pequeno Benedito lavava o corpo todo com exceção da rabiscada perna. Durante a noite, e enquanto não lhe vinha o sono, espreitava a caligrafia até lhe parecer que as letras é que lhe tinham criado o corpo. Um dia o pai declarou: — *Pronto, vamos ficar pelas letras. Não tens pele que chegue para os algarismos.* — E acabaram-se as lições.

— *A minha pele era a ardósia. A unha do meu velho era o giz* — relembra Benedito.

ꝏ

A escola de Inhaminga fica a poucos quarteirões do cemitério. A estridente vozearia escuta-se a quilómetros. Já mais perto chega-nos o coro das crianças, repetindo sílaba por sílaba o discurso do professor. Ao entrar no recinto a sineta chama para o intervalo e são tão vivos e tão numerosos os alunos que deixamos de vislumbrar o edifício.

Num enferrujado mastro, no centro do pátio, flutua um pano que, outrora, talvez tenha sido uma bandeira. Agora está descolorido, murcho e aos farrapos. Benedito reage como se tivesse responsabilidade naquela decadente visão. — *Estamos à espera de uma nova bandeira.* — E repara, atrapalhado, na ambiguidade das suas palavras. — *Não disse aquilo que tu estás a pensar* — corrige com afinco. Rimo-nos. E o riso, mais do que as palavras, traz de regresso a infância.

Surge, naquele momento, o diretor da escola. Não vem sozinho. Os chefes, mesmo de uma pequena escola, nunca andam sós. Quando a comitiva me cumprimenta, noto uma certa animosidade. Essa tensão torna-se mais clara quando nos reunimos no gabinete da direção.

— *Sabemos o que o senhor veio aqui fazer* — começa por declarar o diretor. E acrescenta, sem simpatia. — *Talvez eu possa ajudar.*

— *Agradeço* — digo eu. — *E como me pode ajudar?*

— *Posso dar-lhe um conselho: vá-se embora, senhor poeta, deixe o passado ficar onde ele sempre esteve.*

— *E onde é que ele esteve?*

— *Nós sabemos* — responde o diretor.

— *Quem são esses "nós"?*

— *Se tanto quer falar da crueldade do passado* — argumenta o diretor —, *fale também da guerra civil, das matanças que aqui fez essa gente que hoje se senta no Parlamento.*

— *Posso assegurar uma coisa: o senhor sabe mais do que eu sobre o que venho aqui fazer.*

O anfitrião muda de tática: a sua superioridade impõe-se agora porque me passa a ignorar. Faz de conta que está ocupado a folhear um manual escolar. Entendo o recado: o encontro está acabado.

Retiramo-nos com algum embaraço. Benedito procura algo na sua bolsa. Pede que nos sentemos numa sombra. Tem um livro para me mostrar. É uma publicação, ainda em versão provisória, sobre o massacre de Inhaminga. Vai folheando até que se detém numa fotografia. Um grupo de soldados negros do exército português posa junto ao paredão de fuzilamento.

— *Reconheces este homem?* — pergunta Benedito

apontando para um militar que levanta uma espingarda. — *Este soldado é o diretor da escola* — e acrescenta: — *Agora entendes porque é que ele nos quer longe do passado. E posso confessar-te uma coisa* — prossegue o meu companheiro de viagem —, *eu estou como o diretor da escola. Não tenho o teu desejo de visitar o passado. Nós dois, caro Diogo, vivemos em sentidos opostos. Tu queres lembrar. E eu quero esquecer.*

— *Ninguém esquece* — declaro. — *Apenas fazemos de conta.*

— *Então deixa-me fazer de conta que me esqueci.*

ᘓ

Entendo quanto custam as lembranças a Benedito. Foi daqui desta vila que, há quatro décadas, ele e Jerónimo apanharam um camião que os levou à cidade. Fugiam da guerra. Mas também escapavam da miséria. Quando chegaram à Beira, estavam magros e receosos. Jerónimo encontrou emprego nos nossos vizinhos Sarmentos. Benedito apresentou-se em nossa casa e era tão jovem que os meus pais não aceitaram que ele fosse um empregado doméstico. Logo ficou acertado que o moço ajudaria nas lides domésticas, mas a sua principal função seria estudar. Diríamos à vizinhança que ele era nosso empregado para evitar mal-entendidos. O próprio Benedito assumiria essa narrativa perante as autoridades.

Benedito vinha sem papéis que provassem que já tinha frequentado a escola na missão de Inhaminga. Teria que regressar ao grau zero da escolarização. Mas havia uma dificuldade: para o inscrever na primeira classe ele não podia ter mais de doze anos. E Benedito tinha mais uns tantos anos. Como fazer? — *Inventamos-lhe um registo de nascimento* — declarou o pai. — *Vais falsificar um documento?* — inquiriu a mãe. O nosso pai argumentou: — *A vida deste rapaz há muito que foi falsificada.*

Havia uma fila para a inscrição na secretaria da escola. O meu pai trazia o Benedito pela mão. Adriano Santiago era o único homem naquela sala sobrelotada de senhoras brancas. Benedito era o único negro na fila dos alunos. A curiosidade das mães centrou-se no meu pai — o que fazia ali aquele improvável pai com aquela inesperada criança? Uma senhora, mais condescendente, inclinou-se curiosa sobre o nosso empregado.

— *Que menino é que tu vieste aqui acompanhar?* — perguntou.

— *As senhoras não estão a entender: este é o menino!* — proclamou Adriano Santiago, segurando os ombros de Benedito. — *Estou aqui para o matricular, vai estudar com as vossas crianças, na mesma sala de aula.*

Ao fim do segundo mês a minha mãe solicitou ao nosso empregado que lhe mostrasse os cadernos da escola. Benedito baixou a cabeça e juntou as mãos em pedido de absolvição:

— *Já não tenho os cadernos, senhora.*

— *Que lhes fizeste?*

— *Dei a outro rapaz. Já não volto à escola.*

Desistira por causa da vergonha. A turma era mista, as raparigas sentavam-se na mesma sala dos rapazes. — *Sou um homem* — declarou Benedito, a voz esganiçada contrariando o tom másculo da declaração. — *Não posso aceitar que uma mulher testemunhe as minhas ignorâncias.*

Benedito mentiu. A verdadeira razão porque ele não queria voltar à escola era a violência de alguns rapazes brancos. Chamavam-lhe nomes, empurravam-no para um canto. Foi isso que o fez abandonar os estudos. Desistiu Benedito, mas não desistiu a minha mãe. Todas as tardes o rapaz de Inhaminga era obrigado a sentar-se comigo numa mesa da cozinha. Ali fazíamos, juntos, os deveres escolares. Confesso que certas vezes cheguei a sentir ciúmes da atenção que a minha mãe lhe dedicava. Quase tantos como os que sentia por causa do primo Sandro.

Regressamos à casa de hóspedes. Benedito faz questão de me acompanhar. Diz que quer ver onde durmo. — *Há muito que deixei de ser o teu menino* — reajo, convicto. Benedito sorri, complacente. Na despedida aperta-me a mão como se faz entre amigos, rodando o pulso em redor do polegar. As pessoas, em Moçambique, abraçam-se até com os dedos. Já na distância, Benedito lembra que no dia seguinte iremos ver a sua mãe. E acena-me sorridente.

Surpreendo Liana no meu quarto. Pensava-a repousando na casa das freiras, onde ficou alojada. Mas ela ali está abrindo o armário e as gavetas, com o soberano desembaraço de uma esposa. — *Vejo que trouxe consigo os papéis do meu avô, tudo arrumadinho em pastas* — comenta ela. — *E vejo que você, meu poeta, está a digitalizar os seus velhos manuscritos.*

Senta-se frente ao computador. Demora-se, em silêncio, dona do tempo. Deito-me entretido a ver o fumo que emerge dos seus finos dedos. Recorda-me o meu pai. Mesmo depois de ter deixado de fumar permanecia fiel ao ritual do tabaco. Fazia o cigarro rolar entre os dedos com elegância quase feminina. Era tanta a arte e a convicção daquele gesto que sentíamos o cheiro de um cigarro que nunca se acendia. Durante longos momentos o meu pai rodopiava pela casa a pretexto de procurar uma caixa de fósforos. Rebuscava os bolsos vazios, abria e fechava gavetas, espreitava por cima dos armários. Até que se cansava daquele fingimento e se afundava, de cigarro em punho, na sua velha poltrona. Todo aquele ritual terminou no dia em que a PIDE o levou para interrogatórios. Horas depois voltou a casa e o cheiro a tabaco denunciou-o logo à entrada. — *Voltaste a fumar?* — perguntou a mãe. O pai não respondeu. Permaneceu mais calado do que estivera durante os interrogatórios da polícia.

Liana estreita os olhos para escapar ao fumo do seu próprio cigarro. Sabe que a contemplo e ergue o rosto, fazendo tamborilar os dedos sobre os papéis que ela reconhece como sendo os do seu velho avô.

— *Há algo que falta se quiser publicar estes manuscritos* — afirma ela.

— *O que é que falta?*

— *Falta verdade* — explica Liana. — *Nenhum adolescente de quinze anos escreve uma prosa com aquela maturidade.*

— *Eu escrevia.*

— *Pode ser* — admite Liana. — *A sensação que fica, porém, é que todos esses depoimentos foram reescritos por outra pessoa.*

— *Essa pessoa só podes ser tu.*

Liana levanta-se lentamente como se dançasse, os braços predadores estendidos na minha direção. — *Verdadeiros, verdadeiros, são os meus beijos* — declara, avançando sobre mim. Finjo defender-me usando como escudo a sua bolsa.

— *Cuidado que aí está o meu computador* — avisa Liana. — *Um dia será a minha vez de lhe mostrar o que estou a escrever...*

Liana retira da bolsa uma pasta com papéis. — *Quer saber da minha história?* — pergunta. — *Leia estes textos autobiográficos do meu avô. Foram escritos em meados da década de cinquenta. A minha mãe acabava de nascer.*

— *São verdadeiros?* — pergunto.

— *Tão verdadeiros quanto todos os que já leu.*

18

O chão do corpo. Apontamentos autobiográficos do inspetor Óscar Campos

(Os papéis do pide — 9)

Aprenderás
que o silêncio não existe.
Deixarás, então,
de temer a morte.

Aprenderás mil idiomas.
E morrerás sempre
num idioma desconhecido.
Adriano Santiago

PAPEL 29. Primeiro fragmento da autobiografia do inspetor Óscar Campos

Lourenço Marques, 12 novembro de 1951

Naquela tarde fiz a habitual sesta no escritório de minha casa, na cidade de Lourenço Marques. Há mais de um mês que montei ali o meu quarto de dormir. Adormecia com uma pistola pousada sobre o meu peito, sem a mínima intenção de me defender. Guardava a arma sobre o corpo com receio de que a minha esposa, Vitória Nogueira Campos, cometesse uma loucura e disparasse contra si mesma. Vitória regressara do asilo psiquiátrico e eu, confesso com remorsos, maldisse o dia em que lhe deram alta. Agora a demente Vitória, essa que já fora a minha doce esposa, recuperava em casa, sob os cuidados de um enfermeiro negro. Não podia deixar de ser irónico: a minha esposa dormia no quarto à parte com um formoso negro enquanto eu dividia o escritório com uma graciosa negra, a empregada Danai Fumo.

Nessa tarde acordei assaltado por premonitórios pesadelos. Sonhei-me velho, mais idoso que o meu próprio pai. E vi-me a mim mesmo no fim dos tempos, sentado na margem do rio Chiveve com os pés afundados na lama escura. Contemplei o horizonte para confirmar uma angustiante suspeita: eu era o único branco em todo o continente africano. Os indígenas tratavam-me como uma relíquia viva. Eu era uma estátua protegida por um enorme sombreiro. Os negros deitavam-me moedas e limpavam-me das sujidades das aves. De repente, daquele mesmo pouso, vi o enfermeiro negro passeando de braço dado com a minha esposa. Furioso, tentei erguer-me mas tropecei nos meus próprios pés. Só então senti o peso de uma pedra que me pendia do peito e onde se podia ler a seguinte inscrição: "último colono em terras africanas".

Despertei com dores no corpo todo, meio engasgado pelo grito preso na garganta. A empregada sossegou-me, limpou-me a baba que me escorria pelo queixo. Reagi, agressivo: — *Os pés, rapariga, limpa-me os pés que estão cheios de lama.* — Danai Fumo estava habituada aos devaneios do patrão. Inconsolável, há meses que era corroído por suspeitas. Sabia da vida dos outros e, no entanto, desconhecia o que se passava na minha própria casa. E menos ainda sabia do que acontecia nesta minha pobre cabeça.

Dormir longe do quarto de casal não fazia grande

diferença. Afinal, eu nunca estivera muito próximo da minha esposa. Naquele tempo essa era a norma: escolhia-se uma esposa devota, não uma fogosa amante. Ser marido requeria mais disciplina que paixão. A minha indiferença agravou-se com a doença de Vitória. A loucura converteu a minha esposa numa desconhecida e, por respeito a essa estranha, passei a recolher-me num outro leito, instalado entre as estantes e os armários do escritório. Demorava-me o mais possível no emprego, inventando e dilatando assuntos. Passei noites inteiras no meu gabinete de trabalho, a meia dúzia de metros dos prisioneiros. Às vezes dava-me uma vontade infinita de ligar para casa. Não valia a pena. Vitória não atenderia. E o enfermeiro negro o estava instruído para nunca aceder ao meu escritório, que era onde estava o telefone. Eu estava seguro de que ele seguiria à risca essa instrução, pois foi escolhido porque era um informador da nossa corporação policial.

Dizia-se entre os meus colegas da polícia que o enfermeiro preto não atenderia nunca o telefone porque estava demasiado ocupado em funções que superavam o que dele se esperava. Falava-se assim deste caso e ainda ninguém tinha qualquer prova dos alegados abusos do enfermeiro.

E assim se passaram meses. Contra todas as recomendações médicas, Vitória engravidou. Contra todas as previsões, teve uma gravidez feliz. Como me fazia infeliz essa felicidade!

Durante os nove meses, mais e mais me refugiei na solidão do escritório. Dei início, então, a uma estranha ocupação, que consistia em desenhar o mapa dos regulados da zona de Inhaminga. Desdobrava o mapa, afixava-o numa parede e ficava tempos infindos estudando a minha obra, a tentar entender como a geografia se traduzia na organização gentílica das populações de Inhaminga.

Certa vez, ao chegar a casa, senti cheiro a fumo. No fundo do cesto do lixo jazia, irreconhecivelmente contorcido, o meu glorioso mapa. No tampo da mesa descobri uma nota com a caligrafia de Vitória. Estava escrito: "*Incendiei Moçambique para apagar de vez os teus delírios com gloriosas batalhas. Nada resta desta terra senão um papel chamuscado*".

Fui tomado pela fúria. — *Vou mandar-te para a metrópole!* — proclamei, deambulando aos berros pela casa. Vitória compareceu à porta do quarto e reagiu com displicência: — *Pobre de ti, marido, não percebeste que nunca saíste de Portugal? Nenhum de nós saiu de lá. Só há um mapa, meu querido, e está desenhado dentro dos teus olhos.*

Nessa noite fui tomado por uma outra alma. E vi-me a mim mesmo a executar uma espécie de cerimónia que, desgraçadamente, se iria repetir até ao final da minha vida. Desenvencilhei-me da roupa e dos sapatos. Sentei-me no chão todo nu e emborquei generosos goles de aguardente. Depois deitei-me de costas e despejei o resto da garrafa sobre o meu corpo. A cachaça encharcou-me o peito, os braços e as pernas, como se bebesse pelos poros, como se o corpo inteiro não fosse senão uma boca. O frio do álcool invadiu todos os meus recantos e, da ressequida múmia em que julgava ter-me convertido, renascia a carne viva de uma outra criatura. Adormeci envolto num cheiro ácido de taberna. Naquele momento senti-me próximo dos negros que, antes de partilharem a bebida, entornam umas gotas no chão para lembrar os mortos. A verdade era esta: eu não tinha outro chão senão o meu próprio corpo.

PAPEL 30. Segundo fragmento da autobiografia do inspetor Óscar Campos

Lourenço Marques, 15 de outubro de 1953

Dois anos depois de se tornar mãe, a minha esposa foi de novo internada num asilo psiquiátrico. Para mim, essa notícia deu-me mais alívio do que tristeza. Sobrava do nosso casamento um *único* assunto: a minha filha, a pequena Ermelinda. A ausência da mãe acabou por não trazer diferença alguma para o meu quotidiano. Quem sempre cuidou da bebé foi Danai, a empregada que virou ama. E que chamava a menina de "Almalinda". De tanto ser assim chamada, fui esquecendo o seu nome de batismo. Aos fins de semana, eu levava a criança até ao hospício. As visitas que fazia àquele lugar foram perdendo o sentido: Vitória deixou de reconhecer a filha.

— *Não deixe de a trazer* — pediu-me a madre que dirigia o asilo. Havia qualquer coisa que acontecia com Vitória e que eu não podia imaginar. Depois de cada visita a minha Vitória regressava ao seu aposento reclamando que estava grávida. Clamava aos sete ventos que trazia dentro dela uma criança. Trazia essa criança não no ventre mas no corpo todo. O que a apoquentava não era a gravidez mas o futuro parto. Na verdade, perguntava-se Vitória, como dar à luz uma filha que ocupa a mãe toda inteira?

No dia do segundo aniversário de Almalinda fui visitado por Natália Pais, coordenadora do Movimento Nacional Feminino. A distinta senhora vinha dar-me um conselho: eu que levasse a criança para fora de Moçambique. Havia em Portugal ótimos orfanatos e eu não teria dificuldade em conseguir uma vaga para a minha filha. Uma assistente social acompanharia a menina na viagem para Lisboa. — *Que assistente?* — perguntei. — *Eu mesma* — respondeu Natália.

Jurei falso, que iria pensar na questão. Na verdade, para mim nunca chegou a haver questão. Uma semana depois estava eu a atravessar com passo firme a plataforma do cais. Tinha chovido, o chão estava molhado e eu caminhava descuidadamente sobre os charcos. Atrás de mim seguia a empregada, com a pequena Almalinda ao colo. A menina vinha tão coberta de panos que parecia não haver senão um volume inerte nos braços da empregada. Natália Pais chegou mais tarde, trazendo consigo dois empregados que carregavam numerosas malas. Dirigiu-se prontamente a Danai e mandou que destapasse a menina! — *Que mania a desta gente* — protestou Danai —, *com este calor e a criança toda tapada!*

Assim que se sentiu desagasalhada Almalinda desatou a chorar. A empregada refez o aconchego e apertou-a de encontro ao peito.

Natália Pais chamou-me à parte para me passar um raspanete.

— *As minhas filhas* — disse ela — *nunca andaram nas costas dessa gente, tantas vezes à torreira do sol! Veja como a sua filha está bronzeada. E os cabelinhos dela já todos cacheados de tanto andar às turras nas costas dessa preta.*

Escutou-se então o lúgubre apitar da sereia do navio, anunciando a partida. O embarque de pessoas e mercadorias fez-se célere.

Na despedida, Danai levantou a criança nos braços e, em lágrimas, beijou-a longamente.

— *Ai rapariga, que ainda sufocas a menina!* — advertiu a portuguesa.

A empregada manteve a criança apertada contra o peito como se lutasse para não ser desmembrada. Natália Pais empertigou-se, arrancou a criança dos braços da empregada e impôs ordem.

— *Chega!* — gritou ela. — *Nunca mais ninguém chama Almalinda a esta criança. O nome dela é Ermelinda! Ermelinda, estão a ouvir?*

Meses depois, as notícias que recebi de Lisboa eram no mínimo estranhas. E podiam dar razão aos supersticiosos receios de Natália Pais. A direção do lar informou-me que a menina apresentava estranhas mudanças. Primeiro, os lábios e o nariz se avolumaram. A seguir foi o cabelo: encarapinhou-se, enrolado como palha depois do fogo. Por fim foi a pele: escureceu como se uma outra raça emergisse da sua alma. Levaram-na ao médico. Não houve diagnóstico clínico. Apenas a grave suspeita de que Ermelinda era realmente Almalinda.

19

Braços longos, ombros estreitos
(Inhaminga, 13 de março de 2019)

O silêncio é a minha língua materna.
Adriano Santiago

Inhaminga parece menos lúgubre nesta caminhada que, logo pela manhã, faço por minha conta e risco. Procuro lugares por onde não passei no dia anterior. Mas a vila é acanhada e parece mesmo arrependida de existir. Enquanto vagabundeio recordo os versos do meu pai: "*Os lugares pequenos têm braços longos e ombros estreitos./ Os braços querem abraçar o mundo./ Os ombros, porém, impedem que nos afastemos de nós*".

Não sou natural de Inhaminga. Contudo, sou igualmente de um lugar pequeno, onde todos proclamavam o seu amor à terra, mas cujo anseio secreto era emigrar. Nessa cidade a vida decorria entre a culpa e o medo. Os que ficavam odiavam os que partiam, acusando-os de traição. Os que partiam odiavam os que ficavam, acusando-os de cobardia.

Entendo, afinal, a decisão de Benedito e dos seus irmãos. Fugiram da guerra. Mesmo que não fosse por essa razão, acabariam por sair da aldeia. A guerra tem costas largas. Usamo-la para explicar o que sucedeu e para justificar o que não aconteceu.

Sem dar conta, estou de novo na casa de hóspedes. Grandes coisas sucederam durante o meu breve passeio: o colchão de palha foi posto ao sol. Os lençóis estão estendidos sobre a relva. Escuto o barulho de um balde e de água tombando dentro de casa. Entro no quarto já despindo a camisa, quero aproveitar a água quente que resta nos baldes. Liana acaba de sair do banho, embrulhada numa toalha. Pede-me que vá até à sala e me traga a sua mala. Caminho pela casa tropeçando nas roupas espalhadas pelo chão. Ao abrir a porta da sala sou surpreendido com a presença do padre Januário. Está placidamente sentado na única cadeira do aposento, como se tivesse passado ali a noite. Envergonho-me de que me veja assim, todo desgrenhado, descalço e de cuecas.

— *Benedito avisou-me da vossa chegada* — declara o inesperado visitante como se pedisse desculpa pela intromissão.

E logo se escuta a voz de Liana vinda do quarto de banho. Quer saber quem está comigo na sala. Não respondo.

— *Não quero importunar. Posso voltar depois* — murmura o padre. — *Preciso falar consigo. Com Liana também.*

De novo os gritos de Liana me apressando. Reclama, diz que está nua e que necessita com urgência de ajuda.

— *Venho já, senhor padre.* — Abandono a sala, arrastando comigo a mala entreaberta de Liana. Peças de roupa interior vão tombando pelo caminho.

No quarto, com a porta cerrada atrás de mim, Liana gesticula entre risos e sussurros, pressionando-me a mandar embora o intruso.

— *Diga-lhe que depois o vamos visitar à igreja.*

De volta à sala de visitas dou com o sacerdote junto à porta. Está de saída. Antes, porém, estende-me uma mochila.

— *Trouxe-lhe estes documentos, pertenciam ao seu primo Sandro. Ficam consigo. Podemos já combinar: logo à tarde bebemos um chá na minha casa.*

O sacerdote retira-se. A sacola de Sandro contém exemplares da revista *O Cruzeiro* e das *Seleções do Reader's Digest*. Há ainda um volume de poemas do meu pai. Estão datilografados e anotados com a intenção de virem a ser publicados. Na primeira folha há uma dedicatória que o meu pai dirigiu ao sobrinho: "Querido Sandro, escrevi livros porque nunca soube ser autor da minha vida. Espero que sejas autor dos teus sonhos".

ଙ

Ao fim da tarde vamos visitar o padre Januário, que nos recebe à porta da sua pequena casa. Quase não o reconheço, em trajes civis. Convida-nos a sentar numa varanda sombreada por uma imensa casuarina. O chá balacate que nos serve vem carregado de açúcar e os púcaros de alumínio estão demasiado quentes. Pousamo-los no chão e é um bom pretexto para esquecermos a sua existência.

A simpatia de Januário tem um limite: está com pressa de ficar a sós com Liana. Um dia, com mais tempo, ele dirá de toda a gratidão por aquilo que fizemos pela sua família. Agora, porém, foi mais por educação que me chamou. Os assuntos que quer tratar com Liana são, nas suas palavras, privados e delicados. Tratava-se de uma confissão, explica para que não haja melindres. A ironia era a seguinte: ele era um sacerdote e entregava a sua confissão a alguém que não pertencia à Igreja.

— *Estou a afastá-lo, meu caro amigo, não leve a mal. Você é um marxista. Já dizia o padre Martens: "Os marxistas não acreditam na confissão, mas estão sempre a pedir a absolvição".*

Regresso sozinho à vila. Ainda vejo Liana a dizer-me adeus encostada a um pilar da varanda do sacerdote.

De novo em casa, arrasto o colchão para o quarto. Deito-me sobre ele e fico observando, sonolento, as pás da ventoinha do teto a converterem-se nas minhas próprias pálpebras.

Liana interrompe-me bruscamente o sono. A mulher está em sobressalto. Vejo-a a arrastar duas cadeiras para junto da mesa da sala. Acende um candeeiro e ordena que me sente ao seu lado. Agita o telemóvel enquanto proclama: — *Gravei tudo!* — Abre o computador portátil e pede-me que a ajude a transcrever as declarações que acabou de registar em casa do padre. Fala com a determinação de um detetive que está em vias de descobrir a solução de um crime. A mim cabe-me escrever, a ela compete manusear o gravador.

— *Você é mais ágil no teclado* — justifica Liana. — *Mas há uma coisa: o senhor vai escrever apenas o que eu lhe vou ditar.*

— *Tem receio que invente?* — pergunto.

— *O que estou a dizer é que só eu vou usar auscultadores, serei a única a escutar a voz de Januário.*

Declaração do padre Januário Fungai

Como me pediu, identifico-me, logo à partida. Chamo-me Januário Fungai, exerço o meu sacerdócio na igreja do Sagrado Coração de Jesus em Inhaminga. Faço esta declaração voluntariamente. Começo por admitir que conheci a sua mãe, Ermelinda Campos. Devia ser o ano de 1973, eu era jovem, bem mais jovem do que você é agora. A sua mãe esteve aqui, nesta missão. Aliás, vocês são muito parecidas. Não pode imaginar como essa semelhança me intimida.

Tenho duas confissões a fazer. Não sei qual delas é a mais grave. Sigo a ordem do tempo, começo pelo princípio. Certa vez, tinha eu ido rezar missa à Vila do Búzi quando fui chamado com urgência pelo seu avô, o inspetor Óscar Campos. Mandou que levasse comigo para

Inhaminga a sua mãe, que acabava de ser salva das águas. Iríamos no barco de um pescador chamado Arlito Muporofeta.

No ancoradouro recebi instruções adicionais. O seu pai mandou que, assim que fosse possível, eu eliminasse fisicamente o pescador. Não podia haver testemunhas da sobrevivência da sua mãe. Apenas uma única versão daquele drama deveria prevalecer. Essa versão era a seguinte: Ermelinda Campos tinha desaparecido para sempre nas águas do Punguè. Foi o que fiz. Não podia senão cumprir aquela incumbência, por muito cruel que ela me parecesse. Deve saber, cara Liana, que na altura eu não era apenas um sacerdote. Era também um agente da polícia secreta portuguesa. Era um subordinado de Óscar Campos. Que podia eu fazer senão obedecer?

Conto-lhe agora como tudo aconteceu. Era madrugada quando tomámos o barco no ancoradouro do Búzi. Atravessámos a baía, éramos apenas três. À frente ia eu e o pescador. Atrás seguia a jovem Ermelinda, que insistia em ser chamada de Almalinda, coberta por uma capulana. Quando o barco atracou na praia deserta do Régulo Luís ajudámos a moça a desembarcar e conduzimo-la para uma sombra na orla da praia. Voltei ao barco para pagar o serviço. Enquanto o pescador contava o dinheiro, bati-lhe na cabeça com um dos remos. O homem tombou desamparado nas águas e, usando as mãos como alicates, mantive a cabeça dele submersa. O homem ainda estrebuchou, mas ao fim de uns minutos serenou, as pernas e os braços a flutuar ao sabor da corrente como se fossem feitos de pano.

Afastei-me do corpo e fui subindo a duna de areia que limitava a praia. Foi então que, ao olhar para trás, vi algo que ainda hoje me custa recordar: o corpo do desgraçado começou a enrolar-se em si mesmo e, aos poucos, o pescador se transformou numa piroga. Eram duas as embarcações que balançavam juntas e, assim juntas, se afastaram mar adentro sem que nem onda nem brisa as conduzissem. Ainda hoje me volto a benzer quando me lembro. Mais do que um mistério, aquilo é uma heresia. Mistérios temos muitos, somos africanos. Mas nenhuma parte de mim pode entender o que ali sucedeu.

Depois de ter chegado à Missão, a sua mãe permaneceu um tempo entre nós. Ela era muito bela, incrivelmente sedutora. A atração que eu sentia era, por vezes, mais forte que o chamamento de Deus. Em poucos dias eu estava perdidamente apaixonado. Espreitava-a quando ela tomava banho, sonhava com ela, pedia a Deus que ela fosse minha, nem que fosse apenas por uma noite. Veja, Liana, veja estes desenhos. Posso espalhá-los aqui sobre esta mesa? Não repare na minha falta de jeito. Mas dá para ver que é sempre a mesma mulher, é Almalinda, a sua mãe. Por vezes, confesso, eu a desenhava toda despida. Veja, por exemplo, este retrato feito a aguarela. Isto pode não ser pura arte. Mas eu acreditava que estes desenhos estavam vivos, colocava-os sobre os joelhos e eu pecava e rezava, e eu rezava e pecava, tudo ao mesmo tempo.

Foi nessa altura que uma outra criatura veio buscar refúgio na nossa Missão. Era um soldado branco chamado Sandro, que tinha escapado das fileiras do exército português. A nossa função na Missão era escondê-lo até encontrarmos um meio seguro de o colocarmos longe de Moçambique. Acontece que, em pouco tempo, esse tal desertor, esse Sandro, e a sua mãe, Almalinda, começaram a dar sinais de um envolvimento amoroso. Surpreendi-os várias vezes dormindo juntos. O ciúme toldou-me a razão.

De cabeça perdida, encontrei um modo de me ver livre desse rival. Havia na altura um militar português que me visitava para se confessar. Procurei-o e denunciei a presença de Sandro na nossa Missão. Pensei que o assunto fosse tratado de outra maneira, digamos, mais institucional. Mas não. Nesse fim de tarde o militar entrou na missão acompanhado por mais dois outros jovens fardados. Sandro ainda tentou escapar, escondendo-se no armazém. Os soldados chamaram-no. Gritavam: "Anda cá, Sandrinha, vem cá, filha!". Arrombaram a porta e escutei gritos e gritos e mais gritos. Quando terminaram os gritos, os soldados saíram, um de calças na mão, outro arrastando a camisola interior desse Sandro. Fiquei ali especado, sem coragem de entrar naquele armazém, sem força para mais nada senão rezar a Deus, pedindo perdão por ter chamado aquela gente.

Foi assim que aconteceu, foi assim que Sandro desapareceu. Nessa mesma noite estava eu a dormir quando vieram buscar o corpo dele. Sem que ninguém testemunhasse, atiraram-no para o fundo de uma dessas valas comuns onde jaziam dezenas de outros corpos. Na calada da noite os mortos naquela grande cova eram todos da mesma raça: da raça dos traidores. No dia seguinte o administrador acusou os padres holandeses de dar abrigo a desertores. E ouvi dizer que, na noite anterior, eles já tinham recebido ordem para sair de Moçambique.

Durante anos dois fantasmas visitaram os meus pesadelos: Arlito Muporofeta, o pescador; e Sandro Santiago, o jovem desertor. A única pessoa a quem, na altura, confessei estes crimes foi a essa mulher, a minha cunhada, que vocês conhecem como Maniara. Disse-lhe: "Cunhada, matei dois homens, eram jovens e inocentes". Ela observou-me com um olhar vazio e a única coisa que disse foi a seguinte: "Estás mais gordo, Januário. Tratam-te bem, na igreja dos brancos".

Fiquei desapontado. Embrulhei num pano as mandiocas que ela me ofereceu e despedi-me dela. À saída Maniara segurou-me por um braço e disse-me: "Estás gordo, cunhado Januário, mas não tens tamanho para matar ninguém".

Então ela revelou que Sandro não tinha morrido. Naquela noite em que vieram buscar o seu corpo à Missão não encontraram ninguém. O rapaz tinha fugido. Foi junto com os padres, fugiram no mesmo carro. Ninguém matou Sandro, ninguém expulsou os padres holandeses. Todos eles escaparam por conta própria. E esse pescador, o Muporofeta também não morreu. A pancada que lhe dei apenas o atordoou. Do Búzi vieram notícias dele, em bom estado físico, mas incapaz de se lembrar do que lhe tinha acontecido. Eu preferia, cara Liana, que essa amnésia me tivesse atingido a mim. E que não houvesse esta confissão porque desse modo o passado nunca tinha acontecido.

20

A culpa dos inocentes
(Os papéis do pide — 10)

Os poetas são profetas.
O meu marido é um profeta amnésico.
Primeiro, foi ele que se esqueceu do tempo.
Depois, o futuro esqueceu-se dele.
Virgínia Santiago

PAPEL 31. Excerto do meu diário

25 de abril de 1973

Acordei e fui espreitar o quarto dos meus pais. Os lençóis da cama estavam intactos. A minha mãe não se tinha deitado toda a noite, incapaz de dormir sabendo que o marido se encontrava preso. Encontrei-a na cozinha empoleirada numa cadeira com um pincel na mão. — *Estou a pintar* — disse ela como se me devesse uma explicação. Juntei-me a ela, percebendo que a minha mãe queria apenas que deixasse de haver paredes. Queria esquecer-se de si mesma. Pouco depois bateram à porta. Era um mensageiro vindo da polícia. Mandaram que comparecêssemos, eu e a minha mãe, na prisão da PIDE, para onde o meu pai tinha sido conduzido na noite anterior.

O inspetor Óscar Campos levantou-se para nos cumprimentar. Estava pálido, parecia profundamente perturbado. Ao seu lado sentava-se um outro agente. Era um homem muito magro, de testa estreita e nariz adunco. Com um respeitoso ondear de mão, Óscar apresentou o seu colega como um diretor acabado de chegar de Lourenço Marques.

— *Temos uma má notícia, dona Virgínia* — anunciou depois o inspetor.

— *Já não há boas notícias neste mundo* — murmurou a minha mãe.

— *O que lhe queremos dizer* — afirmou o inspetor — *é que seu marido se encontra preso.*

— *E vai ficar por quanto tempo na cadeia?* — perguntou Virgínia de modo quase displicente.

— *Não fomos nós que o prendemos. Foi ele que se entregou.*

— *Entregou-se, o meu Adriano?*

— *Confessou que foi o causador da morte de Ermelinda... da dançarina que tombou junto ao cemitério.*

— *Adriano matou-a?* — perguntou, atónita, a mãe.

— *Não exatamente* — respondeu o inspetor. — *Mas foi por causa dele que a moça se matou.*

— *E o senhor acredita nisso?*

— *Adriano Santiago entregou-se e confessou tudo por vontade própria* — apressou-se a afirmar o inspetor. — *O seu marido poupou-nos tempo e serviço. Se todos os suspeitos se entregassem voluntariamente lá ficávamos nós sem emprego.*

— *O meu marido é um inventor* — declarou Virgínia. — *Tudo o que ele vos contou é mentira. Inventou tudo isso apenas para me arreliar.*

Foi então que o outro polícia, o diretor-adjunto de Lourenço Marques, usou da palavra. Inclinou-se para trás na cadeira, as mãos cruzadas por detrás da nuca, e deixou que a voz aflautada, quase feminina, enchesse o recinto.

— *Sugiro uma coisa, minha senhora* — murmurou o

homem. — *Da próxima vez, se é que haverá próxima vez, prenda melhor o seu marido em casa. Dava menos trabalho a todos e saía mais barato para o Estado.*

— *Onde está o meu marido, inspetor?* — perguntou Virgínia.

— *Está onde deve estar, numa cela* — declarou, peremptório, o diretor.

— *Mas aquilo lá na cela do Adriano está limpo?* — inquiriu aflita a minha mãe. — *A cama tem lençóis lavados? Posso ir ver onde ele dorme? Estão a dar-lhe de comer?*

Virgínia Santiago enrolou as perguntas umas nas outras para depois sucumbir num pranto desamparado. Ninguém, nem sequer eu, mexeu um dedo para a confortar. Ela mesma recompôs-se aos poucos. Retirou um lenço da bolsa e enxugou o rosto.

— *Eu quero pedir uma coisa, senhor diretor* — sussurrou por detrás do lenço.

— *Já sei o que me vai pedir, dona Virgínia. Mas não posso* — defendeu-se o diretor-adjunto. — *Não posso soltar o seu marido.*

— *É o contrário, Excelência* — declarou, com mais decisão. — *Eu quero que o Adriano fique preso. Deixem-no ficar a apodrecer nas masmorras da PIDE.*

— *Não são masmorras* — retificou o diretor-adjunto. — *São celas. E não é PIDE, minha senhora. Agora é DGS* — corrigiu com a sua voz aflautada.

— *Pois ele que morra nas celas da DGS* — rematou a minha mãe. E fez tenção de se levantar. Para ela o assunto estava terminado.

O diretor-adjunto mandou que se mantivesse sentada. Coloquei o meu braço sobre o colo da mãe como se a pregasse ao assento. Com uma serenidade que estranhei, fui eu que tomei a palavra.

— *Vão torturar o meu pai, senhor inspetor?* — perguntei.

— *No seu pai ninguém vai tocar* — tranquilizou o inspetor Campos. — *Nós não torturamos, apenas em alguns casos extremos aplicamos o que se pode chamar de métodos mais persuasivos. Mas isto aqui é diferente da metrópole. Aqui quem bate nos presos não somos nós. É um preto. Um da raça deles.*

— *Posso garantir-vos uma coisa* — disse a minha mãe, que parecia estar ausente —, *o meu Adriano estará sempre bem desde que o deixem escrever. Se o quiserem castigar tirem-lhe tudo o que é papel e caneta. Ele que apodreça, mais a porcaria da poesia.*

— *Mãe, por favor...*

— *Tem que ser, Diogo* — justificou ela perante o meu olhar atónito. — *O teu pai tem que aprender. Eu estou farta. Farta.*

Já nos retirávamos quando um dos polícias colocou um braço sobre os meus ombros. Pensei que me quisesse consolar. Mas ele apenas me afastava da minha mãe. — *O teu pai quer ter uma palavra contigo* — segredou o agente. Conduziu-me por um corredor iluminado com luzes de néon e deteve-se, impaciente, quando reparou que éramos seguidos pela minha mãe.

— *Só vai o seu filho, dona Virgínia* — determinou o polícia. — *São ordens do seu marido...*

A cela era pequena e parecia ainda mais pequena porque o meu pai se encontrava deitado, todo atravessado num leito de ferro. Não havia cadeira, apenas uma mesa. Foi sobre essa mesa que os polícias me fizeram sentar. E retiraram-se com a advertência de que tínhamos cinco minutos para conversar. Escutei, atrás de mim, o estrondo metálico da porta. Impávido e de olhos fechados, o meu pai ergueu um braço.

— *Faz-me um favor, Diogo, agora que estamos sós, chega-me os meus óculos* — e sorriu, divertido. Aquela era a frase que Fernando Pessoa proferira antes de morrer. — *Devo estar a morrer* — concluiu.

— *É verdade que tinhas um caso com aquela mulher?* — perguntei.

— *Um "caso" não é a palavra certa quando se trata de amor.*

— *Todos os teus amigos asseguram que nunca conhe-*

ceste aquela moça — argumentei com um vigor quase desesperado. — *Tiveste muitas mulheres, dizem eles. Mas esta nem sequer chegaste a conhecer. Por que inventaste essa fantasia sabendo que nos faz sofrer a todos?*

— *Não é fantasia, meu filho. É verdade. Vou dizer-te uma coisa: é a primeira vez que este teu velho pai sabe o que é amar.*

— *Volta para casa, pai. A mãe vai perdoar-te.*

— *A mãe é uma mulher de paixões. E a paixão não chama o perdão. Atrai, sim, a vingança.*

Adriano Santiago soergueu-se apoiado nos cotovelos, espreitou para além das grades e depois pediu que me aproximasse. Furtivamente, passou-me para as mãos uma minúscula chave e mandou que, assim que chegasse a casa, procurasse uma caixa metálica no escritório. Entregaria essa caixa ao Pacheco. Na rua devia certificar-me de que ninguém me seguia.

— *Pai, e se me apanham?* — balbuciei, escondendo a chave no bolso dos calções.

— *És uma criança, ninguém te vai revistar. Agora vai-te embora e não faças essa cara de caso.*

À saída, volto a escutar o estrondo da porta. Aquela porta de ferro separa dois infernos. Dentro de mim um anjo exibe um sorriso diabólico.

PAPEL 32. O inspetor Óscar Campos escreve ao prisioneiro Adriano Santiago

26 de abril de 1973

Caro poeta:

Deve ter reparado que os meus superiores enviaram de Lourenço Marques um quadro superior para me acompanhar nos interrogatórios. Sabe o que quer dizer esta nova presença? Quer dizer que me vão retirar deste caso. A razão é simples: Almalinda é minha filha. Só agora, depois de ela morrer, é que soube que ela servia como agente da PIDE. Não sabia disso, não sabia que ela estava em Moçambique, não sabia que ela fazia de conta que era prostituta.

Mas é assim que procedemos com agentes nossas infiltradas nos antros da má vida. E não somos originais nessa artimanha: no calor dos prostíbulos as mulheres ganham a confiança dos nossos inimigos. Mesmo os mais calados acabam por falar. Quanto menos roupa, mais os homens dão com a língua nos dentes. As mulheres sabem disso. E nós também. Aplicamos esse princípio aqui nas nossas rotinas. É por isso que despimos os suspeitos antes de os torturarmos. Está provado: a roupa atrapalha a sinceridade.

Deixe-me dizer o seguinte: este seu caso tem implicações que você desconhece. Não se trata, como você pensa ou inventa, de um suicídio amoroso. Lembra-se do mistério do *Angoche*, o navio que despareceu há uns meses? Não há investigação mais quente na nossa instituição. E a minha filha estava no centro dessa investigação. Estava ela e estava uma tal Olívia, que foi morta no mesmo lugar, nas mesmas circunstâncias, há poucos meses atrás. Não lhe posso dar mais detalhes.

O que acontece é que você, sem querer, se meteu numa alhada que é muito mais complicada do que poderá imaginar. Os meus chefes deram-me instruções claras para fechar este assunto. E você não sai nada bem nesse desfecho. Desde o princípio que entendi a sua maquiavélica intenção ao inventar esta caprichosa novela de amor. A sua organização política quer atrapalhar a versão que tornámos pública sobre a morte de Almalinda. Essa versão é simples: descontente com o seu destino, a rapariga decidiu pôr termo à vida. Essa era a nossa versão. Não havia culpa nem culpado. O caso seria esquecido quando surgisse o próximo melodrama.

Você aparece e complica tudo. Porque proclama que é

o culpado e as pessoas, que o conhecem como figura pública de esquerda, vão imaginar que existem motivações políticas nesta morte. O suicídio passa, assim, a homicídio. Este era o vosso plano, não era? Pois o tiro saiu-vos pela culatra, meu caro. Se há um culpado, e se esse culpado é você, um poeta dado a paixões, fica claramente provado que se trata de um crime passional e este caso volta a perder o seu caráter político. Porque quer queira, quer não, você é mais conhecido pelos seus casos amorosos do que pelas suas ações revolucionárias. O senhor, com esse seu rol de mentiras, está a fazer um ótimo favor ao regime.

Estou no final da minha carreira. Não tenho nada a perder. Não quero comentar, mas começaram a surgir rumores de que Almalinda se tinha embeiçado por um militar de alta patente, ligado à extrema-esquerda. No assassinato da minha filha coincidem então os interesses do regime e os do inimigo. Por um lado, o regime queria fazer calar uma agente secreta dupla. Almalinda convertera-se num perigo para a PIDE. Por outro lado, e no sentido inverso, a minha filha passara a ser um risco mortal para os comunistas. Queriam-na calar antes que ela entregasse à polícia o que sabia sobre casos quentes como o do navio *Angoche*.

Cheguei ao fim, caro Adriano. Como escrevi ao abrir esta carta: até ao final deste mês serei transferido. Na minha corporação ser transferido é um modo de ser despedido. E ninguém, numa polícia como esta, chega alguma vez a ser despedido. Continuamos a trabalhar mesmo depois de morrer. Porque o que fazemos não é um serviço. É um ato de fé. Mas eu tenho, sempre tive, outras crenças.

Agora, por favor, não me volte a tratar por inspetor. A partir de hoje, quem o estará a escutar já não será um agente da polícia. É o pai de Almalinda. A ser verdade a sua fantasia, quem assina esta carta é o seu imaginário sogro.

PAPEL 33. Excerto do meu diário. A esposa do prisioneiro

27 de abril de 1973

Estou no gabinete da PIDE, fazendo companhia à minha mãe que quer tudo menos ficar sozinha com Óscar Campos. Desta vez o inspetor está sozinho. E, mais que sozinho, parece perdido. Explica que aquela pode ser a nossa última conversa. A mãe, aflita, quer saber se o inspetor está doente. Ele sorri. É a primeira vez que um sorriso se abre no seu rosto sombrio.

— *Não entendeu o que me está a acontecer, dona Virgínia?* — começa por perguntar Óscar Campos.

— *Não entendo o que me acontece a mim. Como posso saber de si?* — reage a mãe. — *Diga-me sem receio, senhor inspetor, que quer de mim?*

— *Não sei, dona Virgínia* — responde, abatido, o inspetor. E estende os dedos, com lentidão de louva-a-deus, em direção ao braço da visitante. A sua voz torna-se irreconhecível.

— *Estou cansado, dona Virgínia* — murmura Óscar. — *Todos os dias me esqueço de que a minha Vitória morreu. Agora, a senhora me faz lembrar da dor de ser viúvo.*

— *Não me peça nada, senhor inspetor* — ela fecha os olhos como se lhe custasse falar. — *Assim o senhor evita que, em troca, eu lhe peça que liberte o meu marido.*

— *O seu marido anda com problemas nervosos?* — pergunta o polícia.

— *Sempre andou* — admite a minha mãe. — *Agora piorou, depois de lhe tirarem a próstata. Ele pensa que lhe tiraram tudo.*

— *A verdade é esta, dona Virgínia: o seu marido nunca pôs os pés num clube noturno. Nem nunca conheceu Almalinda.*

— *Almalinda?* — pergunta a minha mãe.

— *Ermelinda, a que se matou.*

— *Então por que acha que Adriano está a mentir?*

— *Não sei, dona Virgínia. Mas o que se passa agora é que a mentira do seu marido se tornou uma verdade muito conveniente para o governo.*

— *Malditas mulheres* — proclama a minha mãe.

— *Não diga isso, dona Virgínia, as mulheres têm bom gosto. O seu marido é um homem muito bonito.*

— *Acha, inspetor?*

— *Quando tudo isto acabar quem sabe nos reencontremos, quem sabe o seu marido possa olhar para mim com outros olhos. E talvez até eu lhe possa dar um abraço.*

Com isto retiramo-nos. Ao chegar a casa, a mãe pergunta-me: — *Quando o inspetor falou em dar um abraço referia-se a mim ou ao teu pai?* — E eu enlaço minha mãe pela cintura. Beija-me a testa e murmura: — *Meu doce filho, minha doçura...*

PAPEL 34. Carta da avó Laura ao inspetor Óscar Campos

29 de abril de 1973

Caro inspetor Óscar Campos:

Ouvi dizer que Virgínia compareceu no seu gabinete a fazer o maior escândalo, aos gritos para que o marido voltasse para casa que ela já lhe tinha perdoado a historieta com a prostituta. Mais uma vez a minha nora arruinou o nome do meu filho. Agora quem está preso já não é o Adriano, é o marido da Virgínia.

Deus me perdoe (e o senhor inspetor não me leve a mal), mas eu considero ter sido a maior burrice os senhores terem encarcerado o Adriano. Prenderem um poeta por causa de uma prostituta? O que deveria ter acontecido era os senhores terem detido as prostitutas antes de elas desatarem a lançar-se pelas varandas.

Quando um regime começa a prender os poetas é porque esse regime está perdido. A PIDE assinou, numa só penada, a sua própria certidão de óbito e a da prostituta. Se os senhores fossem inteligentes procediam exatamente ao inverso: concediam um prémio ao Adriano. É assim que se cala um escritor. Uma outra alternativa seria oferecer-lhe emprego na vossa polícia. Dizem que a PIDE emprega muita gente, por que motivo não empregaria o meu filho? Quem escreve tão bem versos, saberia com certeza redigir relatórios maravilhosos. Os senhores não aprenderam com as mulheres da minha geração. Era o que fazíamos no casamento. Trazíamos o lobo para dentro de casa, que era onde ele se convertia num cachorro manso.

Dizem as más-línguas que o inspetor é pai dessa tal Almalinda. Dizem que a sua filha é useira e vezeira em suicídios. Já antes se tinha lançado à água e agora atirou-se para o chão. Que posso fazer para o consolar, meu caro inspetor? Pois comecemos pelo nome. Almalinda? Dizem que o nome dela, o verdadeiro, é Ermelinda. Os negros desta região pronunciam Almalinda por causa da dificuldade que têm com os erres e os eles. E não é, como nós pensamos, porque lhes falta algum discernimento. Simplesmente, eles não têm esse som na sua língua.

O meu Adriano tinha uma amante com dois nomes, o que dá jeito porque se goza o dobro com a mesma chatice. Como vê, caro inspetor, não faço drama nenhum com o que se está a passar. Já conheço o final desta novela escrita a duas mãos; as mãos do meu filho e as mãos da polícia. A todos os títulos, uma péssima novela. Merecíamos melhor, nós que somos uma nação de poetas.

Ocupei-me, sim, e com toda a seriedade, do funeral dessa sua filha. Porque aqui não existe invenção nenhuma. Essa jovem foi empurrada para a morte. Gastei nas cerimónias fúnebres dessa infeliz uma boa parte das minhas economias. Não foi por si que assim procedi. Tudo o que fiz foi para apoquentar a minha nora. Quero castigá-la tanto quanto a vida me castigou. Na verdade, o meu Adriano cometeu um homicídio. Mas não foi a essa sua Ermelinda que ele tirou a vida. Matou-me a mim. Já não sou mãe, inspetor. O meu filho há muito que não me dá a corrigir os seus versos. É ela, Virgínia, a escolhida. Essa moça que tem a quarta classe, ela que não distingue Fernando Pessoa de Guerra Junqueiro, é ela que revê os manuscritos dele.

Um dia destes o meu Adriano ouviu o que não precisava de ouvir. A minha nora, aos gritos, maldisse os versos do marido. Disse que odiava o que ele escrevia, que tudo aquilo vinha da cabeça e nunca do coração. Disse-lhe que não o considerava poeta porque lhe faltava a sensibilidade que ela esperava de um marido.

Acho que Virgínia disse tudo naquele lamento. Afinal, o Adriano não se considera nem meu filho, nem marido dela. Ele simplesmente não vive connosco, naquela casa. Vive em lugar nenhum e é nesse inexistente lugar que ele mais se sente vivo. Devo confessar que aqui a minha nora está coberta de razão. Pensando melhor, talvez faça bem ao meu Adriano passar um tempo no xilindró.

21

Naufragadas nuvens

(Inhaminga, 13 de março de 2019)

A estrada de um filho
são as costas da sua mãe.
Maniara

A velha piscina de Inhaminga é a mais acabada de todas as ruínas de todo o planeta. As paredes azuis estão fraturadas, as pranchas tombadas nesse abismo onde, no fundo, se concentra uma água escura e pestilenta. Entre o lixo que ali flutua vêm-se cartazes e dísticos da última campanha eleitoral. Liana provoca o nosso companheiro de viagem: — *A propaganda do seu partido flutua melhor que as dos outros?*

Estamos sentados na berma desse destroço e Benedito relembra o dia em que o seu pai o trouxe à festa da inauguração daquela piscina. Estava-se em 1972. Pai e filho sabiam que não podiam entrar. Não era preciso um cartaz alardeando essa interdição. Sabia-se simplesmente que era assim. Capitine disse então ao filho: as boas leis são as que não precisam de ser escritas. Mas o régulo ainda tinha esperança de que os negros assimilados, como ele, fossem admitidos. Não foi o caso. Teve que se contentar em observar à distância a festa dos outros. O jovem Benedito crispou os dedos nos arames da vedação enquanto escutava os gritos de júbilo dos rapazes brancos que se lançavam como anjos alados da prancha mais alta.

— *Lembro ainda os meus dedos ferindo-se na vedação, mas a alegria do meu pai foi tão verdadeira que me convenci de que aquele era o nosso lugar e que devíamos dar graças a Deus por poder ver a alegria dos outros.*

Um dia os padres holandeses construíram uma piscina para os negros. Era acanhada e pouco profunda. Abria aos domingos e ficava tão sobrelotada que parecia que ali se concentravam as crianças negras do mundo. Era tão modesta que dela não sobrou ruína.

Olho Benedito e vejo-o criança, chapinhando nas águas da piscina pequena.

— *Por vezes penso no passado com culpa: estiveste em nossa casa, eras uma criança e fizemos-te trabalhar. Agora, estaríamos presos como promotores do trabalho infantil.*

— *Vai ter que se desculpabilizar sozinho* — afirma Benedito. — *Cá eu não me sinto vítima. Antigamente só tu eras mezungo. Eu e tu agora somos da mesma raça: somos moçambicanos.*

Liana está cansada, está farta daquele lugar, chateada com a nossa conversa.

— *Vamos sair daqui* — diz ela. — *Vamos visitar Maniara.*

Liana é a primeira a dirigir-se para a viatura. Benedito fica um instante com as mãos sobre o volante e comenta, suspirando:

— *Agora que já posso entrar na piscina, deixou de haver piscina. Esta é a metáfora da minha vida: Agora que já posso entrar, deixou de haver dentro.*

Ao volante do seu carro, Benedito Fungai conduz-nos por entre indistintos atalhos de areia. Longe dos cursos de água, a paisagem é confrangedora, as machambas parecem todas devoradas pela seca. Esse abandono é um engano. Não há pedaço desta desolação que não tenha dono. O único camponês que ainda tira produtos da machamba é um velho moçambicano que regressou há pouco do Zimbabwe. Ninguém acha que a razão desse sucesso seja a sua perseverança. Acusam-no de feitiçaria.

— *Há nos teus versos sobre a gente do campo uma ideia ingénua a respeito da bondade que por aqui reina* — afirma Benedito. — *Pensas que estas aldeias são feitas de gente pura e solidária. Nestes lugares pequenos as pessoas só são afáveis se tu fores pequeno.*

— *A mim sempre me receberam bem* — contesto.

— *Porque és de fora. No dia em que decidires ficar, vais saber o que é a inveja.*

Chegamos a casa da família Fungai. Surpreendemos a velha Maniara sentada numa esteira estendida no quintal das traseiras. Quando nos reconhece eleva os braços acima da cabeça e move-os como se executasse uma dança. Fala português com propriedade. Diz Benedito que, depois da Independência, ela chegou a frequentar a escola para adultos.

Conhece as regras da etiqueta. Eu trouxe-lhe uma garrafa de vinho e estendo a minha prenda segurando-a com ambas as mãos. Maniara deita umas gotas sobre a areia.

— *É para os mortos* — declara Liana. Depois ensaia um gracejo. — *Mas deite pouco, Maniara, não vá os antepassados ficarem mal habituados.* — A anfitriã mantém-se séria. E comenta: — *Se formos generosos ficamos mais acompanhados. Não é para isso que bebemos? Para termos companhia?*

Maniara está a par das notícias sobre o ciclone. A rádio comunitária local tem difundido avisos, pedindo às pessoas para se retirarem das zonas baixas. Maniara considera que os "de agora" — é assim que ela refere os mais jovens — já não sabem explicar esses destemperos do clima. Em Inhaminga, diz a anfitriã, há um chão que é muito extenso. Por baixo desse chão há uma lagoa. Essa lagoa engravida todos os anos e gera, de cada vez, um filho que, na língua local, se chama *mvura*. Em português chama-se chuva. Por vezes as pessoas não deixam que o chão e a lagoa namorem. É então que acontecem as secas e as tempestades como essa que se anuncia.

— *E a mãe vai sair daqui?* — pergunta Benedito.

— *Não sei. Talvez fique* — responde Maniara. — *Com o ciclone o mar vai desaguar nos rios. E talvez o meu cunhado Lucas regresse do oceano. Vocês procuraram o Sandro, eu vou encontrar o meu cunhado.*

Maniara está certa de que foi um erro terem batizado o navio de *Angoche*. Os brancos, diz ela, não sabem que não se deve dar nomes de terras aos barcos. As embarcações ficam confusas, não sabem onde pertencem. Foi por isso que todos os tripulantes desapareceram. Agora são nuvens. Passam por nós, tristes por não erguermos o rosto à sua passagem. Maniara tinha esperança de que o ciclone trouxesse de volta o seu cunhado. Ela conhecia mulheres que fizeram os oceanos ajoelharem-se a seus pés.

— *É o que vou fazer quando esse mar nos vier visitar* — promete a mulher. — *Esse meu cunhado Lucas vai ser devolvido.*

A mulher acende um cigarro, aspira o fumo e a voz dela se esfuma enquanto nos explica a gentileza de rios e mares. As pessoas não entram na água, assegura ela. A água é que, educadamente, se afasta. É preciso pedir autorização. É preciso pedir licença ao mar. Licença para levar, licença para devolver.

A anfitriã ergue-se e só então reparo como ela, apesar da idade, mantém o porte de rainha. Convida-nos a entrar numa pequena arrecadação feita de alvenaria. Sobre as placas de zinco do teto está amarrado um painel solar.

Demoro um tempo a habituar-me à penumbra do quarto para depois constatar que, por cima de uma mesa de plástico, há um computador ligado a uma impressora. Maniara aponta para aqueles aparelhos e sorri, vaidosa.
— *Foi Benedito que me ofereceu* — proclama. — *Agora faço os meus negócios, não dependo de ninguém.*

Não lhe faltam clientes. E passa os dedos longos e finos pelas fotos penduradas nas paredes enquanto Benedito explica: as pessoas usam os celulares para tirar fotografias, mas depois, como não há internet, não as podem enviar a ninguém. Nem conseguem afixá-las numa moldura. A mãe executa em regime de exclusividade serviços para o posto policial e para a administração local.

A mulher ergue a máquina fotográfica para exibir aquele que foi o melhor presente que recebeu na sua vida. Mas foi preciso que chegasse a Independência para que ela pudesse usufruir daquela dádiva. Antes nenhum homem podia saber que ela tirava fotografias. Ela manteve escondida a máquina fotográfica com medo de sofrer represálias por passar dos limites. Tive sorte em crescer entre os padres, diz Maniara. E acrescenta: tive mais sorte ainda em viver este tempo em que se respeita um pouco mais as mulheres.

No final das tardes, Maniara senta-se no pátio com o seu computador ao colo. As pessoas passam e saúdam-na com acrescentado respeito. — *Aprendeu a escrever nas teclas, mamã Maniara?* — perguntam. Ela responde sempre da mesma maneira: — *É o contrário, são as teclas que encontram os meus dedos.* — E levantando o computador acrescenta: — *Este é meu escravo, ele só recebe ordens, mais nada.*

Agora o computador avariou. O filho quer levá-lo para a cidade para ser reparado. Maniara opõe-se. Prefere ficar assim, sem usar a máquina. Basta-lhe saber que ali estão os seus segredos. E depois, quanto menos ela tiver, menos atrai a inveja dos outros.

Com a máquina fotográfica pendurada ao pescoço, Maniara contorna a cadeira onde Liana acabou de se sentar. Parece estudar o melhor ângulo para fotografar a recém-chegada. Depois a velha senhora detém-se e afaga os cabelos da visitante.

— *Já rezei para ter uns cabelos assim* — admite a dona da casa. — *Os nossos homens gostam do cabelo das brancas. O Capitine nunca se queixou: eu sempre fui uma mulher completa, sempre tive tatuagens no ventre, ainda hoje espalho óleo de rícino no meu corpo. Mas tu, minha filha, tens cabelos de duas raças.*

— *Sou filha de Almalinda* — anuncia Liana. — *Dizem que a senhora conheceu a minha mãe.*

— *Conheci a tua mãe ainda viva. Conheci-a já morta. Não havia grande diferença entre uma e outra.*

— *Fale-me dela* — pede Liana.

— *Para isso precisamos de pedir licença. Entrar no tempo é como entrar nas águas. Há que ter autorização.*

Um certo dia o seu cunhado Januário pediu que, sem que ninguém soubesse, ela viesse ter com ele. Quando Maniara compareceu na Missão de Inhaminga, Januário apresentou-lhe uma moça branca que trouxera do Búzi. A moça chamava-se Almalinda e ninguém, absolutamente ninguém, podia saber da sua existência. — *Toma conta dela* — pediu o cunhado. Maniara foi ter com Almalinda, que estava sentada no muro de proteção do poço. Posicionou-se ao seu lado e ficou a contemplar os corvos debicando as mangas espalhadas pelo chão. Depois Maniara solicitou ao cunhado que se afastasse. Queria falar a sós com a recém-chegada. Os homens não entendem: por vezes, o melhor que eles podem fazer é deixar as mulheres tranquilas. Passado um tempo, Maniara veio ter com o cunhado.

— *Já conversámos* — disse ela.

— *E que é que ela disse?* — perguntou, aflito, o padre Januário.

— *Nada.*

— *Não falou sobre mim?* — voltou a inquirir Januário.

— *Esta rapariga corre perigo* — avisou Maniara. — *Precisa de ser protegida.*

— *Protegida de quem?* — Januário falou e logo se adiantou à resposta. — *Protegida dela mesma, com certeza.*

— *O único perigo é você, Januário* — disse a cunhada.

Maniara assumiu de tal modo o dever de proteger a moça que se mudou para a Missão. Durante todo esse período montou guarda junto da cabana de Almalinda. Maniara reparou então que Almalinda era estranha: os seus pés não deixavam pegadas. Esse sinal apenas confirmava o que diziam: que ela era uma criatura das águas. Todas as outras mulheres deixam uma pegada funda. Grávidas ou não, elas carregam dentro delas a humanidade inteira.

ೞ

Maniara interrompe o relato e levanta-se para rondar à minha volta com a máquina fotográfica na mão. Calculo o ângulo e a luz de uma fotografia que não chega a acontecer. — *É mais fácil fotografar do que lembrar um passado que nunca cicatrizou* — diz ela. Serve-me de um púcaro de água. — *O que mais custa é escutar* — suspira. E regressa ao relato das suas desventuras.

Dias depois de Capitine ter emigrado para a Beira Maniara decidiu, também ela, sair da aldeia. Ia juntar-se ao marido. Sendo mulher, contudo, ela estava interdita de se meter sozinha pela estrada. Infelizmente essa regra nunca mudou. Uma mulher que viaja sozinha é uma criatura que caminha despida. Os homens estão autorizados a fazer com ela o que quiserem.

Mais grave que viajar sozinha era, nesse tempo, uma mulher entrar na cidade sem ser na companhia do marido. Maniara decidiu desobedecer a esse destino. Aventurou-se, pés descalços entre atalhos de areia. Até há uns meses ela não saberia que direção tomar. Obrigada a fugir dos bombardeamentos, aprendeu a palmilhar todas as redondezas. E cumpriu o seu plano: chegou a Muanza e apanhou uma machimbombo que a transportou até à Beira.

Quando se apresentou no cemitério encontrou o marido meio adormecido à porta da sua cabana. O homem ergueu-se, transtornado pela inesperada aparição da mulher.

— *Estás maluca?* — gritou, mas depois conteve a raiva. — *O que vem aqui fazer? Quer que eu seja despedido, mulher?*

Maniara permaneceu de pé, a cabeça baixa, os ombros arqueados como se as palavras fossem vergastas nas suas costas.

— *Amanhã, quando chegar o senhor Aníbal, tu já não vais estar aqui.*

O senhor Aníbal, soube ela mais tarde, era o chefe dos coveiros, um branco que nunca pegou numa pá. Quando o senhor Aníbal lhe estendeu a ferramenta, Capitine ainda tentou argumentar. Dizia que era apenas um guarda. — *És guarda de noite* — corrigiu o branco. — *De dia vais abrir covas que é um trabalho em que os pretos são bons porque mal nascem já vão abrindo a própria sepultura.*

Maniara desapertou o laço da capulana que trazia às costas. — *Trouxe-lhe farinha de mapira* — anunciou. O homem, displicente, apontou para um canto da casa. — *Mete tudo nessa caixa onde está o peixe seco.* — Ela entrou na arrecadação, arrumou as latas e os cestos e juntou num canto os magros pertences do marido. Do casebre fazia uma casa.

A seguir voltou ao pátio, acendeu um lume e preparou em silêncio a refeição para Capitine. O homem comeu sozinho enquanto, de pé e por trás dele, a mulher o contemplava. A certo momento Maniara tocou-lhe nos ombros. — *Você tem farinha espalhada no corpo* — murmurou ela, como a justificar a ousadia. E acrescentou, num fio de voz: — *Essas são as minhas sobras.* — Lentamente, ela foi grudando as ancas nas costas nele.

— *E eles?* — interrogou o esposo. — *Os homens de Muanza: dizem o que sobre mim?*

— *Não dizem nada.*

— *Ignoram-me?* — surpreendeu-se Capitine.

— *Talvez seja o contrário, não falam de si porque lhe dão demasiada importância.*

— *Agora é que vai ser o meu fim* — lamentou-se o guarda. — *Que importância podem dar a um homem cuja mulher viajou sozinha? Agora sou um homem que é comandado pela mulher.*

A esposa contemplou o marido. Sabia que devia ficar calada. Ao fim de um tempo ousou romper esse silêncio, que é sagrado durante a refeição do marido. Fazia parte das leis que não precisam, ser escritas.

— *Você gosta de mim, Capitine?* — perguntou a mulher.

— *Agora estou a comer* — resmungou Capitine.

— *Mas gosta?* — insistiu ela.

— *O que se passa agora? Eu já te disse quando a conheci. Ou ganhaste a mania dos casais dos brancos que passam a vida a perguntar se gostam um do outro?*

Maniara sentou-se ao lado do marido e ficaram a ver a Lua. As mãos tocaram-se e Capitine fez de conta que não se apercebeu. Foi naquele momento que uma sombra escureceu os céus. Maniara viu um vulto despenhando-se do prédio em frente e, logo a seguir, escutou o inconfundível som de um corpo embatendo no chão. O guarda correu a espreitar a mulher morta. Era uma jovem branca. Capitine volta a estremecer quando escuta o grito abafado de Maniara que se ajoelha junto da morta. — *Almalinda!* — chamou em prantos a esposa, sacudindo o corpo sem vida. — *Você conhece esta mulher?* — perguntou Capitine, aterrorizado. E aos encontrões e pontapés mandou que a esposa desaparecesse. Ela que voltasse imediatamente para o cemitério, antes que alguém a visse por ali. A mulher obedeceu. Ainda viu no escuro o marido a ser interpelado por polícias. Depois, quando tudo se acalmou, Capitine regressou à sua cubata.

Capitine estava em pânico com o sucedido. Mas estava ainda mais perturbado receando que soubessem que a esposa se encontrava com ele. A mulher preparou apressadamente o saco para a viagem. Despediu-se, mas Capitine não lhe devolveu nem gesto, nem palavra. Queria ficar só no meio dos mortos. Maniara afastou-se, mas apenas para se esconder num terreno baldio anexo ao cemitério. Abrigou-se numa velha oficina abandonada. Não estava sozinha: um cabrito encontrava-se amarrado à carroçaria de um despedaçado camião. O bicho afastou-se em silêncio, com os seus olhos de peixe peludo. No escuro, Maniara espreitava o marido. E sentiu que procedeu bem ao deixar-se ficar por ali, mesmo que tivesse de desobedecer às ordens de Capitine.

Do improvisado esconderijo viu um carro chegar. No escuro não foi capaz de distinguir detalhes. Mas o modo tranquilo com que Capitine entrou na viatura deu-lhe a certeza que ele não estava a ser levado pela polícia. Depois, a mulher imitou o cabrito: enroscou-se num canto e adormeceu. Era já escuro quando acordou com o ruído de um motor. Era Capitine que regressava, transportado pela mesma viatura. Despedia-se amigavelmente do condutor. E reentrou na sua cubata. A porta do casebre bateu com o vento: uma tempestade levanta-se no horizonte.

Maniara pensou que devia voltar à cubata do marido. Contemplou os céus antes de percorrer o recinto do cemitério. Um estrondoso relâmpago desabou sobre a cidade. Assustado, o cabrito tentou livrar-se da corda. Maniara soltou o animal mas ele permaneceu junto dela, sem fugir. E segue-a pelos caminhos que ora são escuros, ora transbordam de luz.

A mulher avançou por entre as campas, os cascos do bicho raspando-lhe as pernas. Lembrou-se do que se diz em Inhaminga: que os cabritos não nascem. São partidos ao meio por relâmpagos noturnos. Na manhã seguinte o pastor vê duplicado o seu rebanho e agradece aos deuses. Pois agora ela, em plena tempestade, abriu os braços em cruz para que os antepassados a possam proteger. E assim, imóvel como uma estátua de carne, meio cega pelo escuro, mais cega ainda pelo brilho dos clarões, não viu que Capitine se aproximava, munido de uma pá. Só deu conta da sua presença quando escutou os gritos: — *Não foste embora, mulher? Pois agora vais embora de vez!* — Ergueu a pá acima da cabeça e desferiu um golpe que acertou no cabrito. Voltou a esgrimir a pá e a mulher defendeu-se com o saco da viagem. Em desespero, Maniara empurrou o marido que tombou desamparado. Na queda, Capitine bateu com a cabeça na esquina de uma campa. Maniara fugiu, a tempestade ainda estrondeava quando ela se adentrou pelo escuro.

22

O amor e outras mentiras
(Os papéis do pide — 11)

Sou o último coveiro
Todos os dias me desenterro.
Adriano Santiago

PAPEL 35. Extrato do diário do inspetor Óscar Campos

1 de maio de 1973

Esta tarde revelei ao prisioneiro Adriano Santiago que o régulo Capitine tinha aparecido morto junto à sua cubata no cemitério.

— *Mataram-no vocês* — interrompeu-me o poeta, num murmúrio, mas com a firmeza de uma sentença.

— *Não creio* — respondi. — *Não são os nossos métodos.*

Talvez não fosse a melhor altura, mas aproveitei aquele momento para fazer algo que há muito tinha em mente. Retirei da minha maleta um livro que os nossos serviços de censura tinham recolhido da livraria Salema. Tinha por título *Capitães da areia* e o autor era um tristemente célebre comunista brasileiro chamado Jorge Amado. Os livros desse escritor estavam proibidos na metrópole. Em Moçambique, porém, ainda eram vendidos, à socapa, pelos livreiros locais. Depositei o livro nas mãos do poeta. — *Trouxe isto para si, sei que vai gostar* — disse. Adriano primeiro hesitou mas depois acabou por recolher aquela prenda com os olhos brilhantes. Naquele mesmo instante, contudo, deixou o livro tombar no chão. Em seguida cambaleou, o rosto lívido como a cera, as pernas bamboleantes, uma baba correndo-lhe pelo rosto.

Corri à procura de ajuda. Por uma razão que me escapou não chamei o médico da PIDE, como mandam os procedimentos. Telefonei para o médico da família Santiago. Enquanto esperava pela chegada de socorro, ajudei o preso a deitar-se e fiquei ao seu lado, sem saber o que fazer, sem nada para lhe dizer. Pareceu-me que melhorava. Recuperou a fala e pediu-me que apanhasse o livro que jazia tombado no chão. Colocou o livro sobre o peito como quem aconchega um lençol.

Pouco depois chegou o médico na companhia de dona Virgínia, que me pediu que eu ficasse na cela. Enquanto fazia uso do estetoscópio, o doutor tentou aligeirar o momento.

— *Então o que se passa, meu caro amigo?* — inquiriu o doutor. — *Há muito que não o vejo no consultório.*

— *É verdade, doutor* — admitiu Adriano. — *Ando com problemas de memória. Tenho-me esquecido de ficar doente.*

O médico conhecia as tendências hipocondríacas do poeta. E sabia dos fundamentos desse estado de carência. Um escritor, defendia Adriano Santiago, precisa de uma doença, de preferência uma que não seja possível diagnosticar. Segundo ele, havia dois inimigos da inspiração poética: o primeiro era ser saudável num mundo tão doente; o segundo era ser feliz num mundo tão injusto.

— *Quer saber por que não voltei às suas consultas?* — perguntou, com voz desmaiada, o poeta. Precisou de um tempo para retomar o folego. — *É simples, doutor: encon-*

tro o seu consultório sempre apinhado de gente, todos funcionários dos Caminhos de Ferro. Mas nunca lá vi um negro. Se eles não adoecem, eu também quero ser negro.

— *Não precisa de ir ao meu consultório* — assegurou o médico. — *A sua esposa vai por si. Ela queixa-se por si.*

— *Não me queixo por ele. Queixo-me dele* — corrige Virgínia. — *Mas quando me queixo dele é apenas uma maneira de dizer quanto amor lhe tenho.*

O médico chamou-me à parte para me revelar que o assunto era grave. Sugeria que Santiago fosse conduzido rapidamente a um hospital.

— *Receio que ele esteja a ter um acidente vascular cerebral* — advertiu o médico.

— *Leve-o imediatamente* — ordena o inspetor.

— *Levo-o, assim sem mais nem menos? Não tenho que assinar um termo de responsabilidade?* — estranhou. — *Este homem é um prisioneiro. Não quero problemas.*

— *Eu assumo a responsabilidade* — declaro com firmeza. — *Trate dele, por favor.*

Pouco depois fui chamado pelo meu superior hierárquico. — *Quem o autorizou a libertar o homem?* — perguntou-me com sobrolho carregado. — *O prisioneiro teve um AVC na cela* — justifiquei. E acrescentei, num tom firme: — *Pensei, senhor diretor, que o melhor seria tirá-lo rapidamente daqui. Se tiver de morrer que morra longe da cadeia. Já nos basta a suspeita que cai sobre nós nos casos da bailarina e do guarda do cemitério.*

Nesse dia chegou-me a notícia da morte do poeta. Foi a esposa, Virgínia, que me telefonou. Chorei. E chorei o que me faltou chorar a vida inteira. Não era a perda de Adriano, mas a da minha filha, a da minha mulher, a perda de mim mesmo. Sobre a almofada para os carimbos tombaram as minhas lágrimas. E a tinta azul transbordou pela mesa, manchando os papéis sobre o tampo da secretária. Um desses papéis era o meu pedido de demissão.

PAPEL 36. Carta do inspetor Óscar Campos para o diretor da DGS em Moçambique

1 de maio de 1973

Excelentíssimo Senhor
Diretor da DGS em Moçambique

Rogo a Vossa Excelência que receba sem ofensa esta carta, redigida num tom muito pouco próprio da nossa relação profissional. Não veja nestas minhas palavras qualquer irreverência. Pelo contrário, é por respeito que me autorizo a dirigir-me a Vossa Excelência neste tom tão familiar.

Sei que enviaram hoje para Vossa Excelência um relatório. É a segunda vez, em poucos dias, que Vossa Excelência recebe reclamações contra a minha pessoa. Não me venho defender. Pelo contrário. Considero essas queixas inteiramente justas. Por exemplo, acabei de libertar, sem ordens superiores, o prisioneiro Adriano Santiago. Disse que "libertei". Na verdade, o homem não chegou nunca a ser um prisioneiro. Entrou na cadeia como quem entra num livro. Este homem não é culpado de nada do que o acusamos. Não matou Ermelinda. Nem sequer a conheceu. Inventou que teve um caso de amor com ela. E fiquei feliz pelo facto de a minha filha ter sido amada por um homem tão bom, tão dedicado a amar as mulheres. Se aceitei a mentira de Ermelinda ser do meu sangue, por que razão não iria aceitar agora que ela tenha sido amada?

Ontem a nossa delegação realizou uma cerimónia para homenagear a minha carreira e agraciaram-me com uma medalha de mérito pelos serviços prestados à Pátria. Eu portei-me com o mesmo decoro de sempre. Chegado a casa, comecei a meter os meus papéis em caixas de cartão. A papelada que enchia vários armários estava amarrada em volumosos maços, que enchiam as estantes até ao teto. Fiz uso de uma cadeira para chegar às prateleiras mais altas. Sentia a cadeira estremecer sob os meus pés. E talvez tenha sido essa posição instável que me trouxe à memória a minha terra natal, os Açores. Como aquilo lá é diferente! Em África, a terra faz-se viva pela febre. Nos Açores sabemos da terra porque, de quando em quando, nos falta o chão. O meu irmão mais velho era conhecido na vizinhança como o "sísmico". — *O miúdo sofre é de epilepsia* — corrigiu o homem da farmácia. A família não gostou do nome da doença. Epilepsia? O farmacêutico que escolhesse outra enfermidade. Um dia a criança morreu sufocada pela própria língua. Quem estava com ele no quarto era apenas o meu pai. Lembro-me de o ver, exausto e descabelado, surgir na sala onde esperávamos. Trazia uma almofada nas mãos. Pronto, disse ele. Depois suspirou tão fundo que ainda hoje o escuto no meio da noite. Os vizinhos dizem que foi o meu velhote quem matou o meu irmão. No princípio não acreditei. Mas depois comecei pouco a pouco a duvidar.

Sei que a partir de então, sempre que a terra tremia, a mãe corria para fora de casa e deitava-se no chão. Abraçava a terra, chamava pelo nome do filho morto e aquilo tudo passava. A terra regressava à sua milenar quietude. Pois agora, Excelência, veja bem a minha situação: eu saí de uma ilha minúscula para as infinitas extensões deste continente. E não encontro aqui terra nenhuma para abraçar.

PAPEL 37. Carta do diretor da DGS em Moçambique para o inspetor Óscar Campos

4 de maio de 1973

Meu caro inspetor:

Fez bem em dirigir-se a mim de um modo informal. Esta resposta é feita com o mesmo à-vontade, num tom que é quase familiar. Na verdade, esta minha carta é um pedido de desculpas. Imagino os tormentos que o inspetor Campos esteja a passar. Por isso redijo estas linhas para lhe dar uma explicação.

Começo por lhe dizer que os nossos colegas que recrutaram a sua filha não sabiam quem ela era. Fizeram como faziam sempre com todas as outras raparigas. Acharam-na bonita, esperta, capaz de se desenvencilhar. Mas não foram esses atributos que ditaram a escolha. A verdade é que foi a sua filha que se ofereceu. Ela mostrou-se fervorosamente interessada. Mais do que interessada. Insistente, mesmo. E digo-lhe mais, nós não sabíamos da relação de parentesco dela com o meu caro inspetor. Mas a sua filha sabia que o pai trabalhava na PIDE (não me pergunte por que fontes ela o soube). Ermelinda sabia para onde vinha e para o que vinha. Quando acedeu a trabalhar para nós talvez quisesse aproximar-se de si. Só você poderá saber se ela foi movida pela saudade ou por um outro motivo menos claro.

Eis o que penso: Ermelinda já deve ter sido recrutada pelo inimigo ainda em Lisboa, antes de entrar para os nossos serviços. Sendo nossa funcionária, ela servia a subversão comunista. Agora que tudo parece ter terminado posso informá-lo de que foi apenas no momento em que Ermelinda aterrou em Moçambique que me apercebi da sua relação com a rapariga. Ainda chegámos a debater internamente sobre como proceder. Mas a sua Ermelinda já vinha ligada à operação "Golfinho Cego". Nem você conhece esse código. Mas é o nome que damos às investigações do caso do navio *Angoche*.

Talvez o inspetor suspeite de que fomos nós que a matámos. Não fomos. Aquilo foi obra do inimigo. Eles é que a mataram. Se algum rancor o meu amigo guarda, peço que continue a dirigi-lo contra os nossos inimigos.

PAPEL 38. Excerto da carta de Virgínia Santiago para o médico de Adriano

8 de maio de 1973

Caro Doutor:

Assim que saiu da prisão, gravemente doente, a primeira coisa que Adriano fez, mal o doutor virou costas, foi pedir ao filho que fosse comprar tabaco. — *Vais voltar ao vício do fumo?* — perguntei. Ele respondeu: — *Não, mulher, eu vou voltar a ser um fumo.* — Adriano sabia que estava próximo do fim. O meu homem não foi morto por causa da prisão. Ele matou-se. O que me custava era ele entregar-se a Deus com a alma pesada e os dentes escurecidos. Em todos estes anos tanto lhe pedi que deixasse de fumar. A certa altura deixei de me importar. Era melhor o cheiro do tabaco do que o perfume das amantes que ele trazia agarrado ao corpo.

Passei cinco anos sem poder ter filhos. E o doutor sabe bem porquê. Por culpa dele, por culpa das doenças com que Deus o castigou. Fiz muita penitência, bebi muita água com sal para que me fosse poupada essa maldição. Deus escutou-me e nasceu o meu Diogo. Esse menino nasceu deste meu corpo que quase não tem corpo. E por pouco não nascia também o meu sobrinho Sandro. Sou tão fiel ao meu marido que esse outro filho dele, mesmo que venha de outra mulher, passou a ser do meu sangue. Não sei, doutor, se me doeu mais as vezes em que o meu marido saiu de casa do que as vezes em que voltou, como se nada se tivesse passado, como se eu fosse uma parte da casa de que ele é dono e senhor.

O meu marido, que sabia tanto do mundo, nunca soube o dia de anos do nosso Diogo. Não pense, doutor, que estou a queixar-me ou a dizer mal dele. O meu homem amou muito o seu filho, mas não aprendeu nunca a ser pai. Teve-me amor, disso não duvido, mas não aprendeu a ser marido. Os homens são todos assim: traem as mulheres que amam e os que não as traem não é porque lhes tenham mais amor. O amor não é para aqui chamado, doutor. Essa rapariga tombou do quinto andar e não foi um caso de amor. Como é que estou tão certa? Para mim, com a exceção dos meus dois meninos, nada neste mundo teve a ver com amor. *"O amor não tem 'casos'. O amor é um outro nome da vida."* Quem escreveu isto, caro doutor, não fui eu. Foi Adriano. Sem suspeitar o meu homem, que tanto mentiu a vida inteira, estava a dizer a mais profunda das verdades.

23

O ciclone
(Beira, 14 de março de 2019)

Sou como o búzio:
o que de mim tem nome
já morreu.
Adriano Santiago

Agora já é uma certeza: o ciclone Idai vai atingir a cidade no final da tarde. Brigadas do governo andam pelas ruas a espalhar avisos e a pedir às pessoas para não saírem de casa. Benedito integra uma dessas equipas. Ao final da manhã passa pelo hotel para saber se preciso de ajuda. Agradeço dizendo-lhe que deve ser o oposto: sou eu que me ofereço para o ajudar. Benedito responde que a única coisa que posso fazer é apoiar Liana. Tentou ligar para ela, mas as redes telefónicas tinham deixado de funcionar. Pergunta-me se sei onde é a casa de Liana. Respondo que não, que nunca lá fui. Manda que entre no seu carro porque me vai deixar lá. Ao final da manhã voltará a buscar-me. No caminho pergunto se tem notícias de Maniara. Benedito diz que ligou para ela ontem. E soube que a sua mãe se refugiou, com os seus bens, na escola de Inhaminga. — *E Januário?* — pergunto. O padre abrigou-se na igreja pensando que ali estará protegido por forças maiores que a intempérie. Com o Búzi não conseguiu ligação. A última vez que falou com o pescador Muporofeta ele estava tranquilo, resguardado pelos bons auspícios da sua *nzuzu*.

— *Isto vai ser o fim do mundo* — vaticino.

— *Já estamos habituados aos fins do mundo* — reage Benedito.

— *Este pode ser o último* — digo. É o medo que me faz falar assim.

E volto a pensar em Liana. Ontem todo o dia ela não apareceu, não atendeu o telefone, não respondeu às mensagens. Só agora, que me dirijo a sua casa, dou conta de que ela nunca me tinha convidado a visitá-la. Os nossos encontros aconteceram sempre fora dos seus domínios. E foi assim, obviamente, porque Liana receava que o noivo chegasse de surpresa.

— *Lembras-te do ciclone que passámos juntos em 1963? Este vai ser bem pior* — assegura Benedito, enquanto sintoniza o rádio do carro à procura das últimas notícias.

Espreito a cidade: nuvens de chumbo rasgam-se de encontro aos prédios. As imagens do ciclone Claude, que varreu a nossa infância, chegam-me como se viessem trazidas por rajadas de vento. Durante horas, a cidade perdeu a solidez, o que era pedra se tornou barro e o que era água ganhou asas e voou. Quando o vento amainou as ruas pareciam flutuar, súbitos afluentes do oceano. Cardumes de peixes mortos boiavam no coração da cidade. Em estado de delírio o meu pai largou o livro que estava a ler e pôs-se a passear na estrada, a água pelos joelhos. A mãe chamou-o, zangada. Mas ele não obedeceu. Precisava de sentir que ainda havia um chão sustentando este nosso mundo.

Estas memórias estão ainda vivas enquanto atravessamos o bairro Palmeiras para desembocar numa vivenda discreta, com a fachada pedindo obras de restauro.

— *Eis a casa de Liana* — diz Benedito. Afasta-se com a promessa de voltar à hora de almoço. Atravesso o quintal, que é espaçoso, e quase tropeço num velho homem que empurra um carrinho de mão carregado de tijolos. Pede-me desculpa, apresenta-se como o jardineiro e explica que está ocupado a construir um abrigo. — *Um abrigo para si?* — pergunto. — *Para os meus patos* — responde. Trouxe-os ontem de sua casa no bairro da Munhava, onde ele, há anos, tem uma numerosa criação. Trouxe os patos para aqui para não morrerem com o ciclone. Coloco o pé no primeiro degrau e o jardineiro adverte-me: — *Se o senhor entrar nessa casa não vai poder sair.* — E prossegue, passando a mão pelos tijolos: — *Está a ver a terra? Tudo isso vai mudar, meu amigo, a areia vai ser toda convertida em escamas.* — Enquanto fala vai ajeitando os tijolos empilhados no carrinho de mão. — *Vai chover tanto que a terra vai ficar com pele de peixe.* — E o homem vai-se afastando e os seus gemidos confundem-se com o chiar do carrinho de mão.

Subo as escadas, bato à porta e uma voz cansada quer saber quem sou. Escuto passos arrastados, intercalados por um som metálico que presumo ser de uma bengala. Um velho homem, branco e de barba por fazer, abre a porta e permanece com uma mão no trinco e a outra protegendo o rosto da luz intensa.

— *Liana foi às compras, deve estar a chegar* — diz o velho. — *Entre, espere aqui na sala.*

Quando tento apresentar-me ele se adianta.

— *Eu sei quem você é* — diz ele. Estende-me lentamente o braço para me saudar. Fita-me por um momento, com olhar inquisitivo, sacode a cabeça num enigmático aceno.

— *Sou avô de Liana* — apresenta-se. — *Chamo-me Óscar Campos. Fui eu que mandei prender o seu pai.*

— *Eu sei quem é o senhor* — declaro.

Convida-me a que me sente num sofá escuro na sala escura. Ficamos ambos no mais incómodo dos silêncios. Óscar está ocupado em riscar o chão com a ponta da bengala enquanto me vai espreitando pelo canto do olho.

— *Liana não vem tão cedo* — avisa-me.

— *Volto então mais tarde.*

— *Peço-lhe que fique* — declara o anfitrião. — *Não vai andar por aí, com este tempo.* — E prossegue com voz ciciada: — *Vou preparar-lhe um chá.*

Arrasta-se pelo corredor. Esquece-se da bengala encostada à cadeira. Fico a olhar a bengala, que tem um castão de prata trabalhada. É quase um objeto de arte, mas não consigo ver nela senão um instrumento de tortura. E decido: acabo de beber o chá e, no instante seguinte, estarei longe daquela espécie de túmulo. Benedito que me vá buscar ao hotel. Aqui não fico.

— *Sei tudo de si* — diz o inspetor falando da cozinha. — *Sei porque veio à Beira. E sei que é mentira o que contou a Liana: o seu médico não lhe recomendou esta viagem.*

— *Como pode estar certo?* — pergunto.

— *Telefonei ao seu médico, ele contou-me exatamente o oposto daquilo que você andou a propalar. Disse que o tinha proibido de revisitar os lugares da infância. E disse-me mais, esse seu médico. Garantiu-me que você se tinha tentado suicidar. E que, uma outra vez, você juntou os seus livros numa pilha e lhes pegou fogo.*

— *Não acredito que lhe tenham dito tudo isso* — declaro, categórico. — *Os médicos, senhor inspetor, sabem guardar segredos...*

— *Não se esqueça, meu caro poeta* — interrompe-me o antigo polícia —, *médicos e polícias têm profissões semelhantes: ambos buscam culpados. Temos as nossas cumplicidades.*

— *Vou-me embora, inspetor* — proclamo quase aos berros. — *Não há motivo para continuar esta conversa.*

Aproximo-me da porta quando quase embato em Óscar Campos que regressa da cozinha trazendo nas mãos trémulas um tabuleiro. Ajudo-o a colocar sobre a mesa as chávenas, as colheres e um açucareiro. Quando chega a sua vez de se servir, todo o tampo da mesa fica coberto de açúcar. Ofereço-me para ajudar. Mas ele recusa. E manda que me volte a sentar.

— *Sei que anda namoriscando a minha neta* — murmura, e é esse ciciar que sugere um tom de acusação. — *Sabe o que me faz lembrar, Diogo? Faz-me lembrar esse preto infeliz que se amarrou aos pulsos da minha filha e se lançou com ela nas águas do rio. A diferença é que a si lhe falta coragem.*

— *Não o quero ouvir.* — Levanto-me, decidido a retirar-me. — *Não diga a Liana que estive aqui.*

Ao passar junto do anfitrião ele segura-me desesperadamente os braços. Não sei se busca um apoio ou se me quer reter. — *Estou nas últimas, já não me sobram pedidos* — e implora, a colher balançando entre os dedos trémulos: — *Por favor, fique um pouco mais.* — Ergue-se com dificuldade, dirige-se penosamente para um armário de onde retira uma pequena sacola. Recuo, receoso de que ali se esconda uma arma. Repara na minha atitude assustada e sorri: — *Fique sossegado, Diogo. Isto é um gravador. Já não tenho mão para escrever. Agora gravo os meus pensamentos. É que queria que gravássemos uma conversa. Trouxe também estes papéis, que são manuscritos da minha neta. Gostava que os visse.*

— *Confesso que tive medo quando o vi mexer naquela sacola* — declaro com um sorriso forçado.

— *Os tempos agora são outros* — diz o antigo pide. — *Sou eu que devo ter medo de si.*

Senta-se com o gravador ao colo. Queria que eu escutasse algo que tinha gravado ontem. Mas o aparelho não responde. — *Devem ser as pilhas* — sugere Campos.

E demora um tempo a tentar abrir a tampa do aparelho. As mãos não ajudam. Os olhos já não lhe pertencem. Não abdica, contudo, de executar sozinho a tarefa.

— *Pensei que o senhor já tivesse morrido* — declaro com alguma maldade.

— *Pensou e pensou bem* — declara o anfitrião com indiferença. — *Já estou muito pouco vivo. Tenho oitenta e cinco anos. A idade que teria o seu pai se fosse vivo.*

A troca de pilhas demora e peço licença para usar a casa de banho. — *Vá, sim, que estas mãos já não são minhas* — e com os dedos trémulos aponta para o interior da casa. — *Os sanitários ficam ao fundo do corredor, junto à cozinha.* — Caminho devagar, com a lenta ansiedade de um caçador. As paredes estão forradas de fotografias velhas, todas a preto e branco. Parece um museu colonial. As imagens exibem invariavelmente homens solenes e brancos, todos de fato e gravata. Imagino que sejam antigos colegas de Óscar Campos. Estão todos ali, esbirros, inquisidores e torturadores, e todos me fitam com olhos de peixe morto.

Espreito a cozinha, que é o único aposento onde se pode notar uma marca feminina. Pendurada na porta está uma das bolsas de capulana que Liana costuma usar. Sobre um armário de pé alto pode-se ver uma fotografia ampliada onde figuram, lado a lado, o inspetor Óscar e o meu pai. Estão ambos de pé, de braços cruzados e enfrentando o fotógrafo com expressões absolutamente opostas. Escondo dentro da camisa esse retrato. Não roubo. Aquele passado sempre foi meu. E sou surpreendido com a voz de Óscar Campos. O homem está ali, atrás de mim, sorrindo, com as pilhas do gravador escapando-se por entre os dedos. Recolho-as nas minhas mãos.

— *Vê como o seu pai tinha boa figura?* — pergunta o velho pide. — *Essa fotografia foi tirada no final de um longo interrogatório.*

Escuto alguém batendo à porta. O velho inspetor pede-me que vá fazer as honras da casa. Explica como devo proceder: eu que empurrasse a porta ao mesmo tempo que rodava a chave. Assim faço. De repente, do outro lado, surge o farmacêutico Natalino Fernandes. Fica surpreso por me ver. Mais intrigado fico eu ao vê-lo entrar sem pedir licença. Da sala escuto a voz entusiasmada de Óscar Campos:

— *Vem para a partida de xadrez, doutor Natalino? Vai ter que esperar um pouco. Quero que este jovem escute uma gravação que ontem fiz.*

O velho farmacêutico contorna com cautela cada um dos móveis e acaba por se afundar numa poltrona. Ali permanece de olhos semicerrados enquanto o inspetor retoma o gravador. O anfitrião pergunta, em voz alta: — *Como é, doutor Natalino, já está a dormir?* — O farmacêutico, sempre de olhos fechados, responde: — *Muito provavelmente, inspetor. Muito provavelmente.*

Uma espécie de raiva vai tomando conta de mim. Não posso sair agora para a rua e Benedito que nunca mais chega. Com inesperada zanga interpelo o antigo inspetor:

— *O senhor reconciliou-se com o doutor Natalino?*

— *Quem disse que me reconciliei?* — pergunta Óscar Campos.

— *E você, doutor?* — dirijo-me ao goês Natalino. — *Já se esqueceu de quem o torturou a si e aos seus companheiros?*

— *Eu venho jogar xadrez* — responde o velho farmacêutico.

— *Mas vocês tornaram-se amigos?* — insisto.

— *Amigos?* — pondera o farmacêutico. — *Não diria. Nós temos apenas os mesmos esquecimentos.*

E os dois velhos sentam-se em frente a um tabuleiro de xadrez. A tremura das mãos de ambos os jogadores prenuncia que os preparativos vão ser mais prolongados do que a própria partida. Ofereço-me para ir aquecer água para mais um chá. Bastam os meus escassos minutos na cozinha para que Óscar e Natalino adormeçam na sala. Deixo-os cabeceando nas suas poltronas enquanto me pergunto se alguma vez aqueles dois velhos chegaram a iniciar uma única partida. E volto a passear pela casa. Revejo as fotografias e detenho-me perante uma em que o inspetor segura na mão um livro. Quase iria jurar ser o último livro de versos do meu pai. Passo de novo pela cozinha, espreito a despensa, que está repleta de reservas de comida e água. Aquela casa não está feita para ter vida. Mas está preparada para o ciclone.

Escuto a porta de entrada a abrir e vejo Liana, toda despenteada, brigando para contrariar as rajadas de vento que assobiam pelas frestas. Profere impropérios e obscenidades enquanto compõe a saia que o vento tinha feito subir acima da cintura. Estremunhado, o farmacêutico levanta-se e faz questão de regressar a casa. Óscar Campos proíbe-o terminantemente de sair do seu lugar. — *A partida não acabou* — diz ele aos berros.

Liana estranha a presença de um gravador sobre a mesa e reconhece, com estupefação, o seu manuscrito, ali pousado. Discretamente pede que eu a acompanhe à cozinha. Está furiosa e caminha abraçando os papéis que retirou de cima da mesa. No final do corredor empurra-me contra a parede. Quer explicações: o que faço eu ali, por que motivo o seu manuscrito estava a ser exibido. Dispara as perguntas, não deixando que eu reaja senão por um embaraçado encolher de ombros.

— *Diga a verdade, Diogo Santiago* — exige Liana. — *O que é que você veio fazer à Beira?*

Procuro uma resposta, mas apenas me vêm à cabeça os versos do meu pai: "procuro apenas o que se busca no mar: a bruma que nos antecede". Fico calado, até que escolho o que, na circunstância, é o mais cauteloso: admito que não sei responder.

— *Você nunca sabe nada* — resmunga Liana. — *E quando sabe é ainda mais patético. E é incrível que você ainda pense que regressou por causa de Sandro.* — E persiste nela uma incontrolável raiva. — *E por que é que não pensa que veio reencontrar Benedito? E por que é que repete para si mesmo que está na Beira a fazer o luto do seu pai? Pois eu digo-lhe agora, meu querido poeta, você veio por causa da sua mãe, veio por causa de todos os mortos que habitam as suas insónias. E você, meu caro poeta, tem medo de se descobrir entre os seus mortos.* — E Liana está exausta, a mão cega procurando um apoio na parede. Respira fundo até que lhe regresse a voz. — *O Diogo pode não saber por que veio, mas já sabe a razão que o levou a ficar.*

— *Aquele título é meu* — reclamo, apontando para os papéis que ela mantém amassados de encontro ao peito.

— *Que título?* — pergunta ela.

— *O mapeador de ausências.*

— *Responda ao que lhe perguntei* — insiste Liana. — *Está aí um ciclone, porque é que não se foi embora?*

De novo se escuta alguém a bater à porta. Seja quem for está com pressa. Liana abre a porta e eu ajudo-a a vencer a força do vento. É Benedito, que vem encharcado. Passamos pelos dois velhos, que continuam dormindo. Liana traz do quarto roupas novas para Benedito. O homem muda apenas de camisa. Afunda-se num sofá enquanto pelas frestas das janelas e das portas se sente crescer a fúria do vento.

— *É estranho, o mundo vai acabar e sabem em que é que eu penso?* — pergunta Benedito. — *Penso que a campa do meu pai vai ficar coberta de água. Nunca mais ninguém saberá onde ele ficou enterrado.*

De repente uma janela se despedaça de encontro à parede e vemos, lá fora, um bando de patos rodopiando num demoníaco redemoinho. Sobem aos céus como pequenas naves espaciais descontroladas. A chuva tomba na sala e atravessa os corpos como se tudo, casa e gente, fosse feito de terra. Mais longe o mar é um cavalo incendiado. A cidade inteira se ajoelha e até os seus ossos se vergam para não quebrarem. Vejo a igreja do Macúti desabar, as paredes estalando como vidro. Deus atravessa o chão do templo e os seus pés estão cheios de sangue.

Eu e Liana empurramos um velho armário para tapar o espaço onde antes havia uma janela. Os nossos ombros tocam-se levemente. Depois, Liana encosta-se a mim como se buscasse um abrigo. Esquecemo-nos do que fazíamos, o armário fica a meio do caminho. E beijamo-nos como se aquele fosse o último beijo. Uma nova janela se quebra e os papéis de Liana esvoaçam como mariposas pela sala.

— *Chegou o ciclone* — diz Liana.

Epílogo

O último interrogatório

(Beira, 14 de março de 2019)

Meu caro Diogo Santiago:

Espero que tenha paciência para me escutar até ao fim. E que eu seja percetível neste fio de voz que me resta. Infelizmente, deixei de poder escrever. Os meus ossos estão todos enrugados e os meus dedos já não me pertencem. Seria mais fácil acrescentar um manuscrito a todos aqueles que a Liana lhe fez chegar. Fiz esta gravação hoje, neste mesmo dia em que anunciam um ciclone que pode arrancar a cidade pelas raízes. Esperemos que assim aconteça. Rezo para que a cidade levante voo e eu morra levantado do chão e atirado para longe do meu passado. Este é o meu último interrogatório. Desta vez sou eu o interrogado. Sou eu que me interrogo. Este é o meu Juízo Final.

Logo para começar posso dizer que eu odiava o seu pai, o poeta Adriano Santiago. Digamos que o meu ódio por ele era excessivo. E sem razão aparente porque ele nunca constituiu uma ameaça ao regime. Havia em Adriano Santiago uma espécie de desamparo que suscitava em mim uma atitude de paternal condescendência. Ao mesmo tempo, a presença do seu pai me deixava intranquilo, numa perturbação que eu nunca antes sentira. Sou um polícia, um agente da segurança, um defensor da ordem. Como aceitar aquela desordem interior?

Toda a minha vida quis transmitir uma imagem de autoridade. E, afinal, sempre me senti um derrotado. Comecei por perder Vitória. A minha mulher escapou-me, da pior maneira que pode suceder: desistiu de ser ela mesma. Enlouqueceu e eu, no início, não quis admitir que essa demência estivesse a acontecer. Era um embaraço para um homem da minha condição. Como podia admitir publicamente que tinha uma esposa louca? Quando eu pensava que os meus tormentos tinham chegado ao fim uma outra mácula, ainda maior que a primeira, atingiu a minha honra: a minha esposa, a minha Vitória, teve uma filha mulata.

Assumi a paternidade dessa filha, a Ermelinda. Mas foi tudo fingido. A simples presença daquela menina me causava sofrimentos mais custosos do que aqueles que eu, na sala de tortura, infligia aos meus piores inimigos. Afastei-me dessa criança. Não foi difícil, ela não tinha nada que me fosse próximo. Até o nome dela foi a Vitória que o escolheu. Na verdade, fosse Ermelinda, fosse Almalinda, não me lembro de ter alguma vez pronunciado o seu nome. Chamava-lhe a "criança", a "menina". Ou simplesmente "ela".

Não sou homem de ter medo. Por isso também não sou uma pessoa de crenças. Quem tortura um prisioneiro acredita que a alma humana está mal pregada ao corpo. Descasca-se a pele e a alma tomba no vazio. Talvez por causa desta tão persistente falta de crença eu tenha sido punido a vida inteira. O pior dos castigos não foi quando Vitória morreu. Foi quando me trouxeram o corpo sem vida de Almalinda. Foi aí que senti, pela primeira vez, como a alma está bem costurada aos ossos.

O relatório da PIDE dizia que ela se tinha atirado de um prédio. Mas eu, melhor que ninguém, sabia que aquele suicídio escondia um homicídio. A minha filha foi morta pela minha gente. Nessa noite do crime tive que escolher: ou era leal aos que mataram Almalinda ou era fiel ao que me restava como pessoa. E fiz a terrível, mas necessária, opção. Escolhi Almalinda. No instante seguinte entreguei a carta de demissão como se, mais do que da corporação, eu me estivesse destituindo do meu passado. Contudo, eu sabia: há lugares onde se entra para nunca mais sair. Ser agente da DGS começa por ser uma escolha. E acaba por ser uma condenação. Os meus superiores responderam ao meu pedido de demissão nos seguintes termos: "Você não é da DGS, você é a DGS. Ninguém pede para sair de si mesmo".

Enganavam-se os meus chefes. Porque, nessa altura, a alma começou a rasgar-se e a separar-se de mim. Não houve noite em que não sonhasse com o camponês de Inhaminga rogando para que eu o salvasse do paredão. E pensei mil vezes no seu primo Sandro fugindo pelo mato fora. Fugia não tanto de ser morto, mas de ter de matar. Pela primeira vez eu me sentia na pele dos outros.

No dia em que mataram Ermelinda, nesse dia ela nasceu como minha filha. Pela primeira vez eu era pai. Quando encarei o corpo da minha filha, aquele corpo que a morte tornara imenso, eu comecei a odiar aqueles a quem servi desde que com vinte anos ingressei na PIDE.

Para me compensar dessa dor os meus superiores atribuíram-me uma medalha de bravura. Compareci nessa cerimónia vazio por dentro, com receio de que quando me espetassem o alfinete da medalha, eu vazasse como um balão. À saída tombei na areia da estrada. Lembro-me de que, naquele momento, me apeteceu abraçar a terra, como fazia a minha avó açoriana para que os seus filhos regressassem. Os meus colegas que me ajudaram a reerguer pensaram que eu estava embriagado.

Voltei sozinho a casa. Servi-me de uma garrafa de uísque e escutei no gira-discos uma canção que, durante anos, me ocupou todas as noites. Era um lamento triste de um negro chamado Paul Robeson. Confisquei esse disco numa das buscas que fiz a casa do teu pai. Vi um negro na capa e desconfiei que fosse material subversivo. Num certo sentido, eu estava certo. Naquela noite, fechado em minha casa, com o fato coberto de terra, voltei a escutar a toada e desabei num choro que parecia não ter fim. E a voz do negro dizia "*Sometimes I feel like a motherless child*". E eu era esse órfão, desamparado e traído. Quando a música parou senti-me estranhamente leve. Vim à varanda. Foi então que escolhi a traição. Iria trair a polícia a quem servi com lealdade durante anos. Iria trair-me a mim mesmo.

No dia seguinte tudo estava claro dentro de mim. Fui ao meu gabinete e apetrechei-me do que necessitava para realizar a minha última operação policial. Dirigi-me sozinho à casa onde se escondia Sandro. Eu era o único agente que conhecia esse processo-crime. Aquele jovem revolucionário era um caso exclusivamente meu. Entrei na casa do suspeito, a porta de trás estava aberta e surpreendi-o a dormir. Envergava apenas uns calções largos, as pernas estavam estendidas como se tomassem posse do chão. Olhei para ele e surpreendi-me pensando: como é belo este homem, como é morena a sua pele e espessos os cabelos negros. Não o acordei. Tirei a camisa e deitei-me junto dele, tão próximo do seu corpo que sentia a sua respiração sobre a minha nuca. Acho que não deu por mim, jamais poderei saber se continuava realmente adormecido. Sei que a mão dele despertou e procurou o meu ombro, depois foi descendo no meu peito. Permiti que acontecessem esses avanços como se tudo aquilo sucedesse com uma outra pessoa. Num certo momento murmurei: "Adriano! Adriano, eu tenho que ir". E o moço, sem nunca abrir os olhos, corrigiu, num murmúrio: "Chamo-me Sandro, sou filho de Adriano". E eu nada disse. Saí pé ante pé, depois de ter deixado junto do rosto de Sandro um relatório da PIDE com o plano das nossas ações no distrito de Sofala. Num outro envelope deixei a cereja sobre o bolo da traição: uma lista com os nomes dos nossos informadores na cidade.

Foi assim que começou a nossa história: a minha e a de Sandro. Visitávamo-nos várias vezes, com cuidados que nunca tive como agente secreto, nem ele teve como militante clandestino. Nunca ninguém suspeitou de nada. A certo momento pensei: eu amava Sandro como nunca tinha amado nenhuma mulher. Pouco me importava que eu, tal como tinha sucedido com Almalinda, estivesse a ser usado pela sua organização. Aliás, eu queria que fosse assim. Essa manipulação apenas servia para apurar o meu plano de vingança.

Foi então que chegou o 25 de abril de 1974. Fechei-me em casa, aterrorizado e, ao mesmo tempo, esperançoso. As notícias chegavam, sempre insuficientes, pelos noticiários da rádio. Deixei de saber do Sandro. Uns dias depois, ironicamente no dia Primeiro de Maio, fui detido e mandado para Lisboa. Regressei a Portugal com receio de ficar preso o resto da vida, mas com um medo ainda maior de nunca mais ver Sandro.

Tive notícias dele, um ano depois, logo após a Independência de Moçambique. Quando os seus superiores hierárquicos moçambicanos souberam das suas inclinações, Sandro foi perseguido pelo Partido. Para salvar as aparências obrigaram-no a casar com uma camarada que ele mal conhecia. Está a ver, meu caro Diogo, como regimes tão opostos se podem tanto assemelhar?

Disse-lhe há pouco que odiei o seu pai. Esse ódio dissimulava, afinal, a atração que eu sentia por ele. Aquele ódio defendia-me dos meus fantasmas. Recordo-me de eu ter dito ao seu pai, numa tarde de 1973, durante uma sessão de interrogatório: — *Você é um bom poeta. Continue a escrever versos. E considere-se feliz por o censurarmos* — argumentei. — *O melhor que pode acontecer a um livro é ser proibido. Não pode haver melhor publicidade. Agora volte para a cela e escreva.*

Pronunciei estas palavras e Adriano Santiago não se

mexeu da cadeira. Suspirou fundo, passou a mão pelos ralos cabelos, fixou os olhos no teto e perguntou:

— *Inspetor Campos, posso ficar aqui mais um bocado consigo?*

Não respondi. Ficámos os dois calados um tempo. Nenhum de nós sabia o que dizer. Aos poucos começámos uma conversa que se foi tornando amena, quase fraterna. E o assunto foi a sua mãe, essa fantástica mulher chamada Virgínia. No final, já o sol despontava, o seu pai pediu-me que o enviasse para a cela solitária.

— *Mande-me para o isolamento, inspetor. Às vezes, o pior numa prisão é ter companhia.*

O abraço que me apeteceu dar ao seu pai dei-o, depois, a Sandro. Quer saber o que sucedeu ao seu sobrinho, esse que, afinal, é seu meio-irmão? Sandro foi abatido pela RENAMO durante a guerra civil. Mais uma vez a culpa pesa sobre mim. Colegas meus, da PIDE, ajudaram a criar a RENAMO. Já não interessa saber quem foi que disparou. Fui eu que disparei contra ele. Fui eu que morri nesse disparo.

Todos estes tristes episódios me faziam sofrer durante a minha estadia em Portugal. Na verdade, esses capitães do Movimento das Forças Armadas nunca me chegaram a prender. E não era necessário. Eu já estava aprisionado no meu passado. Um dia decidi regressar à Beira. Esperei que a minha neta Liana terminasse os estudos em Lisboa para que viajássemos juntos para Moçambique. No início a ideia não lhe agradou. Liana apenas aceitou com duas condições: que eu ficasse fechado em casa; e que ninguém nunca soubesse da nossa ligação familiar. Posso dizer-lhe que foi mais fácil do que eu pensava. Este seu país, caro Diogo, tem memória curta. Ninguém mais sabe o que foi a PIDE. E mesmo que eu saísse à rua ninguém reconheceria em mim senão um inútil e inocente homem, um velho que merece apenas a piedosa atenção dos outros.

Caro Diogo,

Vai notar que houve aqui uma pausa na gravação e alguns falsos recomeços que não saberei apagar. Estou cansado, não tenho muito mais fôlego. Enviei muita gente para a cadeia. Agora é a minha vez de estar preso. Há anos que não ponho os pés fora de casa. Mas aqui, nesta clausura, não fiquei parado. E fiz algo que nunca disse a ninguém e que não vai sair desta sala: durante anos transferi mensalmente dinheiro para a conta de Benedito Fungai, o seu antigo empregado. Soube da conta dele por portas travessas. Afinal, alguma coisa aprendi na polícia secreta. O beneficiário não sabe quem foi o benemérito. Não foi generosidade. Simplesmente paguei uma dívida. Não se tratava de salvar Benedito. Tratava-se, sim, de me salvar a mim próprio. É por isso que não quero que Benedito saiba quem foi o autor das doações. Não lhe posso tirar o direito de me odiar. E odiar para sempre o regime que eu tão cegamente defendi.

Liana é a única companhia que me resta. Alojou-se nesta casa desde que voltou de Lisboa. A minha presença, porém, não lhe traz nenhuma satisfação. Pelo contrário, em cada instante Liana deixa claro o seu ressentimento. Chamo-a de "minha neta". Em contrapartida ela nunca aceitou tratar-me por avô. Chama-me "inspetor". Liana mente quando se refere ao namorado. Esse homem não existe. É tudo inventado e eu entendo: ela é mulher solteira, precisa de se proteger. Ninguém se mete com a noiva de um chefe da polícia. Mas sou eu quem ela mais receia. Tem receio de que se saiba quem eu fui e que sou o seu avô. E que tanto mal causei à gente deste país. Durante um tempo pensei que me queria eliminar. E é tão fácil eliminar um velho como eu. No dia em que anunciaram este ciclone ganhei coragem para a abordar.

— *Confessa, minha neta: achas que fui o culpado pela morte da tua mãe?*

Sem hesitar, Liana acenou afirmativamente.

— *Já tiveste desejo de me matar?* — perguntei.

— *Vou matá-lo, inspetor* — admitiu, com serenidade. — *Mas não do modo como pensa.*

— *E como será essa minha morte?* — voltei a perguntar.

— *Sabe o que fazem as abelhas quando entra um ser estranho na colmeia?* — perguntou Liana. — *Envolvem-no com uma resina e o intruso fica encapsulado. A criatura estranha continua a existir, mas sem relação com o mundo. Não contamina ninguém, fica enterrado dentro de si mesmo. É isso que vou fazer consigo.*

— *E que resina vais usar?* — perguntei.

— *Vou usar esta caneta* — respondeu Liana apontando para o bolso. — *Vou escrever, vou transformá-lo numa história.*

— *Faz isso, minha neta* — concordei, depois de uma pausa. — *Eu até te ajudo. De facto, vivi estes últimos anos a preparar esse casulo.*

Na manhã seguinte fui ao sótão e separei as caixas onde tinha guardado os meus documentos mais íntimos.

— *Está aqui tudo* — disse-lhe colocando os caixotes sobre a mesa do quarto. — *Mas devo dizer-te uma coisa* — avisei. — *Não é reproduzindo a minha história que te vais curar. É escrevendo a tua história.*

Pela primeira vez Liana escutou o meu conselho. Começou a escrever, sei que até já lhe enviou uma cópia dos papéis que lhe entreguei. E está aqui o manuscrito que ela está a terminar. Gosto do título *O mapeador de ausências*. E é dedicado a si, meu caro Diogo. Escute, vou ler a dedicatória:

"Em tempos antigos, os chamados 'guardiões do fogo', em momentos de chuva e vento, arqueavam o peito sobre um punhado de chamas que traziam entre as mãos. Defendiam com a própria vida esse pedaço quente e luminoso de eternidade. No nosso tempo outros há que são esco-

lhidos para guardar um outro fogo: a história do que fomos e de quem somos. Esses anônimos guardiões das histórias buscam, entre os escombros, a palavra redentora. Eles sabem: tudo o que não se converte em história se afunda no tempo.

Este livro é dedicado ao poeta Diogo Santiago, esse guardião de histórias que carrega ausências e silêncios como se fossem sementes."

Índice detalhado

Nota do Autor 7

1. Os que falam com as sombras
(Beira, 6 de março de 2019) 11

2. O universo descarrilado
(Os papéis do pide — 1) 25
Papel 1. Carta de Faustino Pacheco para o meu pai 25
Papel 2. A viagem a Inhaminga. Excerto do meu diário (1) 27
Papel 3. Ofício interno da PIDE/DGS 33
Papel 4. A viagem a Inhaminga. Excerto do meu diário (2) 34
Papel 5. Poema do meu pai 40

3. Escrever nos panos
(Beira, 7 de março de 2019) 42

4. Juras, promessas e outras mentiras
(Os papéis do pide — 2) 52
Papel 6. Anotações do inspetor Óscar Campos 52

Papel 7. Declarações de Laura Santiago
ao inspetor Óscar Campos 54
Papel 8. Depoimento da vizinha
Rosinda Sarmento 58
Papel 9. Diário da minha mãe,
Virgínia Santiago 61

5. Uma alma esburacada
(Beira, 7 de março de 2019). 66

6. O corpo como cemitério
(Os papéis do pide — 3) 79
Papel 10. Excerto do meu diário. A terra
toda tremendo 79
Papel 11. Declaração de Maniara.
Gravação e transcrição de Adriano
Santiago com tradução
de Benedito 83
Papel 12. Carta do padre Januário para
os seus superiores da PIDE 86
Papel 13. Anotações do meu pai.
Recados do padre Martens 88
Papel 14. Excerto do meu diário.
Um régulo na cidade 90

7. Há chumbo dentro de Camila
(Beira, 8 de março de 2019). 93

8. As notícias
(Os papéis do pide — 4) 101
Papel 15. Anotações do meu pai.
A encomenda 101
Papel 16. Carta do soldado Sandro
para a minha mãe 103
Papel 17. Excerto do meu diário.
Teatro de sombras 104

9. Os fintadores do destino
(Beira, 8 de março de 2019). 109

10. À espera do fim do mundo
(Os papéis do pide — 5) 121
Papel 18. Carta do camarada Faustino Pacheco para o meu pai 121
Papel 19. Carta do inspetor Campos para o diretor da PIDE/DGS em Moçambique 123
Papel 20. Excerto do meu diário. A avó, o mar e as fotos 127

11. Os domadores do caos
(Beira e Búzi, 9 de março de 2019) 130

12. Se os mortos não morrem quem é dono do passado?
(Os papéis do pide — 6) 149
Papel 21. Carta de Virgínia Santiago para o sobrinho Sandro 149
Papel 22. Carta do meu pai para o camarada Faustino Pacheco 151
Papel 23. Carta de Virgínia Santiago para a sogra, Laura Santiago . . . 154
Papel 24. Carta do inspetor Óscar Campos para o diretor da PIDE em Moçambique 155

13. Os domesticadores de milagres
(Búzi, 10 de março de 2019) 159

14. Os que nascem com raça
(Os papéis do pide — 7) 168
Papel 25. Anotações do meu pai sobre a segunda viagem a Inhaminga . 168

15. Uma chaga na pele do Tempo
(Beira, 11 de março de 2019). 183

16. A descida aos céus
(Os papéis do pide — 8) 194
Papel 26. Anotações de Adriano Santiago. Chegada à Beira 194

Papel 27. Resumo do depoimento de Capitine Fungai sobre a morte de Almalinda, transcrito por Adriano Santiago 201
Papel 28. Texto do poeta Adriano Santiago 204

17. Os que escutam a pólvora (Inhaminga, 12 de março de 2019) 205

18. O chão do corpo. Apontamentos autobiográficos do inspetor Óscar Campos (Os papéis do pide — 9) 217
Papel 29. Primeiro fragmento da autobiografia do inspetor Óscar Campos 217
Papel 30. Segundo fragmento da autobiografia do inspetor Óscar Campos 220

19. Braços longos, ombros estreitos (Inhaminga, 13 de março de 2019) 223

20. A culpa dos inocentes (Os papéis do pide — 10) 231
Papel 31. Excerto do meu diário 231
Papel 32. O inspetor Óscar Campos escreve ao prisioneiro Adriano Santiago 235
Papel 33. Excerto do meu diário. A esposa do prisioneiro 238
Papel 34. Carta da avó Laura ao inspetor Óscar Campos 239

21. Naufragadas nuvens (Inhaminga, 13 de março de 2019) 242

22. O amor e outras mentiras (Os papéis do pide — 11) 253
Papel 35. Extrato do diário do inspetor Óscar Campos 253

Papel 36. Carta do inspetor Óscar Campos para o diretor da DGS em Moçambique 256
Papel 37. Carta do diretor da DGS em Moçambique para o inspetor Óscar Campos 257
Papel 38. Excerto da carta de Virgínia Santiago para o médico de Adriano 259

23. O ciclone (Beira, 14 de março de 2019) 261

Epílogo. O último interrogatório (Beira, 14 de março de 2019) 271

1ª EDIÇÃO [2009] 4 reimpressões

ESTA OBRA FOI COMPOSTA EM GARAMOND PELA SPRESS E IMPRESSA EM OFSETE PELA GRÁFICA BARTIRA SOBRE PAPEL PÓLEN NATURAL DA SUZANO S.A. PARA A EDITORA SCHWARCZ EM MARÇO DE 2024

FSC
www.fsc.org
MISTO
Papel | Apoiando o manejo florestal responsável
FSC® C105484

A marca FSC® é a garantia de que a madeira utilizada na fabricação do papel deste livro provém de florestas que foram gerenciadas de maneira ambientalmente correta, socialmente justa e economicamente viável, além de outras fontes de origem controlada.